आचार्य चतुरसेन शास्त्री का जन्म 26 अगस्त 1891 में उत्तर प्रदेश के बुलंदशहर के पास चंदोख नामक गांव में हुआ था। सिकंदराबाद में स्कूल की पढ़ाई खत्म करने के बाद उन्होंने संस्कृत कालेज, जयपुर में दाखिला लिया और वहीं उन्होंने 1915 में आयुर्वेद में 'आयुर्वेदाचार्य' और संस्कृत में 'शास्त्री' की उपाधि प्राप्त की। आयुर्वेदाचार्य की एक अन्य उपाधि उन्होंने आयुर्वेद विद्यापीठ से भी प्राप्त की। फिर 1917 में लाहौर में डी.ए.वी. कॉलेज में आयुर्वेद के वरिष्ठ प्रोफेसर बने। उसके बाद वे दिल्ली में बस गए और आयुर्वेद चिकित्सा की अपनी डिस्पेंसरी खोली। 1918 में उनकी पहली पुस्तक *हृदय की परख* प्रकाशित हुई और उसके बाद पुस्तकें लिखने का सिलसिला बराबर चलता रहा। अपने जीवन में उन्होंने अनेक ऐतिहासिक और सामाजिक उपन्यास, कहानियों की रचना करने के साथ आयुर्वेद पर आधारित स्वास्थ्य और यौन संबंधी कई पुस्तकें लिखीं। 2 फरवरी, 1960 में 68 वर्ष की उम्र में बहुविध प्रतिभा के धनी लेखक का देहांत हो गया, लेकिन उनकी रचनाएं आज भी पाठकों में बहुत लोकप्रिय हैं।

काम-कला के भेद

आचार्य चतुरसेन

राजपाल

ISBN : 978-93-5064-221-4

प्रथम राजपाल संस्करण : 2014 © आचार्य चतुरसेन
KAAM-KALA KE BHED (Health & Fitness)
by Acharya Chatursen

राजपाल एण्ड सन्ज़

1590, मदरसा रोड, कश्मीरी गेट-दिल्ली-110006
फोनः 011-23869812, 23865483, फैक्सः 011-23867791
website : www.rajpalpublishing.com
e-mail : sales@rajpalpublishing.com

भूमिका

पुरुषों और स्त्रियों के एकाकी जीवन व्यतीत करने के मैं सिद्धान्ततः विरुद्ध हूँ। मेरी खुली सम्मति है कि पृथ्वी पर कोई स्त्री और पुरुष मृत्युपर्यन्त एकाकी न रहे। परन्तु मैं परस्पर सुखी-तृप्त आप्यायित रहने के लिए स्त्री-पुरुष का आध्यात्मिक काम-सम्बन्ध चाहता हूँ, जो केवल एक-दूसरे के लिए अधिकाधिक त्याग में सीमित है। ऐसे ही परस्पर के लिए अधिकाधिक त्याग को मैं प्रेम कहता हूँ। परन्तु यह स्त्री-पुरुष का अधिकाधिक सहवास जहाँ दोनों को परम जीवन दान करता है, वहाँ केवल अवैज्ञानिक शारीरिक सहवास साक्षात् मृत्यु लाता है।

इस विषय में विज्ञान बहुत-सी महत्त्वपूर्ण बात बता सकता है। लोग इस विषय पर विस्तार से कुछ कहना-सुनना अश्लील समझते हैं। परन्तु विज्ञान कभी भी अश्लील नहीं है, खासकर काम-सम्बन्धी विज्ञान, जिसे बड़े-से-बड़े पुरुषों ने आत्मार्पण किया है और जो पृथ्वी पर, जीवन में सबसे अधिक मूल्यवान और महत्त्वपूर्ण एवं पेचीदा है। यह वह विषय है कि जिसका जीवन से सबसे अधिक निकट सम्बन्ध है। इसके विषय में अनाड़ी रहकर प्राणों को खतरे में डालना कभी भी बुद्धिमानी की बात नहीं कही जा सकती।

यौवन के प्रभात में स्त्री पुरुष के लिए पृथ्वी की सबसे अधिक आकर्षक वस्तु है, परन्तु जीवन की दुपहरी ढलने के बाद एवं संध्या की बेला में वह पुरुष के लिए एक आवश्यक वस्तु हो जाती है। परमेश्वर की इस अप्रतिम देन का अधिकाधिक आनन्दलाभ वे ही उठा सकते हैं जो काम-कला के भेदों के ज्ञाता हैं। परन्तु व्यवहार में 99 प्रतिशत पुरुष इस विषय में अज्ञानी होते हैं और वे जीवन में नहीं जान पाते कि नारी से वह दुर्लभ रस कैसे प्राप्त किया जा सकता है, जिसके बल पर महान् से महान् वीरों ने जगत् को जय करने की सामर्थ्य प्राप्त की थी।

इस सम्बन्ध में पाश्चात्य तथा पूर्वीय काम-शास्त्रियों ने अनेक खोजपूर्ण और

महत्त्वपूर्ण ग्रन्थ लिखे हैं। उनसे बहुत-सी महत्त्वपूर्ण बातों का सार लेकर तथा अपने अनुभव और विचार का सहारा लेकर हमने इस पुस्तक को लिखा है। यद्यपि यह पुस्तक इस विषय की पूरी पुस्तक नहीं है, फिर भी इसे जानने और समझने योग्य इतनी बातें आ गई हैं जितनी हिन्दी की किसी दूसरी पुस्तक में अभी तक नहीं प्रकाशित हुई। हमें आशा है कि इससे बहुत गृहस्थों को लाभ होगा।

इस पुस्तक में कुछ बिल्कुल नए सिद्धान्त और विचार प्रकट किए गये हैं, जिनका मूल्य बारम्बार मनन करने और गम्भीरता से विचार करने पर मालूम होगा। एक बात मैं स्पष्ट कह देना चाहता हूँ कि यह ग्रन्थ नवयुवकों के लिए कदाचित् उतना उपयोगी साबित न हो जितना प्रौढ़ सद्-गृहस्थों के लिए। वे इससे जितना लाभ उठाएँगे उतना ही मेरा परिश्रम सफल होगा।

लालबाग़,   —चतुरसेन
शाहदरा, दिल्ली

क्रम

नर और नारी

यह तो साफ-साफ समझा जा सकता है कि जो कुछ पुरुष है वह स्त्री नहीं। अर्थात् स्त्री और चीज़ है और पुरुष और चीज़ है। प्रकट रीति से हम देखते हैं कि स्त्री का चेहरा कोमल और दाढ़ी-मूँछों से रहित है और पुरुष का चेहरा कठोर और दाढ़ी-मूँछों से भरा हुआ। एक का शरीर नाज़ुक, आवाज़ महीन और अंग-प्रत्यंग छोटे हैं। दूसरे का शरीर मज़बूत, आवाज़ गम्भीर और शरीर डील-डौल वाला है। इसमें आश्चर्यजनक बात यह है कि पुरुष जहाँ स्त्री के उपर्युक्त गुण कोमलता, नज़ाकत और नस-नस की नमी को पसन्द करते हैं, उसके विरुद्ध स्त्रियाँ खूब कठोर अंगों वाले, बड़ी और मोटी हड्डी वाले, भरपूर तेजस्वी और वीर पुरुष को पसन्द करती हैं। यह विपरीत तत्त्वों की पसन्द दोनों, स्त्री और पुरुषों में केवल शारीरिक विषयों ही में नहीं है, प्रत्युत मन और स्वभाव तक में पाई जाती है। स्त्रियाँ प्रायः सलज्ज और संकोचशील पसन्द की जाती हैं और पुरुष निर्भय, साहसी और निस्संकोच। एक पुरुष चाहे जितना वीर, दृढ़, साहसी और निर्भय हो, अत्यन्त कोमल, भावुक, सलज्ज और नाज़ुक स्त्री को पसन्द करेगा। इस भाँति अत्यन्त लज्जावती और कोमलांगी स्त्री खूब दाढ़ी-मूँछों से युक्त चेहरा, बालों से भरा वक्षःस्थल और बलिष्ठ भुजदण्डों पर लोट-पोट होती है।

इस विपरीत आकांक्षा में एक प्राकृत कारण है। स्त्री में जिस वस्तु का अभाव है वह उसके लिए स्वाभाविक रीति से ही लालायित है। और पुरुष में जिस चीज़ का अभाव है वह भी उसके लिए वैसा ही लालायित है। पुरुष यह समझते हैं कि वे स्त्रियों पर मोहित होते हैं, परन्तु भली-भाँति देखा जाय तो स्त्रियाँ पुरुषों की अपेक्षा अधिक मूढ़भाव से पुरुषों पर मरती हैं। दोनों को दोनों की उत्कट प्यास है। स्त्री यदि पुरुष के लिए स्वादिष्ट मिठाई है तो पुरुष स्त्री के लिए जीवन-मूल है। जब हम हज़ारों-लाखों अबोध भीरू बालिकाओं को कच्ची उम्र में हठात माता, पिता, भाई

और पैतृक घर बार छोड़कर पति के घर जाते देखते हैं, तब किस जादू के बल पर वह अपना सब कुछ भूलकर पति, केवल पति में रम जाती है? और विवाह के बाद पति-चर्चा को छोड़ दूसरी चर्चा ही प्रायः उसे नहीं सुहाती है। काली-कलूटी, दुबली, सुस्त लड़की चार दिन पति का स्पर्श पाकर कुछ-की-कुछ हो जाती है। उसका रंग निखर जाता है और उल्लास के मारे वह धरती पर पैर नहीं टेकती।

पुरुष किस भाँति स्त्रियों पर पतंगे के समान टूट पड़ते हैं, यह बात क्या स्त्रियाँ नहीं जानतीं? फिर भी वे पुरुषों पर क्यों ऐसे रीझती हैं? असंख्य स्त्रियाँ लोक-लाज, धन-सम्पत्ति को त्यागकर पुरुष, केवल पुरुष को लेकर दीन-दुनिया की आँखों और कानों से दूर रहने लगी हैं। दो ही दिनों में उनकी आँखें भाई, पिता और माता को कम पहचानने लगती हैं। सिर्फ पुरुष, वही कठोर पुरुष, उनकी दृष्टि में सबसे अधिक प्रिय, सबसे अधिक घनिष्ठ, सबसे अधिक आवश्यक प्रतीत होता है।

इसमें एक रहस्य है। जैसे कठोरता को कोमलता प्रिय है, उसी भाँति कोमलता को कठोरता प्रिय है। दोनों दोनों की खुराक हैं। दोनों दोनों पर अवलम्बित हैं। स्त्री मूर्तिमती कोमलता है और पुरुष मूर्तिमान कठोरता।

हृदय और मस्तिष्क, ये दो अंग शरीर की जीवनी शक्ति के केन्द्र हैं। हृदय में भावुकता, लज्जा, दया और परोपकार की भावना तथा करुणा आदि की तरंगें उठा करती हैं और मस्तिष्क में वीरता, साहस, ज्ञान और धैर्य की लहरें उत्पन्न होती रहती हैं। स्वभाव से ही मस्तिष्क की शक्तियाँ पुरुषों में और हृदय की शक्तियाँ स्त्रियों में विशेष रूप से रहती हैं। यह कहा जा सकता है कि प्राणी जगत् में स्त्री हृदय है और पुरुष मस्तिष्क। दोनों दोनों पर निर्भर करते हैं। दोनों पारस्परिक शक्तियों के विनिमय और सहयोग से ही जीवनी शक्ति की धारा को केन्द्रित रखते हैं। जैसे हृदय के बिना मस्तिष्क और मस्तिष्क के बिना हृदय शरीर को जीवित नहीं रख सकता, उसी भाँति समाज में स्त्री के बिना पुरुष और पुरुष के बिना स्त्री की गुज़र नहीं हो सकती। दोनों अपने में अपूर्ण हैं। वे परस्पर मिलकर पूर्ण होते हैं।

विद्युत्-विज्ञान में दो धाराएँ होती हैं : एक ऋण, दूसरी धन। दोनों धाराएँ परस्पर विरोधिनी हैं। एक अपकर्षण करती है, दूसरी आकर्षण। जब दोनों छू जाती हैं, विद्युत्-धारा प्रकट हो जाती है। दूसरी दृष्टि से स्त्री को सूर्य-तत्त्वयुक्त और पुरुष को चन्द्र-तत्त्वयुक्त माना गया है। जैसे सूर्य अपनी शक्ति से जगत् के रस का आकर्षण करता है उसी प्रकार चन्द्रमा पृथ्वी पर सुधा-वर्षण करता है। यही वैज्ञानिक कारण है कि स्त्री का रज, जो सौर्य गुण-युक्त है, पुरुष के वीर्य को जो चन्द्र गुण-युक्त है, आकर्षण करके अपने अन्दर धारण करता है।

मैं आगे चलकर बताऊँगा कि स्त्री और पुरुष के लिंगभेद की वास्तविकता केवल इसी क्रिया के लिए, सिर्फ इसी एक क्रिया के सुभीते युक्त, सिर्फ इसी एक

क्रिया के लिए स्वाभाविक उपयोगी निर्माण की गई है। जो स्त्री-पुरुष एक-दूसरे को यह स्वाद अधिकाधिक मात्रा में आदान-प्रदान कर सकते हैं, उनकी प्रेमग्रन्थियाँ इतनी प्रबल होती हैं कि लोकलाज, वैभव, लोभ, राजपाट, अधिकार, कोई भी उन्हें परास्त नहीं कर सकता। वह जगत् की सर्वोपरि चाहना की वस्तु है। इसमें कोई कृत्रिमता नहीं है। यह सिखाई नहीं जाती। यह सर्वथा स्वाभाविक और ईश्वर-प्रदत्त है। इसमें एक परम्परा का प्रवाह निहित है। सन्तान-उत्पादन का यही केन्द्र है। एक के बाद दूसरा जीव अनन्त काल तक उत्पन्न होता रहे, संसार अनन्त काल तक ऐसा ही प्रवाहित रहे, आलोक और आनन्द की धारा को अनन्त जीव विचरण करते रहें, प्रलय और सृष्टि में भेद बना रहे—इसी से प्रकृति का यह सबसे बड़ा प्रसाद माना गया है। प्रेम और स्वाद का सर्वोत्तम अंश इस क्रिया के अन्दर निहित है। स्त्री और पुरुष दोनों पर गूढ़ स्वाद और प्रेम का असाध्य अधिकार है। यही कारण है कि स्त्री और पुरुष दोनों इतने प्यासे हैं। कुछ लोग समझते हैं कि स्त्री-पुरुषों की इस पारस्परिक प्यास में रूप-सौंदर्य का विशेष हाथ है। पर प्यार और स्वाद का रूप कुछ उपकरण हो सकता है। मुख्य वस्तु तो उपर्युक्त दो नैसर्गिक वस्तुओं का दान-प्रतिदान है।

इस प्रकार स्त्री-पुरुष दोनों आपस में पृथक्-पृथक् अपूर्ण हैं, और एक होकर पूर्ण होते हैं। स्त्री-शरीर में जो तारुण्य विकसित होता है, जिसके द्वारा वह स्त्रीभाव को प्राप्त होती है, वही पुरुष-रूप में पृथक् होकर फिर मिलता है। विचारिये तो, वीर्य-बिन्दु के साथ एक कीटाणु के क्षुद्र रूप में पुरुष गर्भाशय में गया, वहाँ वह धीरे-धीरे परिवर्तित होकर और समय पर पूर्ण होकर स्त्री-शरीर से पृथक् हुआ। उसका विकास चलता ही रहा, बालक रहा, वह युवा हुआ और फिर वैसी ही एक स्त्री हठात् कहीं से आकर उससे मिली। वह उस स्त्री में फिर वीर्य रूप में प्रविष्ट हुआ और स्त्री-पुरुष दोनों ने एक रूप अभिन्न होकर फिर जन्म लिया। यह प्रवाह अनन्त से अनन्त तक चलता ही रहा और चलता ही रहेगा।

प्रेम और काम

हमारे मन में आत्मा को विभोर करने वाली कुछ भावनाएँ उठती हैं, वही प्रेम है। यदि हम प्रेम की सच्ची अनुभूति करने लगेंगे तो भौतिक जीवन से बहुत दूर हो जाएंगे। प्रेमानुभूति में मनुष्य के निजी जीवन का एक अद्भुत नाटक आरम्भ हो जाता है।

मानवीय विकास का इतिहास काम-विकास से प्रारम्भ होता है। बच्चे कामवासना के विकास से रहित होते हैं, यह उनका सौभाग्य ही है। क्योंकि उनके नन्हे-से कोमल हृदय और कोमल अंग उसके वेग और प्रचण्डता को सहन नहीं कर सकते। वे प्रत्येक वस्तु को कौतूहल से देखते हैं और सब कुछ नया पाते हैं। बच्चों के शरीर के प्रत्येक अवयव इतने नाज़ुक और उत्तेजनापूर्ण होते हैं कि उनका कोई भी अंग आसानी से उत्तेजित किया जा सकता है, इसी कारण प्रकट में बड़े आदमी की अपेक्षा बच्चों की इन्द्रियाँ अधिक उत्तेजित हो जाती हैं। बड़ी उम्र में लोग सिद्धान्त के विचार से काम-वासना को छिपाते हैं। परन्तु बच्चे को इसकी परवाह नहीं। उसकी आँखें निर्भय, आत्मा शुद्ध और हृदय भीतिरहित है। फिर भी उसमें प्रच्छन्न कामवासना तो है ही। यदि यह भाई-बहनों और दूसरे लैंगिक सहवास से रहित पैदा होता तो उसकी कामवासना उचित आयु ही में उत्तेजित होती। परन्तु ऐसा नहीं होता है। बालक को परिवार में उत्पन्न होना, पलना और सब प्रकार के स्त्री-पुरुषों के साथ रहना पड़ता है जिससे परिस्थिति और आयु की भिन्नता के कारण बालक को समय से पूर्व ही काम की अनुभूति हो जाती है। खास बात यह है कि वह स्वभाव से ही भिन्नलिंगी के प्रति आकर्षित होता है। प्रत्येक बालक कामवासना से परिपूर्ण संसार में रहता है और उसे कामवासना में हिस्सा लेने का अधिकार है। वह यदि लड़का है तो जानता है कि वह मर्द बनेगा और वह बहिनों पर मर्द की भाँति हुकूमत रखता है। और लड़कियाँ समझती हैं कि वे स्त्री बनेंगी। वे बाल बनाती हैं, सिंगार करती हैं। माता-पिता भी

अल्पकाल ही से उनके रहन-सहन में परिवर्तन डाल देते हैं। और यह उनके लिए भिन्न-लैंगिकता के एक पाठ के समान है। परन्तु इसी समय में काम-सम्बन्धी कुचेष्टाएँ की जाती हैं। लड़के साहसी और तेज़ तथा लड़कियाँ चंचल होती हैं। वे दोनों मोहक ढंग से खेलते तथा हरकत करते हैं। जब वे कुछ बड़े हो जाते हैं, तो उनकी इच्छाएँ बढ़ती जाती हैं। उनमें कोई उद्देश्य नहीं होता, पर वह आकर्षक अवश्य होता है। यही समय है जबकि उनकी रक्षा की जा सकती है। परन्तु यदि उनमें काम-सम्बन्धी आकर्षण बढ़ जाता है। तब उन्हें रोकना कठिन हो जाता है। बालक अपने पौरुष के प्रारम्भ में अपने लिए हानिकारक नहीं होते, इसी प्रकार लड़कियाँ भी। परन्तु यदि कोई आदमी जो कामवासना से अन्धा हो, वह इन पवित्र बच्चों को नष्ट करने में सबसे अधिक खतरनाक साबित हो सकता है।

छोटे बच्चे भोले और अनजान होते हैं। इससे वे भिन्नलिंगी होने पर प्रेम करते हुए तथा प्रेम पर गर्व करते हुए परस्पर दोस्त बने रहते हैं तथा लैंगिक सम्बन्ध नहीं रखते। पर यदि वे बहुत अधिक घनिष्ठ हो जाएँ, परस्पर चुम्बन या आलिंगन करने लगें तो फिर उनकी वासना समय से प्रथम उत्तेजित हो सकती है और यह वास्तव में आग के साथ खेलने के समान खतरनाक है।

कल्पना कीजिए कि एक बच्चा एक आदमी के सम्बन्ध में ऐसी बातें कहता है जो खुल्लमखुल्ला नहीं कही जा सकतीं। शायद वह अपने अध्यापक के बाबत ही ऐसी बातें कहे तो मानना पड़ेगा कि वह सच्चा है और यह नई अनुभूति, उसकी गढ़ी हुई नहीं है और उसे अपवित्र किया गया है। कुछ बच्चे आगे चलकर चालाक और धूर्त बन जाते हैं और वे कल्पना से भी ऐसे आरोप करने लगते हैं, क्योंकि उनकी ऐसी बातों को जब खास गम्भीरता से सुना जाता है तो वे समझते हैं कि वे कोई महत्त्वपूर्ण बातें कह रहे हैं। वास्तव में बच्चे के भीतर मर्दानगी तो है पर वह प्रसुप्त है। वह समय से कुछ प्रथम ही ऐसी बातों से भड़क उठती है। परन्तु बच्चा यदि असमय में ही कामोत्तेजना का अनुभव करने लगे तो उसे यह ज्ञान हो जाता है कि गुप्तेन्द्रियाँ ही काम-केन्द्र हैं और उसका ध्यान उनकी तरफ जाता है तथा वह उनके विषय में सोचने लगता है। यह वास्तव में खतरे का घण्टा है जिसकी तरफ माता-पिता तथा अध्यापक को पूरा खबरदार रहना चाहिए। यदि कोई बच्चा पूरी तौर पर तन्दुरुस्त है तो वह एकाएक बुराई की तरफ़ नहीं गिरेगा। भले ही समय पर कामवासना उसे कष्ट दे। बच्चा अच्छी और बुरी दोनों ही बातों को ग्रहण करने की शक्ति रखता है। अगर बच्चे की ठीक सम्भाल रखी जाए, तो वह दिन खेलने और पढ़ने में खर्च करेगा और रात को आराम करेगा। अपने-आप ही उसका ध्यान दूसरी बातों की तरफ नहीं जाएगा। बच्चों के चरित्र स्थिर नहीं होते, इसलिए यदि उनके साथ अच्छा व्यवहार किया जाए तो यदि उनमें बुरी सोहबत से काम-सम्बन्धी

कुछ अनुभूति भी हो गई होगी तो भी वह दूर की जा सकती है। आवश्यकता इस बात की है कि माता-पिता यह चेष्टा करें कि वह अधिक आयु तक बच्चा ही बना रहे और उसकी वृत्तियाँ सोती ही रहें। वृत्तियाँ एक बार जाग्रत होने के बाद फिर दबाई नहीं जा सकतीं और ऐसे बच्चे फलने-फूलने से पहले ही नष्ट हो जाते हैं।

अब प्रेम की कोमल अनुभूति पर विचार करना चाहिए, जो बालक के हृदय में यथेष्ट होता है। इसी चिह्न पर उसका जीवन अग्रसर होता है। ये भावनाएँ भाँति-भाँति की होती हैं। कभी कारण मिले होते हैं, परन्तु उनमें सैद्धान्तिक विभिन्नता होती है। प्रारम्भ में वह शुद्धाचारी होता है, पीछे उसकी मनोभावनाएँ विकसित होती हैं।

अगर आप सभ्यता की सर्वोच्चता की श्रेणी पर विचार करें, उन लोगों में, जहाँ बच्चे पशुओं के समान जीवन व्यतीत करने वालों के बीच में पलते हैं या उन कस्बों में पैदा होते हैं जो नीच वातावरण से परिपूर्ण हैं, वहाँ से बच्चे अपनी ग्राहक शक्तियों के कारण, ज्यों-ज्यों बड़े होते रहते हैं, बुराइयों को ग्रहण करते जाते हैं। यदि काम-सम्बन्धी चेष्टाएँ भी बच्चे से न छिपाई जाएँ तो उनका उस पर कुछ भी असर न हो। वह उन्हें अन्य साधारण काम ही समझे और चूँकि यह काम उससे छिपाया जाता है, इसलिए वह बालिग होने पर उत्तेजना अनुभव करने लगता है, तथा हस्त-संचालन करना सीख लेता है या किसी लड़की के साथ कामवासना पूर्ण करने लगता है और उससे वह प्रेम करने लगता है। काम-विकास का यह प्राथमिक मार्ग है। परन्तु अब, जबकि समाज अत्यन्त सभ्य हो गया है और बच्चे पशुओं की तरह नहीं रहते, प्रत्युत वे आधुनिक उन्नत तरीकों से शिक्षा पाते हैं, वे उनके ज़रिये से ही काम-वासना के विशुद्ध और स्वाभाविक विकास तक पहुँच सकते हैं। काम-सम्बन्धी प्रत्येक वस्तु यद्यपि उनसे यत्नपूर्वक छिपाई जाती है। परन्तु इस सम्बन्ध में उनकी उत्सुकता बढ़ती ही जाती है। प्रेम की ये भावनाएँ बच्चों के हृदय में प्रथम कामरहित होती हैं। पर पीछे कामपूरित हो जाती हैं। माता बच्चों को न केवल आराम पहुँचाती है, किन्तु भौतिक रूप से पालन भी करती है। वह भोजन कराती, शरीर को साफ रखती है और इन्द्रियों को साफ रखती है, इसी कारण माता का प्रेम सबसे निराला है। परन्तु बड़ा होने पर बच्चा ज्यों-ज्यों स्वतंत्र होता जाता है उसे माता की ज़रूरत नहीं रहती। अन्त में वह जीवन-युद्ध के लिए युवा होकर तैयार हो जाता है, और माता के प्रेम की जगह स्त्री का प्रेम उसके हृदय में उत्पन्न हो जाता है। प्रायः इस आयु में वह एक अकेलापन अनुभव करने लगता है और स्त्री के प्रेम की कोमल अनुभूति का अभाव उसे अनुभव होने लगता है। साथ ही उसकी कामवासना जाग उठती है तथा बाल्यभाव नष्ट हो जाता है। अन्ततः मातृ-प्रेम का वह भाव काम-प्रेम में बदलकर नया रूप धारण कर लेता है और जब वे युवक-युवती होकर प्रथम बार विवाहित होते तथा एक-दूसरे से आह्लाद पाते हैं, परस्पर आलिंगन करने में या चुम्बन

करने में आनन्द अनुभव करते हैं, फिर वही आनन्द उस समय चरम सीमा को पहुँच जाता है जबकि कामवासना की पूर्ति अत्यन्त उत्तेजित अवस्था में पूर्ण करते हैं।

जब ही भिन्नलैंगिक एक-दूसरे को देखते हैं, संकेत करते, छिपकर प्रेमचेष्टा करते, भेंट देते या परस्पर स्पर्श करते हैं तो उन्हें एक चमत्कारिक अनुभव होता है। आरम्भ में इसमें स्वार्थ अधिक नहीं होता परन्तु धीरे-धीरे वासना अंकुरित होने लगती है। इन सब चेष्टाओं का उद्देश्य परस्पर एक-दूसरे के निकट आने का है। इस काम में लड़ना, कष्ट देना, मान करना, चुम्बन करना आदि खास प्रभावशाली होते हैं। शरीर में सबसे कोमल अंग ओष्ठ है। उसका चुम्बन परस्पर स्पर्श का प्रथम सुख है। पर नवीन आयु में स्त्री-पुरुष आगे की बात नहीं सोचते और सदा एकान्त का अनुभव करते हैं।

ध्यान देने की बात यह है कि अत्यन्त कोमल प्रभाव जो दूसरे से किसी पर आता है, अधिक शक्तिशाली होता है। प्रेमी का प्रश्वास, नेत्रों की ज्योति, शरीर की ऊष्मा, सभी कुछ खास प्रभावशाली होती हैं। दोनों की दृष्टि में दोनों अधिक सुन्दर प्रतीत होने लगते हैं और एक-दूसरे में आकर्षण का अनुभव करते हैं। यह उनके नवीन संसार में क्रान्ति कर देती है। एक जवान लड़का या लड़की जब भौतिक रूप में अपनी इच्छाओं को मूर्तिमती पाते हैं तो नए ही संसार में आते हैं ओर दोनों अत्यन्त आनन्द और प्रसन्नता से मिलते हैं। उन्हें उनका नया संसार आश्चर्यजनक प्रतीत होता है। इस प्रकार वे आनन्दानुभूति करते हुए कामवासना की प्रचण्ड दुपहरी में पहुँच जाते हैं। वे सदा एक-दूसरे के लिए सोचते हैं, एक-दूसरे के लिए सच्चे रहना चाहते हैं, उनकी शक्तियाँ और आकांक्षाएँ एक में केन्द्रित हो जाती हैं,उनका हृदय धड़कने लगता है। पर यह किसी भय या उद्वेग के कारण नहीं, सिर्फ भविष्य के सुख को याद करके।

प्रेम को प्राणीशास्त्र-विशारदों ने भी खास तौर पर विकसित किया है। प्रेम का उदय विचार से होता है। सब लोग काम-सम्बन्धी विकास के साथ दिल की धड़कन में बढ़ती हुई शक्ति और उष्णता का अनुभव करने लगते हैं। परन्तु प्रेम को संयम में रखने की बड़ी ही आवश्यकता है। शरीर यन्त्र भी एक महत्त्वपूर्ण यन्त्र के समान है। मशीन से उतना ही माल तैयार हो सकता है जितना उसमें बनाने की शक्ति होती है। प्रेमोत्तेजना में शरीर की शक्ति से बाहर काम न करना चाहिए। भौतिक प्रेम और मानसिक प्रेम में क्या अन्तर है इस पर यहाँ विचारना चाहिए। कल्पना कीजिए, एक बालक जिसके लिए सब-कुछ नया और अद्भुत है, वह प्रत्येक भौतिक अनुभूति से उत्तेजित हो जाता है। परन्तु ज्यों-ज्यों वह बड़ा होता जाता है, वह साहसी और वीर होता जाता है परन्तु लज्जा और प्रेम की भावना उसमें वैसी ही कोमल बनी रहती है। पर प्रेम के साथ कामोदय होने पर रक्त में और नाड़ियों में एक तीव्र

उत्तेजना का अनुभव भी उसे होने लगता है। इससे यह प्रकट होता है कि कामवासना का रक्त की धमनियों पर क्या प्रभाव पड़ता है। आनन्द की अनुभूति से प्रेम मिलकर एक मानसिक कार्य बनकर अत्यन्त आनन्दप्रद हो जाता है। परन्तु उच्चकोटि के प्राणी चाहे वे कैसे भी भिन्नजातीय हों, उनमें एक इन्द्रिय होती है जिसमें रक्त का दबाव हद दर्जे तक पहुँच जाता है। पुरुष में यह लिंगेन्द्रिय और स्त्री में योनि है। बचपन में अकस्मात् इन अंगों को छू जाने से उनमें रक्त का प्रभाव बढ़ जाता है। कल जो बच्चा था, आज वह बड़ा आदमी हो गया, यह प्रकृति का करिश्मा है, जवान होने पर उसे प्रेम के पर उग आते हैं, जो उसे जीवन में कहीं-का-कहीं ले उड़ते हैं।

बच्चों को जो उत्तेजना होती है, उसकी अपेक्षा युवा पुरुष की उत्तेजना कुछ दूसरे ही ढंग की होती है। उत्तेजना होने पर श्वास तथा रक्त के प्रवाह में अन्तर पड़ जाता है। इसी प्रकार लड़कियों के गुप्त अंगों में एक प्रकार की खाज होने लगती है तथा धमनियों का जाल भड़क जाता है। वासना शांत होने पर वह उत्तेजना स्वाभाविक हालत में आ जाती है। सिर्फ ज़रा-सी थकावट-सी अनुभव होने लगती है, परन्तु फिर वैसी ही उत्तेजना होने लगती है। प्रातःकाल के समय रक्तप्रवाह गुप्तेन्द्रियों में वेग से होता है। यदि हम सोचने लगते हैं तो मस्तिष्क में रक्ताभिसरण अधिक होने लगता है। इसी प्रकार जब-जब हम जिस-जिस काम को करते हैं, रक्त का प्रवाह तेज़ हो जाता है। रात को जब हम सोते हैं तब वह फिर शान्त हो जाता है। यह बात अत्यन्त महत्त्वपूर्ण है कि रक्ताभिसरण जीवन में बहुमूल्य है। इसी कारण बड़ी उम्र में नपुंसकता—कब्ज़, बवासीर आदि रोग हो जाते हैं। ये रोग जल्द ही दूर किए जा सकते हैं। ठण्डे पानी का इलाज, प्रातःकाल का भ्रमण और खाने-पीने की व्यवस्था तथा ठीक-ठीक औषध से फिर ये रोग दूर हो जाते हैं। कामोत्तेजना छोटी जाति के प्राणियों में, जिनका मस्तिष्क छोटा होता है, तीव्र नहीं होती। जितनी अधिक मस्तिष्क की बड़ी शक्ति होगी उतना ही उत्तेजन अधिक होगा। मनुष्य अपने अस्तित्व को कायम रखने के लिए मस्तिष्क से बहुत काम लेता है। इस कारण संसार में समस्त प्राणियों से अधिक मनुष्य का मस्तिष्क बलवान् होता है। इसी से उसकी कामवासना भी संसार के सब प्राणियों से अधिक है। चाय, कॉफी, कोको, शराब आदि इसीलिए प्रिय प्रतीत होती हैं कि ये स्नायुमण्डल को, जो मस्तिष्क से संचालित है—उत्तेजना देती है और इनसे जो रक्ताभिसरण बढ़ जाता है तो उससे उत्तेजना और आनन्द की प्राप्ति होती है। मस्तिष्क को आराम की ज़रूरत है, पेशियों को परिश्रम की। रात्रि को उत्तेजना होने से रक्ताभिसरण बढ़ जाता है, फिर कामवेग-शमन होने पर पूर्ण शान्ति प्राप्त हो जाती है। जब ऐसा होता है तब उससे इतना आराम मिलता है कि मन आनन्द से भर जाता है। इसलिए कामोत्तेजना जीवन के सब कामों से अधिक महत्त्वपूर्ण है। यह जितनी अधिक होगी उतना ही मस्तिष्क विकसित होगा।

यही कारण है कि नितान्त नामर्दी अत्यन्त बुरी समझी जाती है, और हिंजड़े दया के पात्र समझे जाते हैं। साधारण परिस्थिति में बड़ी आयु होने पर कामशक्ति कम हो जाती है। कभी-कभी मस्तिष्क की नस कट जाने से मिरग़ी या मूर्छा हो जाती है, या लकवे का आक्रमण हो जाता है या कोई स्नायु टूट जाता है, तब भी ऐसा हो जाता है—क्योंकि रक्त के अभिसरण का प्रवाह बन्द हो जाता है, जो अत्यन्त दुःखदायी होता है। पुरुषत्व की यह शक्ति जो रात के समय अत्यन्त आनन्दप्रद है, जीवन की सबसे महत्त्वपूर्ण वस्तु है।

जहाँ तक सम्भव हो समय से पूर्व कामवासना को न भड़काना चाहिए। अपनी शक्ति को संचित करना चाहिए जिससे ठीक समय पर शारीरिक और मानसिक शक्तियाँ पूर्ण शक्ति और विकास को प्राप्त कर सकें। साथ ही कामवासना खूब परिपूर्ण हो जाए। जब खूब कामवासना भड़कने लगे तो समझिए कि संसार की बहुमूल्य मणि आपने प्राप्त कर ली।

नवयुवतियाँ युवकों की अपेक्षा कामावेश को अधिक अनुभव करती हैं। वे न किसी से कुछ कह सकती हैं, न उन्हें कोई सलाह सहायता दे सकता है। वे प्रायः गलत रास्ते पर चली जाती हैं। खूब भली-भाँति देखना चाहिए कि लड़कियाँ तन्दुरुस्त और हृष्ट-पुष्ट हैं; इस आयु में लौह (आयरन) का सेवन रक्त की कमी को ठीक कर सकता है। परन्तु इसका सेवन उत्तम चिकित्सक से कराना चाहिए।

ज्यों-ज्यों यौवन की वृद्धि होती जाती है, कामशक्ति स्वाभाविक रीति से बढ़ती जाती है। स्वाभाविक रूप से इसका निवारण नहीं किया जा सकता भले ही उसकी तरफ ध्यान दिया जाए या नहीं। चाहे जितना भी हमारा ध्यान दूसरी तरफ बंटा हुआ हो और चाहे जितनी भी व्यस्तता हममें हो, कामवासना उतने ही वेग से आ खड़ी होती है। यदि हम प्रारम्भ से ही काम-सम्बन्धी विज्ञान से अवगत हों तो काम-वेग पर हमारा आधिपत्य हो सकता है।

ज्यों-ज्यों बड़ी आयु में शरीर विकीर्ण होता है, त्यों-त्यों रक्त का दौरा बढ़ता जाता है, जो हमें उत्तेजित कर देता है। बीच में कुछ शान्ति होती है और पीछे फिर वैसी ही उत्तेजना हो उठती है। अन्त में होता यह है कि कुछ लोगों के साथ शुरू में और कुछ के साथ बाद में ऐसा ही होता है कि कामेच्छा, जो प्रथम अति आनन्दप्रद होती है अन्त में दुःखद और भार रूप हो उठती है। मनुष्य की आकांक्षा तब यही होती है कि इस कष्टकर इच्छा से हम मुक्त हो जाएँ। शारीरिक आवश्यकताएँ अनिवार्य हैं। यह वह संघर्ष है जिसमें बारम्बार हमें पड़ना पड़ता है। कभी-कभी खूब काम का बोझ होने पर भी हम विवश हो जाते हैं। खासकर रात्रि के समय में, जबकि आराम का समय होता है, हम उस समय किसी काम में शक्ति नहीं खर्च करते और हमारी सारी शक्ति उस एकान्त रात्रि में कामवेग से युद्ध करने में जुट जाती

है। यह युद्ध हमें चुपचाप करना पड़ता है और कभी-कभी बड़ी कठिनाई उठानी पड़ती है।

हस्तक्रिया बालकपन है, उसमें हमारे प्रेम की भावना का कुछ भी विकास नहीं होता। वेश्यागमन स्वास्थ्य और प्रतिष्ठा के लिए बड़े खतरे की चीज़ है। ऐसी हालत में काम-शत्रु को दमन करने का क्या मार्ग है? इस निर्दय शत्रु का इलाज स्त्री है जो हमसे बहुत दूर है। ऐसी दशा में प्रकृति सहायता करती है और वीर्यपात स्वप्न में हो जाता है। वह स्वयं भी किसी अंश में वही आनन्द और शान्ति देता है। परन्तु हमारे लिए यही यथेष्ट नहीं है। हमारी इच्छा तो यह है कि पूर्णरूप से जाग्रत अवस्था में पूर्ण कामवेग के आनन्द को सावधानी से प्राप्त करें। इसके लिए हमें एक आदर्श साथी चाहिए—परन्तु सब भाँति योग्य साथी की प्राप्ति कर लेना बहुत कठिन है। अयोग्य जोड़ों के मिल जाने से कितनी दिक्कतें उठानी पड़ती हैं, यह संसार पर प्रकट है। परन्तु जब हमें सच्चा साथी इस आनन्द के दान-प्रतिदान का मिल जाता है, तो हम अपना सब कुछ उसे सौंप देते हैं। और यह हमारे लिए अति आनन्द और सौभाग्य की वस्तु है। उससे मिलकर हम संसार में एक घर बनाते हैं। हम वीर और साहसी बनते हैं और कर्तव्यपरायण होते हैं, आत्मबलिदान सीखते हैं। इन सबका मूल कारण कामवासना है। भूख हमें स्वार्थी बनाती है, पर प्रेम हमें उदार और भावुक बनाता है।

उन लोगों को महामूर्ख समझना चाहिए जो यह समझते हैं कि हम सब कुछ जानते हैं। वैवाहिक सम्बन्ध में खास तौर पर बहुत लोग यह समझते हैं कि इस विषय में हमें कुछ भी सीखना-समझना नहीं है और प्रकृति हमें सब कुछ सिखा देगी। पर ऐसे मनुष्य वैवाहिक जीवन के मध्यभाग में पहुँचने से पहले ही दुःखी, निराश और चिड़चिड़े हो जाते हैं। वे यही समझते रहे कि सब ठीक-ठीक चल रहा है, परन्तु जो सच्चे परिवर्तन भौतिक और शारीरिक थे, उनसे वे अज्ञात रहे। बहुत थोड़े लोग चतुर होते हैं और अपने को इस विषय में बहुत जानकार समझते हैं, परन्तु सच्ची बात तो यह है कि वे अपने जोड़े के अनुकूल प्रवृत्ति करने में भी असमर्थ होते हैं।

छोटे जानवरों में सम्भोग एक प्रकार का आक्रमण-सा होता है, जो क्रोधपूर्ण होता है। आप एक सीधे-सादे मुर्गे को एकाएक क्रुद्ध होकर मुर्गी पर आक्रमण करते देख सकते हैं। नीच और जंगली जातियों में भी प्रेम की कोमल भावनाएँ दिख नहीं पातीं। वे सम्भोग करके तृप्त हो जाते हैं। परन्तु स्त्री के लिए यह अत्यन्त दुःखप्रद है क्योंकि उसे उत्तेजित होने, तृप्त होने और स्खलित होने को समय चाहिए। तभी उसे शान्ति मिल सकती है। पुरातन शिष्टाचार और शील स्त्रियाँ व्यावहारिक जीवन में ही प्रकट करती हैं, परन्तु कामयुद्ध में वे शील संकोच सबको एक ओर उतार धरती हैं। और तब वे यदि पूर्ण तृप्त नहीं होतीं तो क्रुद्ध और भीषण हो जाती हैं।

ऐसी स्त्रियाँ बड़ी उम्र में ही बदला लेती हैं। तब वे आसानी से उत्तेजित हो जाती हैं और पति को आनन्द-प्रदान करने में कुछ भी सहायता नहीं पहुँचातीं। यूरोप की स्त्रियाँ पूर्ण तृप्त न होने पर 'करेज़ा' पद्धति से लाभ उठाती हैं। जिसका वर्णन हम अन्यत्र करेंगे। अनेक पति जिनकी स्त्रियाँ सम्भोग में भाग न लेकर सारा प्रबन्ध उन्हीं पर छोड़ देती हैं उनके लिए करेज़ा निहायत लाभदायक है। कुछ स्त्रियों को पूर्ण समय देने पर भी वे आनन्द प्राप्त नहीं कर सकतीं। जो लड़कियाँ अधिक उत्तेजित होने वाली होती हैं, उन्हें सबसे अधिक बहकाए जाने और खतरे में पड़ने का अन्देशा होता है, वे पुरुष से डरने लगती हैं। आगे वे या तो वेश्या हो जाती हैं या आत्मघात करती हैं। ऐसी लड़कियों के माता-पिताओं को उन्हें काम सम्बन्धी आवश्यक बातें बता देनी चाहिएँ और उन्हें वासनाप्रतिषेध की शिक्षा देनी चाहिए। नामर्द या ठंडा आदमी, जो सम्भोग के योग्य नहीं है, उसे जो निराशा होती है वह इसलिए नहीं कि वह कामेच्छा का आनन्द प्राप्त नहीं कर सकता, उसे तो दुःख इस बात का होता है कि वह अपनी स्त्री की इच्छा पूर्ति नहीं कर सकता। ठीक इसी प्रकार स्त्री भी पति की तृप्ति करना चाहती है। इसी प्रकार दोनों इस कार्य में परस्पर सहायता करते हैं। इसी से प्रेमोदय होता है। परन्तु वह तभी होता है जब दोनों के हृदय में प्रेम की आग जल रही हो। परन्तु कहीं-कहीं यह भावना कम होते-होते बिल्कुल कम हो जाती है। यदि पति कमज़ोर हो तो विपरीत रति में स्त्री चाहे जितना समय ले सकती है, और आनन्द की इच्छित अवस्था को पहुँच सकती है। यह बात पति के लिए कुछ कठिन नहीं है कि ऐसी हालत में अपने वीर्यपात को रोक रखे। विपरीत रति में साधारण रति से यह भेद है कि पुरुष की गुप्तेन्द्रिय एक विचित्र स्थिति में हो जाती है, और ठीक तरीके पर उसके अग्रभाग में घर्षण नहीं होता। स्त्री के लगभग पूर्ण उत्तेजित होने पर फिर वह साधारण तौर पर सम्भोग को पूर्ण कर देता है। वास्तव में यदि पति बिल्कुल नामर्द है, तो भी स्त्री को इसमें आनन्द आ सकता है, यह भावना कि स्त्री-पुरुष दोनों एक ही समय में स्खलित हों, कभी-कभी होती है और उससे कुछ खास परिवर्तन नहीं होता। आम तौर पर कहा जाता है कि यदि पुरुष को पत्नी की इच्छा का पूरा ख्याल है, तो उसे तभी उसके साथ सम्भोग करना चाहिए जब कि वह उसे इसके लिए तैयार पावे, जो कि उसकी बातों और भावों से प्रकट हो जाता है। प्रत्येक व्यक्ति के शरीर में उत्तेजना केन्द्र होते हैं, जहाँ वह गुदगुदी अनुभव करता है। उसके छूने से कामवेग उदय होता है परन्तु कभी-कभी इन्हीं स्थलों के छूने से काम-शमन भी हो जाता है। ये स्थल—चूतड़, होंठ, स्तनाग्र, कण्ठ, जीभ और गुप्तेन्द्रिय हैं। काटना, चूमना, प्यार करना, चाटना, चूसना आदि उत्तेजित करने वाली बातें हैं। सुगन्ध और गन्ध से जो मोहकता पैदा होती है वह गहरा असर करती है, क्योंकि गन्धेन्द्रिय का कामेन्द्रिय से निकट सम्बन्ध है। जानवर सूँघकर ही मादा

की इच्छा मालूम करते हैं। पर अति अनुभव छूने से ही मालूम होता है। खराब आदत के व्यक्तियों पर तेज़ खुशबू और तेज़ रंग का बड़ा प्रभाव पड़ता है। उच्च कोटि के व्यक्तियों पर शुद्ध-स्वच्छ कपड़ों और सूफ़ियाना सुगन्ध का अच्छा असर पड़ता है।

अब हम एक और कठिनाई की चर्चा करेंगे, जो शान्ति की बाधक है। मनुष्यों की व्यक्तिगत आदतें मानसिक ही अधिक भिन्न-भिन्न होती हैं, शारीरिक नहीं। फिर भी वे परस्पर आराम देने की चेष्टा करते हैं। कोई गम्भीर होता है, कोई हँसमुख, कोई भावुक और कोई सनकी। कोई-कोई आदमी गंदे और अपराधी होते हैं। कुछ लोग ऐसे भी हैं जो जब तक साथी को कोई कष्ट नहीं दे लेते, आराम नहीं पाते। कहीं-कहीं थोड़ा स्पर्श भी परेशान कर देता है, कभी उसका असर ही नहीं होता। ये सब भिन्नताएँ आदत, आयु, प्रकृति आदि पर निर्भर हैं। ये परिवर्तन होते रहते हैं। शराब पीने से मनुष्य कितना उत्तेजित हो जाता है! उस हालत में दूसरों से सहयोग करना कैसा कठिन है जबकि अपने पर भी काबू नहीं रहता! मस्तिष्क बेकाबू रहता है, तब सिर्फ भाव और उत्तेजना ही प्रकट की जा सकती है। इससे पारस्परिक प्रेम के रहस्य को समझ सकते हैं कि क्यों कोई व्यक्ति किसी खास व्यक्ति को ही प्रेम करने लगता है। कभी दो व्यक्ति आपस में देर तक निकट रहने से प्रेम करने लगते हैं, कभी-कभी एकदम ही प्रेमोदय हो जाता है। पर जो प्रेम धीरे-धीरे होता है वह चिरस्थायी रहता है। आज के सभ्य पुरुष पाश्चात्य जीवन में चिरकाल तक प्रेमी रहने पर विवाहित होना ज़्यादा पसन्द करते हैं, और उनका काम-सहवास एक-दूसरे के लिए अधिक से अधिक आनन्दप्रद बन जाता है। बाद में सम्भोग थकाने वाला प्रतीत होता है, परन्तु उससे आनन्द और यौवन की स्फूर्ति प्राप्त की जाती है। यदि बड़ी आयु में मनुष्य सहवास से रहित हो जाए तो वह अपने को और थकित समझने लगता है। मानसिक उत्तेजना और आनन्द के लिए जिस वस्तु की ज़रूरत है, वह कामानन्द है। बड़ी आयु में स्त्री-पुरुषों को परस्पर एक-दूसरे के भावों को समझना, भावनाओं की तुलना करना, परस्पर प्रेम और विश्वासवर्धक है।

मुक्त सहवास

कुछ दशक पूर्व तक तुर्क में किसी महिला के विषय में कुछ जानना एक प्रकार से असम्भव था। कभी-कभी यूरोपियन डाक्टरों को खलीफ़ा के हरम में जाने की आवश्यकता पड़ती थी। इन्होंने पर्दे के चमत्कारपूर्ण वर्णन किए हैं। बग़दाद के प्रारम्भिक काल में पर्दे की बड़ी प्रथा थी। एक बार एक ईसाई डाक्टर को उसकी चिकित्सा के उपलक्ष्य में तीन सुन्दरी दासियाँ खलीफ़ा ने दी थीं पर डाक्टर ने यह कहकर उन्हें वापिस कर दिया कि वह ईसाई है और अपनी पत्नी के सिवा दूसरी स्त्री को छू भी नहीं सकता। इससे खलीफ़ा ने प्रसन्न होकर उसके लिए हरम में आना-जाना मुक्त कर दिया था। आम तौर पर जो डाक्टर हरम में स्त्री रोगिणी को देखने जाता था तो ज़्यादा-से-ज़्यादा उसकी ज़बान को देख सकता था, बाकी तमाम शरीर छिपा दिया जाता था। तुर्क में आम तौर पर डाक्टरों से पूछा जाता था कि रोगिणी गर्भिणी है या नहीं और उसके पेट में लड़का है कि लड़की।

मूसा की पहली पुस्तक में लिखा है कि प्रारम्भ में स्त्री-पुरुष दोनों नग्न थे और परस्पर लजाते नहीं थे, पर पाप ने उनमें लज्जा उत्पन्न कर दी, और उन्होंने जाना कि वे नग्न हैं। फिर उन्होंने पत्ते सी-सीकर अपने अंगों को ढक लिया। वली हसन कहता है—हीदन और अरब में लोगों में कपड़े पहनना बुरा समझा जाता था। स्त्री शोक के समय अपनी छाती और मुँह को खोलती तथा कपड़े फाड़ डालती थी, या पत्रवाहक लोग जब बुरी खबर लाते थे तो वह कपड़े फाड़ डालती थी। माताएँ जब अपने बच्चों पर कुछ प्रभाव डालना चाहती थीं, तब भी अपने कपड़े फाड़ डालती थीं। जो आदमी बदला नहीं ले सकते थे, वे अपने कपड़े फाड़कर अपना क्रोध पकट करते थे, या सिर नंगा कर लेते थे। मुहम्मद साहेब से पहले लोग नंगे होकर क़स्बे में जाया करते थे। पीछे मुहम्मद साहेब ने एक आयत के ज़रिये उन्हें कपड़े पहनने को विवश किया था। स्त्रियाँ खास तौर पर बुर्का पहनकर निकलने के लिए विवश

की गई थीं। पर्दे की आवश्यकता नज़र लगने के भय के कारण प्राचीन अरब में थी। स्त्रियाँ ही नहीं, पुरुष भी नज़र लगने से बचने के लिए यदि वे अधिक सुन्दर होते थे, तो पर्दे से अपना मुँह छिपाये रहते थे। डर्कहिम कहता है कि पर्दे का उपयोग जादू के प्रभाव को दूर रखने के उद्देश्य से भी होता था। पीछे मुसलमानों में पर्दा धार्मिक कानून बन गया था। ऐलिस का कहना है—अफ्रीका की औरतें लज्जा के कारण अपने चेहरे हाथों से ढक लिया करती थीं। तुर्क स्त्रियाँ चेहरे को ढकना ही लाज-निवारण की चीज़ समझती थीं। तुर्क की वेश्याएँ मुँह पर का पर्दा बिना दूर किए ही अपने को कामियों के अर्पण करके पर्यंकशायिनी होती थीं। मुस्लिम धर्म कहता है कि जिन स्त्रियों की शादी न हुई हो या जिन स्त्रियों को बच्चा न हुआ हो, वे बुर्का छोड़ सकती हैं। पर वे अपने गहने अवश्य छिपा रखें। बच्चों और गुलामों से मुस्लिम स्त्रियों को पर्दा करने की ज़रूरत नहीं। पर वे ज़ेवर उनसे भी अवश्य छिपायें। गिंडामर की स्त्रियाँ अपने कपड़ों पर उतनी ही चमड़े की पेटियाँ पहनती थीं जितना अधिक उन्होंने सहवास किया हो और जिनके पास जितनी ज़्यादा पेटियाँ होती थीं उतनी ही वे प्रतिष्ठित समझी जाती थीं। मध्यकाल में जर्मन लोग बिल्कुल नंगे होकर पलँग पर सोते तथा बेपर्दे होकर नंगे स्नान-गृहों में नहाते थे। जापान में अब भी स्नानागारों में नंगा नहाया जाता है। मलिका थ्योडोरा छठी शताब्दी में अक्सर बिल्कुल नंगी सार्वजनिक स्थानों में जाती थी, यह साधारणतया एक जांघिया पहनती थी। एक यूरोपियन ने स्ताम्बूल के बाज़ार की बाबत लिखा है कि उसने एक फ़क़ीर को बिल्कुल नंगे घूमते देखा जिसकी ओर तुर्कों का कुछ भी ध्यान न था। उसके नंगे रहने का यह कारण था कि उसने उस इन्द्रिय से अधिक पाप किए थे इससे उसे कोई रोक नहीं सकता था। जंगली जाति के लोग लज्जा के कारण गुप्तांगों को नहीं छिपाते। न्यूहेवरिज के आदमी बड़ी सावधानी से अपनी गुप्तेन्द्रियों को छिपाकर रखते थे। उन्हें भय था कि इसे देखना देखने वाले और दिखाने वाले को अशुभ है। वह उस पर किसी चीज़ की पट्टी चढ़ा लेते थे। उससे वह अंग दो फुट तक लम्बा और बहुत मोटा दिखने लगता था, फिर उसे एक खास किस्म की पेटी में रखकर लिए फिरते थे। परन्तु अण्डकोष खुले रहते थे।

मुहम्मद साहेब ने अपनी पैग़म्बरी के पाँचवें साल में पर्दे पर ज़ोर दिया था। उन्होंने स्त्री-पुरुषों का व्यभिचार जो उनके मुक्त मिलने से होता था, रोकने के लिए पर्दे की प्रथा चलाई थी। इन्होंने बारम्बार पर्दे पर ज़ोर दिया है। वे कहते हैं कि अपने कीमती रत्न को छिपाकर रखो। जुवाया पाशा ईसाईयों का मज़ाक उड़ाते हुए कहता है कि वे अपनी औरतों को जिनकी छातियाँ और पीठ नंगी रहती हैं, पहले तो बॉल वगैरा में गैर आदमियों के साथ नाचने को भेज देते हैं, पीछे जब उनके चरित्र बिगड़ते हैं तो खून-ख़राबा करते हैं।

चीन, हीलस और रोम में यद्यपि कुमारियों की इज़्ज़त की जाती थी, परन्तु उनके साथ लोग अक्सर सम्भोग कर लेते थे। विधवा या ऐसी स्त्री के साथ जो अपनी मालिक हो आमतौर पर सम्भोग कर लिया जाता था। पर विवाह के लिए कुमारी कन्यायें ही पसन्द की जाती थीं। पर ऐसी कुमारिकाएँ मिलना दुर्लभ होता था, जिनका कौमार्य भंग न हुआ हो। हिब्रू ओर ईरानियों में वधू का कुमारी होना लाज़िमी था। इन दोनों जातियों के काम-सम्बन्धी कानून एक-से हैं। ईरानियों में बिना पत्नी वाला आदमी तिरस्कृत समझा जाता था। ईरान में यह नियम था कि यदि कोई आदमी किसी स्त्री को गर्भवती करके भाग जाय तो वह स्त्री उसे मार डालती थी। किसी कुमारी के साथ व्यभिचार करते हुए यदि कोई आदमी पकड़ा जाय तो उसे कन्या के बाप को 50 रुपये देने पड़ते थे और वह लड़की उसकी स्त्री हो जाती थी; तब वह उसे तलाक नहीं दे सकता था। अगर किसी लड़की की सगाई हो गई हो और वह कहीं किसी के द्वारा अपहरण की गई हो, पर वह चिल्लाती न हो, तो उन दोनों को पत्थरों से मार देते थे। अलबानिया में यह रिवाज था कि यदि कोई लड़की किसी से शादी नहीं करना चाहती थी, और माता-पिता ज़बरदस्ती शादी कर देते थे, तो वह पादरी के पास चली जाती थी और पादरी से कहती थी कि वह मर्द की भाँति रहना चााहती है। पादरी एक सार्वजनिक समारोह में उसे मर्द घोषित करता, मर्द नाम देता और मर्द के कपड़े पहनाता था ओर फिर वह मर्द की भाँति रहती थी। पर यदि वह गर्भवती हो जाती थी, तो उसका दण्ड मृत्यु था। तुर्क में ईसाईयों में यह रिवाज था कि जब शादी के लिए चर्च जाने का समय होता था तो वधू ज़ोर से चिल्लाती थी, फिर उसका दूल्हा आकर उसे ले जाता। बलकान, कुस्तुन्तुनिया और एशिया माइनर में जिप्सी और आरमीनियन्स का एक नाच खूब पसन्द किया जाता था। एक जगह आग जलाई जाती थी, उसके चारों तरफ जवान लड़के लड़कियाँ खूब गाढ़ालिंगन करके नाचते थे। वे उन्हें छाती से दबाते, उनके पैरों पर पैर रखकर खड़े हो जाते, दाँतों से उन्हें काटते और उनके नेकलेस तोड़ डालते थे। इस नाच में गर्भवतियों को इजाज़त नहीं दी जाती थी। साइमन लोग जब अपने खेतों के काम से निपट जाते हैं, फिर खूब गाते, नाचते और वासना पूर्ति करते हैं। स्त्री-पुरुष खूब फूलों से सज-सजकर और युवक शराब पी-पीकर चाँदनी रात में नाचते ओर नैशोत्सव मनाते हैं। ये फ़सली नाच कहाते हैं, जो धार्मिक भावना से किए जाते हैं। ये ठीक भारतवर्ष की होली के समान हैं, जबकि खेत कट चुके होते हैं, चाँदनी रात में लोग फाग मनाते हैं। जियूरी और स्लेविक लोगों में प्राचीनकाल में काम-सम्बन्धी दावतें होती थीं। 16वीं शताब्दी के शुरू तक नदी के किनारे वे दावतें हुआ करती थीं और उन्हें त्यौहार माना जाता था। बाद में ये चर्च के द्वारा रोक दी गई थीं। इन दावतों में खूब मुक्त सहवास होता था। एस्थोनियनों में 18वीं

सदी के आखिर तक यह रिवाज था कि वे किसी पुराने चर्च के निकट आग जलाकर इकट्ठे होते थे। उनके साथ औरतें नंगी होकर नाचती थीं। पर जवान लड़कियाँ प्रेमियों के साथ झाड़ियों में चली जाती थीं। यह डांस अब भी परिवर्तित रूप में होता है और आग पर नाचने वाले नंगे पैरों चलते हैं। एलिस का कहना है कि ऋतु के कारण मनुष्य के अंगों में जो परिवर्तन होता है, उसी से शरीर में काम-सम्बन्धी आकांक्षाएँ पैदा हो जाती हैं। खास तौर पर वसन्त ऋतु में काम-वासना उद्दीप्त होती है। ग्रीष्म के प्रारम्भ में काम-वासना बहुत बढ़ जाती है। इसी कारण प्राचीन काल में ये नैशोत्सव हुआ करते थे। कुक कहता है—एस्कीमो लोगों में सर्दियों की रातों में काम वासना कम हो जाती है। पर सूर्योदय होते ही लोग काम वासना से तड़पने लगते हैं। वसन्त ऋतु संसार भर में नैशोत्सव के लिए उपयुक्त समय है।

यूनान, रोम और भारत में, उत्तरी तथा दक्षिणी अमेरिका में वसन्त ऋतु प्रेम की ऋतु है, और अमेरिका में फसलों के कटने का समय। न्यू ब्रिटेन में लड़कियाँ युवकों से सावधानी से बचाई जाती हैं। परन्तु एक खास दिन ढोल बजाकर शाम के वक्त संकेत दिया जाता है और फिर उन्हें प्रेमियों के साथ झाड़ियों में जाकर मुक्त सहवास करने का अधिकार दिया जाता है। पीरू के मुल्क में पुराने ज़माने में एक ख़ास किस्म का फल जब पक जाता है, तब 15 दिन उपवास करके एक दावत का बन्दोबस्त किया जाता है, जो 6 दिन और 6 रात तक रहती है। इसमें स्त्री और मर्द नंगे होकर बागों में इकट्ठे होते और पहाड़ियों पर दौड़ लगाते हैं तथा प्रत्येक आदमी एक औरत को पकड़ लेता है और उनका मुक्त सहवास होता है। डानसन बंगाल की एक खेती करने वाली जाति की एक दावत या मेले का ज़िक्र करता है। वहाँ स्त्री और पुरुषों को खुली छुट्टी होती है। उसे माघपर्व कहते हैं। अन्य अवसरों पर वे बहुत सुशील होते हैं पर इस अवसर पर वे पशु हो जाते हैं और मुक्त सहवास करते हैं। मध्यकाल में एक दिन मूर्ख दिन मनाया जाता था। वहाँ भद्दे नाच चर्च में होते थे। अत्यन्त पाशविक इच्छाएं बढ़ जाती थीं। प्राचीन रोमन लोगों में भी ऐसा ही होता था। मनहार्ड कहता है कि प्राचीन यूरोप में गर्मी और बसन्त में जो दावतें होती थीं, वे काम-वासना से परिपूर्ण रहती थीं और वे दावतें त्यौहार के तौर पर मनाई जाती थीं। ऐसे त्यौहार के दिन को सेण्ट जान्स का दिन कहा जाता है। भारत में भी श्रीकृष्ण की रासलीलाएँ ऐसी ही वासनामय थीं जिनमें चीरहरण से लेकर प्रेम और मुक्त सहवास के सब भाव हैं जिनका वर्णन *गीत गोविन्द* में साफ तौर पर किया गया है।

वेश्यावृत्ति मुक्त सहवास का एक सामाजिक रूप है। वेश्यावृत्ति संसार में अत्यन्त प्राचीन काल से पाई जाती है। हिंदुओं के स्वर्ग की अप्सराएँ और मुसलमानों की स्वर्ग की हूरें दिव्य वेश्याएँ हैं। अप्सरा का अर्थ रूपवती होता है। कुछ अप्सराओं

की वेद मंत्रों ने व्याख्या भी की है। वेद में 7 अप्सराएँ मुख्य मानी गई हैं। पुराणों में अप्सराओं की करामात की कहानियाँ भरी पड़ी हैं। बाण ने *'कादम्बरी'* में उनके 14 कुल बयान किए हैं, और यही *वायु पुराण* में भी लिखा है। *वाल्मीकी रामायण* में लिखा है कि जब राम के बनवास के काल में भरत भारद्वाज मुनि के आश्रम में गये तो उनके सत्कार के लिए चुनी हुई अनेक अप्सराएँ नाचने-गाने के लिए मँगाई थी। जिनके सौंदर्य की बाबत यही लिखा गया है कि उन्हें देखकर आदमी पागल हो जाते थे, वे ऐसी थीं। उनके रूप और नाच-गान को सुनकर अयोध्यावासी कहने लगे थे कि भाई अयोध्या में क्या रखा है और दण्डकवन में जाकर हम क्या करेंगे? भरत खुश रहें और राम भी सुखी रहें, हम तो यहीं मजे में हैं।

मुसलमानी धर्म-ग्रन्थों में हूरों का खूब बढ़ा-चढ़ा कर वर्णन है। 'कुरान शरीफ़' में उन्हें 'पवित्र वधू' कहा गया है। उनकी उपमा मोती और लाल से दी गई है और उनके सौंदर्य का खूब उत्तेजक वर्णन किया गया है। अंग्रेज़ी, अरबी और फारसी साहित्य में परियों का बहुत-सा वर्णन मिलता है। ये अलौकिक सुन्दरियाँ हैं और अपने प्रेमियों को उठाकर अपने घर ले जाती हैं। *सहस्र रजनी चरित्र* में मनुष्यों और परियों के प्रेम की बड़ी-बड़ी रोचक कहानियाँ हैं। फ़ारसी और अरबी ग्रन्थों में उनका स्थान कोहेक़ाफ़ बताया गया है। आधुनिक अंग्रेज़ी साहित्य में भी इनकी बड़ी चर्चा है। उसमें कहा गया है कि वास्तव में उनकी एक जाति है। इसके प्रमाण में कई उदाहरण भी दिए गये हैं। पाठक समझ सकते हैं कि अप्सरा, परी और हूरों में कितनी समता है। तीनों स्वर्गीय सुन्दरियाँ हैं, जो नाच-गाने में बड़ी कुशल हैं। अब यह देखना है कि इनमें और वेश्याओं में कितनी समता है। स्कन्द-पुराण में वेश्याओं को अप्सराओं की सन्तान बताया गया है, और *याज्ञवल्य स्मृति* के टीकाकार मिताक्षराकार ने इस बात का उल्लेख किया है। *अभिनय दर्पण* जो नाट्यकला का दुर्लभ संस्कृत ग्रन्थ है, उसमें वेश्या को अभिनेत्री लिखा है। वह वेश्या के गुण-दोष लिखता है कि जिसके नेत्र फूल की भाँति पीले हों, सिर के बाल थोड़े हों, अधर मोटे हों, स्तन लम्बे हों, कुबड़ी हो, बहुत मोटी या बहुत दुबली हो, जो बहुत लम्बी या ठिगनी हो, जिसका स्वर मीठा न हो वह वेश्या होने के योग्य नहीं है। फुर्तीली, शरीर को आसानी से घुमा सकने वाली, सुडौल, बुद्धिमती, कटाक्षवाली, कठिन-से-कठिन काम को आसानी से कर डालने वाली, आत्मविश्वास, मधुर भाषण, नृत्य और गीत में पटु वेश्या होनी चाहिए। वात्सयायन मुनि 64 कलाओं में प्रवीण वेश्या को पसन्द करते हैं। डा. विल्सन साहेब लिखते हैं कि 'वेश्या को हमें वह स्त्री न समझनी चाहिए, जिसने सब कर्म-बन्धन तोड़ दिए हों अथवा सामाजिक प्रतिबन्धों को कुचल डाला हो, परन्तु ऐसी स्त्री समझना चाहिए जो असाधारण तौर पर पली हो, जिससे वह समाज में विवाहितों की भाँति प्रवेश न कर सके और जिसके लिए समाज का दरवाज़ा—क्योंकि उन्होंने पुरुषों के

साथ सहवास करने की शारीरिक और मानसिक शिक्षा ऐसे ढंग से पाई है जिससे साधारण स्त्रियाँ वंचित रहती हैं—अपनी लज्जा की बलि देने पर खुलता है।

एक और यूरोपियन विद्वान् का कहना है कि—प्राचीन काल में हिन्दू समाज में वेश्याएँ यूनान की हिटोरा के समान होती थीं। वे शिक्षिका तथा चतुर होती थीं। इससे वे विवाहिता और अविवाहिता स्त्रियों से अधिक योग्य सहचरियाँ गिनी जाती थीं। वे समाज का एक अंग समझी जाती थीं और उनका सदैव सम्मान होता था। *ऋग्वेद* के दूसरे मण्डल के तीसरे सूक्त के छठे मन्त्र में 'पेश' शब्द आया है, जिसका अर्थ नाचते समय की पोशाक है। महामहोपाध्याय पं. गौरीशंकर ओझा का मत है कि 'पिशवाज' इसी का अपभ्रंश है। इसी प्रकार *ऋग्वेद* के पहले मण्डल के 92वें सूक्त के चौथे मन्त्र में 'पेशांसि' शब्द आया है जिसका अर्थ आर्थर ए. मैकडानल ने नाच के वक्त की भड़कीली पोशाक किया है। उपर्युक्त मन्त्र का अर्थ करते हुए सायण ने लिखा है—'जैसे नाचने वाली सब दर्शनीय रूपों को अपने शरीर पर धारण करती है। शुक्ल *यजुर्वेद* के 30वें अध्याय के 9वें मन्त्र में 'निष्कृत्य पेशस्करी' पद आया है जिसके अनुवाद में ग्रिफिल साहब कहते हैं, 'उस स्त्री की नियुक्ति जो प्रेम के जादू का धन्धा करती है।' श्री स्वामी दयानन्द सरस्वती भी 'पेशस्करी' का अर्थ 'शृंगार' विशेष से रूप करने हारी व्यभिचारिणी स्त्री करते हैं। ब्राह्मण ग्रन्थों में अप्सराओं की बड़ी-बड़ी कथाएँ हैं। शतपथ ब्राह्मण के 3-2-4-6 में नाचने-गाने वाली वेश्याओं की काफी चर्चा है।

कुलार्णव तन्त्र और गुप्त साधन तन्त्रों में भी उसका खूब उल्लेख है। बौद्ध ग्रन्थ भी वेश्याओं की महिमा से खाली नहीं। श्रीपति ने बुद्ध के महलों का वर्णन करते हुए लिखा कि वहाँ गाने वाली ऐसी वेश्याएँ रहती थीं, जिनके नेत्र खिले कमल के समान थे, कटि क्षीण थी। उनके नितम्ब भारी थे और वे रूपगर्विता थीं। जब वे वैरागी हो उदास रहने लगे, तो उनके पिता ने उनका मनोरंजन करने के लिए अनेक वेश्याएँ भेजी थीं। जैन ग्रन्थों और संस्कृत साहित्य में भी वेश्याओं की भारी चर्चा है। भास के *दरिद्र शिशुपालवध* महाकाव्य में, विशाखादत्त के *मुद्राराक्षस* में, शूद्रक के *मृच्छकटिक* में वेश्या की काफी चर्चा है।

सारे संसार के इतिहास में बड़ी बड़ी सुयोग्य वेश्याओं की चर्चा की गई है। *स्कन्द पुराण* के ब्राह्मण खण्ड में पिंगला वेश्या की चर्चा है, वह उज्जैन की एक वेश्या थी, जिसका प्रेमी मन्दर नामक एक ब्राह्मण था। *स्कन्द पुराण* में कमलावती का खूब बढ़ा-चढ़ा वर्णन है। *राज तरंगिणी* में पौन्ड्रवर्धन नगर की कमला वेश्या का चित्रण है, जिसका प्रेम काश्मीर महाराज जयापीड़ से था। *राजतरंगिनी* में हँसी और नागलता नामक डोम की दो लड़कियों का वर्णन है, जिन पर काश्मीर का राजा चन्द्रवर्मा मोहित था। उसके महल में वे रानियों से ऊँचे सिंहासन पर बैठती थीं। कर्नल टाड

ने चित्तौड़ की एक वेश्या वीरा का वर्णन किया है। जो उदयसिंह महाराजा की रखैल थी, जिसने राजा के लिए जिरहबख्तर पहनकर युद्ध किया था। *हमीर रासो* में चन्द्रकला पातर का वर्णन है, जिसने सुल्तान अलाउद्दीन का अपमान किया था। मेलकम साहब ने बाज बहादुर की प्रिया रूपवती का बहुत ही बढ़ा-चढ़ा कर वर्णन किया है। प्रवीणराय ओरछा के राजा की वेश्या थी, जिसे अकबर ने बुलाया था। भारत की ही भाँति यूरोप में भी प्रसिद्ध वेश्याएँ हुई हैं। स्पेन की टेलिया-डी-अरागोना अद्वितीय सुन्दरी, विदुषी और बड़ी भारी कवयित्री थी। उसकी बड़ी प्रतिष्ठा थी और फ्लोरेंस के ड्यूक ने उसे पीले रंग के बुर्के तथा रूमाल रखने से, जो कानूनन वेश्याओं को रखना पड़ता था, बरी कर दिया था। बैरोनीका फ्रैंको इटली के प्रसिद्ध नगर वेनिस की रहने वाली अपूर्व सुन्दरी थी। वह भी परम विदुषी और कवयित्री थी। वह कई भाषाओं की पण्डिता थी। एक बार फ्रांस के बादशाह आठवें हैनरी भी उससे मिलने उसके घर आये थे और उसने बादशाह को अपनी एक कविता की पुस्तक समर्पित की थी। निज्जन डि. लेन्क्लोस भी ऐसी ही प्रसिद्ध वेश्या थी। इसी प्रकार अन्य जाति और देशों में भी वेश्याओं के ऐसे ही उदाहरण मिलते हैं।

इस वेश्यावृत्ति को रोकने की चेष्टा समय-समय पर बहुत पुराने जमाने से सभी देशों में की गई, परन्तु सफलता नहीं मिली। यूनान के बादशाह सोलन ने वेश्याओं के लिए नगर के बाहर वेश्या-भवन बनाये थे। उन्हें एक खास पोशाक पहननी पड़ती थी। उन्हें धार्मिक विधियों में भाग लेने की आज्ञा नहीं थी। जब फ़ारिस ने यूनान को विजय किया तो उन्होंने वेश्यावृत्ति को रोकने के बड़े-बड़े क़ानून बनाये। वेश्यालयों पर पुलिस की निगरानी रखी गई, साधारण अपराधों पर भी उन्हें भारी-भारी दण्ड दिए गये। परन्तु वेश्यावृत्ति बढ़ती ही गई और बड़े-बड़े खानदानों की स्त्रियाँ छिपकर वेश्यावृत्ति करने लगीं। धीरे-धीरे उनकी एक अलग जमात बन गई और उनका रसूख इतना बढ़ गया कि कानून भी उनका कुछ न बिगाड़ सका। अन्त में वेश्यावृत्ति पर टैक्स देने को छोड़ कोई प्रतिबन्ध न रहा। वेश्यावृत्ति यहाँ तक बढ़ी कि कोरिन्थ में, जो यूनान का एक बड़ा नगर था, एक मन्दिर बनवाया गया जिसकी पुजारिन वेश्याएँ रखी गईं। इस मन्दिर में देवी की पूजा के साथ-साथ वेश्या-वृत्ति भी खुल्लम-खुल्ला होने लगी। रोमन लोगों ने भी वेश्यागामियों के प्रति खूब कानून बनाये। वेश्याओं के सामाजिक अधिकार छीन लिए गये थे। ये कानून खूब कड़े होते गये, परन्तु अन्त में रोम का यहाँ तक पतन हुआ कि खुद रोमन सम्राट जस्टीनियन ने प्योडोरा नामक वेश्या से शादी कर उसे सम्राज्ञी बना दिया। जब यूरोप में ईसाइयों का दौर हुआ, तो वेश्याओं को दया की दृष्टि से देखा गया और उन्हें उन्नत करने की भी चेष्टा की गई। पोप इन्नोसैंट ने वेश्याओं से विवाह करना शुभकर्म बताया। नवें गैरगरी ने हुक्म दिया कि वे किसी वेश्या को गिरजे में जाने से न रोकें। वेश्याओं

से विवाह करने पर भी ज़ोर दिया गया। प्राचीन काल में लण्डन की एक गली-की-गली ही वेश्याओं की थी जो 16वीं सदी के प्रारम्भ तक रही। फ्रांस में वेश्याओं को एक खास बिल्ला पहनना पड़ता था। वे न जवाहरात पहन सकती थीं, न शहर के ख़ास-ख़ास हिस्सों में जा सकती थीं। फिर भी सार्वजनिक वेश्या-भवनों की वहाँ कमी न थी। इन भवनों की आमदनी म्युनिसिपैलिटी और यूनिवर्सिटी आपस में बाँट लेती थीं। नवें लुई ने इन वेश्यालयों को बन्द कर दिया, पर दो साल बाद ही वह हुक्म वापिस ले लिया गया। जर्मनी में भी अनगिनत वेश्यालय थे, पर उनमें विवाहित पुरुष, पादरी और यहूदी नहीं जाने पाते थे। वे रविवार तथा दूसरे पवित्र दिनों में बन्द रहते थे। तेरहवीं शताब्दी में फ्रेडरिक द्वितीय ने वेश्याओं के लिए कई क़ानून बनाये थे। वे अच्छे घरानों की स्त्रियों से नहीं मिल सकती थीं, न उनके साथ स्नानागारों में वे नहा सकती थीं। उन दिनों वेश्यायें अतिथि सत्कार की सामग्री मानी जाती थीं। कौटिल्य के अर्थशास्त्र से पता लगता है कि उसके काल में भारतवर्ष में वेश्या पर बलात्कार करने वाले को भिन्न-भिन्न दण्ड भोगने पड़ते थे। जो वेश्या मेहनतनामा लेकर सहवास से इनकार कर दे, या किसी पुरुष को मार डाले या अपनी आमदनी गणिकाध्यक्ष को न बतावे, आपस का नाम छिपाये, तो उसे भिन्न-भिन्न दण्ड भोगने पड़ते थे, जो प्राणदण्ड तक होते थे। मुस्लिम राज्यकाल में फौज के लिए छावनियों के पास वेश्यालय खोलने की व्यवस्था की गई थी। फिर भी जहाँ वेश्याओं का ऐसा घनिष्ठ सम्बन्ध रहा है। संसार की सब जातियों ने वेश्यावृत्ति रोकने की चेष्टा की है, पर सफल नहीं हुई। वेश्याओं का नाम रजिस्टरी करने की प्रथा सबसे प्रथम सेप्टलुईसे में, जो अमेरिका का प्रसिद्ध नगर है, चलाई गई थी। पर इससे कोई लाभ न हुआ। न्यूयार्क में डा. पारखसू ने आन्दोलन करके वेश्याओं को उनके घरों से निकाल दिया और सब वेश्या-भवन बन्द कर दिए गये। परन्तु इससे भी वेश्यावृत्ति न रुकी। फ्रांस में भी ऐसी ही चेष्टा की गई, पर कोई नतीजा नहीं हुआ। सेंट लुई ने यह आज्ञा निकाल दी थी कि उनकी धन-सम्पत्ति छीनकर उनके मकान गिरा दिए जाएँ, पर वेश्यावृत्ति रुकी नहीं। इसके बाद इटली में यह उपाय काम में लाया गया कि वेश्याओं के लिए नगर का एक पृथक् भाग चुन दिया गया ओर पुलिस की चौकी का पूरा बन्दोबस्त कर दिया गया, पर वह इलाका शीघ्र ही चोरों और बदमाशों का अड्डा बन गया तथा उस केन्द्र में रहने वालों का गुजारा होना मुश्किल हो गया और वेश्याएँ वहाँ से छिप-छिपकर निकल भागीं, तथा नगर के दूसरे भागों में वेश्यावृत्ति करती पकड़ी गई। जापान में वेश्यावृत्ति को न दूर होने वाली बुराई समझा गया है और वहाँ वेश्यावृत्ति का सारा प्रबन्ध गवर्नमेंट के हाथ में है। टोकियो में गवर्नमेंट ने वेश्याओं के लिए बड़े-बड़े सुन्दर महल बनवा दिए है। जो योषिवारा कहाते हैं। जापान की जलवायु में दस वर्ष की लड़कियाँ पूरी युवती हो जाती हैं और उन्हें वेश्यावृत्ति का

लाइसेंस मिल जाता है। उनकी आमदनी का एक भाग गवर्नमेंट ले लेती है। लन्दन के बाहरी भागों में वेश्या-भवन हैं। वहाँ लोग कैब या रेलवे द्वारा पहुँच जाते हैं।

फ्रांस में प्रत्येक वेश्या को अपना नाम स्वयं रजिस्टर कराना पड़ता था। वहाँ दो प्रकार के वेश्या-भवन होते थे। एक ऐसे जहाँ वेश्याएँ रहती भी थीं और वेश्यावृत्ति भी करती थीं। दूसरे जहाँ सिर्फ वृत्ति के लिए जाती थीं। इन वेश्याओं को सप्ताह में एक बार अस्पताल में जाकर स्वयं अपना मुआइना कराना पड़ता था और जिन्हें आतशक आदि की कोई बीमारी होती थी, उन्हें अपना इलाज कराना पड़ता था। इन कानूनों को तोड़ने से एक साल तक की सज़ा मिलती थी।

जर्मनी में वेश्यावृत्ति करना बिल्कुल मना था। जो स्त्रियाँ यह काम करती थीं, वे एकदम पुलिस की निगरानी में रहती थीं। उन्हें सप्ताह में एक बार डाक्टरी मुआइना कराना पड़ता था। ये खास गलियों में और खास घरों में ही रह सकती थीं, वे 25 वर्ष से कम आयु की लड़कियों को अपने यहाँ नहीं रख सकती थीं। उनके लड़के जब पढ़ने योग्य हो जाते तो उन्हें वे अपने घर में नहीं रख सकती थीं। वे किसी किस्म का शोर या झगड़ा नहीं कर सकती थीं। न नगर के खास भागों में जा सकती थीं, उन्हें अनेक टैक्स देने पड़ते थे। इन कानूनों को तोड़ने से 5 साल तक की सज़ा दी जा सकती थी।

स्विट्ज़रलैंड में भिन्न-भिन्न प्रान्तों में पृथक्-पृथक् कानून हैं। कहीं तो कोई रोक-टोक ही नहीं है और कहीं उन्हें इस काम के लिए कठोर दण्ड दिया जाता है।

ग्रेट ब्रिटेन में वेश्यावृत्ति पसन्द नहीं की जाती। अंग्रेज़ी कानून में वेश्यावृत्ति को जनता की शान्ति का बाधक कहा गया है। वेश्याओं के विरुद्ध अनेक कानून बने हैं। वेश्याओं का ज़बर्दस्ती मुआइना किया जाता है। इस सम्बन्ध में भारतवर्ष में भी कई प्रतिबन्ध और कानून हैं।

तातार में वेश्याएँ अपने भवनों में रहती हैं। वहाँ जाने वालों से प्रथम ही फीस ले ली जाती है। फिर वह कुछ घन्टों उनका आनन्द लूट सकते हैं। वे नाच-गान और सहवास का आनन्द लूट सकते हैं। वहाँ जाने की किसी को मनाही नहीं है।

चीन में वेश्यावृत्ति को व्यावहारिक दृष्टि से संगठित किया गया है। वहाँ न इसे घृणित समझा जाता है और न लज्जास्पद। वहाँ छोटी-छोटी बच्चियाँ वेश्यावृत्ति के लिए बेच दी जाती हैं। उन्हें बचपन से ही वेश्यावृत्ति की तालीम दी जाती है। विधवा-विवाह वहाँ घृणित समझा जाता है, अतः वे वेश्याएँ हो सकती हैं। उनकी मृत्यु अफीम या आतशक से होती है।

इस प्रकार सारे संसार की वेश्याएँ मुक्त सहवास का विधान-युक्त माध्यम बनी हुई हैं।

यूरोप और अमेरिका में गोरी लड़कियों का व्यापार संगठित और व्यापक स्तर

पर चलता है। यूरोप और अमेरिका से प्रतिवर्ष हज़ारों लड़कियाँ पूर्वी दिशाओं में पहुँचाई जाती हैं। चीन, जावा, सुमात्रा, मलयद्वीप, बोर्नियो और फिलिपाइन्स में इन व्यापारियों के बड़े-बड़े डिपो हैं। जिनमें अमेरिका, जर्मनी, फ्रांस, इंग्लैंड और रूस से भगाई हुई लड़कियाँ हज़ारों की संख्या में प्रतिवर्ष पहुँचाई जाती हैं और उनसे लाखों रुपया कमाया जाता है। लड़कियों के ये एजेण्ट 'पिम्प' कहते हैं। इन्होंने दुनियाभर में अपने व्यापार के जाल फैला रखे हैं। ये लोग भोली-भाली असहाय लड़कियों को फुसलाने-बहलाने के बड़े-बड़े हथकण्डे जानते हैं। पूर्वी देशों में गोरी लड़कियों की कमी और अधिक माँग होने से तथा उन्हें यहाँ पहुँचाने के अधिक साधन होने से पूर्वी देशों में उनके अनगिनत अड्डे हैं। इस व्यापार का खास द्वार पोर्टसईद में है। पोर्टसईद सुन्दरियों के व्यापार का सबसे बड़ा केन्द्र है जहाँ से हज़ारों सुन्दरियाँ, पूर्वी देशों के भिन्न-भिन्न भागों में पहुँचाई जाती हैं। अकेले मिस्र में ही प्रतिवर्ष भारी संख्या में ये लड़कियाँ पहुँचाई जाती हैं। काहिरा, एलेक्ज़ेन्ड्रिया और पोर्टसईद में ऐसे-ऐसे गुप्त घरों का भण्डाफोड़ हो चुका है, जिनमें न जाने कितनी सुन्दरियों के जीवन के सौदे हो चुके हैं। मिस्र में ग्रीस की सुन्दरियों की बड़ी माँग है। कैरो ग्रीस की भागी हुई सुन्दरियों का सबसे बड़ा अड्डा है जहाँ प्रतिवर्ष संसारभर के यात्री आकर उनके विश्वविख्यात यौवन के माधुर्य का स्वाद चखते हैं, जिसका मन उन्मत्त कर देने वाला वर्णन वे पुस्तकों और उपन्यासों में पढ़ चुके होते हैं। बहुत चेष्टा करने पर भी मिस्र का यह अड्डा वैसा ही कायम है। पोर्टसईद पर ज्यों ही कोई जहाज पहुँचता है, दर्जनों पथप्रदर्शक वहाँ जा पहुँचते हैं, जो अपनी लच्छेदार बातों से यात्रियों के मन को तुरन्त चंचल कर देते हैं क्योंकि वे यात्री रात-दिन कैबिन में पड़े-पड़े काम-भावना के प्यासे हो जाते हैं।

ये गाइड बातें करते-करते पूछेंगे, 'क्यों महाशय, क्या आप सुन्दर तस्वीरें देखना पसन्द नहीं करेंगे?' और वे उत्तर की प्रतीक्षा किए बिना तुरन्त कई दर्जन सुन्दरियों की नंगी तस्वीरें एक-एक करके आपके सामने उपस्थित कर देते हैं। वे सिर्फ तस्वीरें ही नहीं होतीं, ये सभी सुन्दरियाँ जीवित कुछ ही फ़ासले पर गुप्त मकान में यात्री के आतिथ्य को तैयार रहती हैं। यात्री आवश्यकता और आवेश में आकर तुरन्त साथ चल देता है, गाइड उसे एक खण्डहर जैसे मकान के सामने ले जाकर द्वार खटखटाता है। खट से द्वार खुल जाता है। और भीतर की सजावट और जगमगाहट देखकर यात्री की आँखें चौंधिया जाती हैं। खूब ठाठ से सजा धजा मकान और उसमें जीती-जागती परियाँ। यात्रियों के पास पहुँचते ही बारह-चौदह लड़कियाँ वैसी ही लगभग नंगी, रूप और यौवन से छलकती देह लिए मुस्कान बिखेरती, आँखों से तीर बरसाती सामने आ खड़ी होती हैं। हँसकर सलाम करती हैं। इसी समय बग़ल के कमरे से संगीत और नृत्य का उन्मादकारी प्रवाह उठ खड़ा होता है। ये सब सुन्दरियाँ जो

इस भाँति से जितना रुपया पैदा करती हैं, उनमें से बहुत कम उन्हें मिलता है; अधिकांश पिम्पों की तिजोरी में जमा होता है। वे तो सिर्फ भरण-पोषण के लिए ही कुछ ले पाती हैं। चूँकि ये सब वेश्याएँ होती हुई भी कानूनन वेश्या नही होतीं, इससे उनकी स्थिति सदैव खतरे में होती है और इसी से वे पिम्पों के वशीभूत होती हैं। और उन्हें उन्हीं के संकेत पर हँसना, बोलना, नाचना और आत्म-समर्पण करना पड़ता है। अब आप आइये—सिंगापुर, हांगकांग और शंघाई। इनमें सभी शहरों के अड्डों के संचालक अमेरिकन लोग हैं जिन्होंने इस व्यापार में अतुल धन-सम्पत्ति एकत्र की है। हांगकांग की गेंज स्ट्रीट तथा उसके आस-पास के सभी गली-कूचे इन अड्डों से भरपूर थे। इन अड्डों में प्रतिवर्ष हज़ारों नई-नवेली कामिनियाँ आती रहती हैं और जब तक उनका रूप यौवन निचुड़ नहीं जाता पिम्प उनसे धन्धा चलाते हैं। बाद में वहाँ से निकाल दी जाती हैं और बहुधा तख्त रोड पर चली जाती हैं, जहाँ खानगी वेश्याओं के कम से कम तीन सौ अड्डे हैं। हांगकांग और शंघाई में सीधे न्यूयार्क और सेनफ्रांसिस्को से लड़कियाँ मँगाई जाती थीं। इस व्यवसाय में अमेरिकन लेडियों का भी बहुत भारी हाथ रहता है। इन्हें 'भिसुस' कहते हैं। इनकी अपनी सांकेतिक भाषा है। जब किसी अड्डे में कुछ नई कुमारियों की ज़रूरत पड़ती है तो वे अपने अमेरिका स्थित एजेण्ट को उसी भाषा में तार देती हैं। ये एजेण्ट भारी-भारी तनख्वाहों पर सभी बड़े-बड़े शहरों में रहते हैं। तार पाते ही वे झटपट माँग पूरी करने में जुट जाते हैं। थियेटरों में, सिनेमाओं में तथा होटलों में ये एजेण्ट बड़े ठाठ से बड़े आदमियों के समान पोशाक धारण करके जा डटते हैं और अपने को आला खानदान का रईस प्रदर्शित करते हैं और इस बात की चेष्टा करते हैं कि सुन्दरियाँ उनकी ओर आकर्षित हो जाएँ। अतः यह धूर्त सफल होते हैं। वे अपने को कुँवारा बताते हैं; वे किसी कुमारी से परिचित होते ही उसके लिए पानी की भाँति रुपया बहाने लगते हैं और उस संसार से अपरिचित भोली-भाली बालिका पर उनका जादू काम कर जाता है; खासकर काम-काज की खोज में आने वाली देहाती लड़कियाँ इनके चंगुल में जल्द फँस जाती हैं।

ये पिम्प अनेक प्रकार की धूर्तता भी करते हैं। एक पिम्प ने एक बार एक पत्र में थियेटर कम्पनी का विज्ञापन दिया कि उसे कुछ अभिनेत्रियों की आवश्यकता है। विज्ञापन निकलते ही सैकड़ों युवतियाँ इंटरव्यू के लिए आ गईं। उनमें से उसने बढ़िया सुन्दरियों को चुन लिया। जब सब बातें तय हो गईं और कॉन्ट्रेक्ट हो गए, तो उसने बताया कि उसकी कम्पनी दूर देशों में टूर करने को जायगी। पहले तो लड़कियाँ झिझकीं, पर अन्त में डरा, फुसला कर राजी कर ली गईं। उनका अन्त में क्या किया गया यह आसानी से समझा जा सकता है।

शंघाई में जो इस प्रकार की उड़ाई हुई लड़कियों के अड्डे हैं, उन्हें हरम कहते

हैं। एक-एक हरम में 20-20, 30-30 लड़कियाँ रखी जाती हैं। इन हरमों में जहाँ एक बार लड़की पहुँचा दी गई, फिर उसका पता लग जाना किसी भी प्रकार सम्भव नहीं है। कोई लड़की वहाँ से भाग निकलने का भी साहस नहीं कर सकती। यदि कोई ऐसा करे तो समझिये कि उसे अपनी जान से हाथ धोना पड़ेगा। कुछ दिन ग्राहकों की तृप्ति करने और खूब रुपया कमा लेने के बाद अड्डे की मालकिन उन्हें स्वयं ही निकाल बाहर कर देती है और नई चिड़ियों पर चारा फेंका जाता है। इन लड़कियों को इन अड्डों में अफीम और शराब का ऐसा चस्का डाल दिया जाता है कि फिर वे सड़कों पर खड़ी होकर पैसे-पैसे में अपने शरीर को बेचती फिरती हैं। स्काट्स रोड पर ऐसी ही कुछ लड़कियों के अड्डे हैं जो चीनियों के हाथ में हैं और जिनकी संख्या युद्ध से प्रथम 300 से ऊपर थी। एक-एक अड्डे में 30-40 लड़कियाँ रहती हैं। यहाँ की फीस बहुत मामूली है और यहाँ अधिकांश गरीब चीनी लोग आते हैं। ये अड्डे और ये गली कूचे ऐसे भयानक हैं कि दिन-दहाड़े रोज वहाँ खून-खराबा होता रहता है।

मलय स्ट्रीट भी इनमें से एक है, जहाँ पाँच सौ से अधिक ऐसे अड्डे हैं। इनमें कुछ इतने प्रसिद्ध और पुराने हो गये हैं कि उनकी 'गुडविल' के कारण खूब दाम उठते हैं। ऐसा ही एक अड्डा एक मिसुस ने 22 हज़ार डालर में खरीदा था। इस स्ट्रीट के कोठों पर दिन के तीसरे पहर से स्त्रियाँ आ बैठती हैं, और आधी रात तक वे ग्राहकों की प्रतीक्षा में बैठी रहती हैं। वे इतनी बेशर्म होती हैं कि सड़क पर चलते मनुष्य को तपाक से Come in here Please (कृपया अंदर आइये) कहकर बुला लेती हैं। इस स्ट्रीट में चीन, इंग्लैंड, फ्रांस, रूस और आस्ट्रेलिया आदि अनेक देशों की युवतियाँ भरी पड़ी हैं। एक बार जब जर्मनी के युवराज पूर्व के भ्रमण को आए थे तो उन्हें भी मलय स्ट्रीट घुमाने का प्रबन्ध किया गया था। अमेरिका और यूरोप के पत्रों में हमेशा युवतियों के खो जाने की जो खबरें छपती रहती हैं, ये रमणियाँ प्रायः मलय स्ट्रीट में पाई जा सकती हैं। एक अंग्रेज़ लेखक का कहना है कि लोक सेवा का व्रत धारण करने वाली कितनी ही सिस्टर्स भी जब यहाँ पहुँचा दी जाती हैं, तो थियेटर और होटल में काम करने वाली बेचारी अल्पव्यस्का बालिकाओं से तो तख्ख़ारोड और मलय स्ट्रीट के बदनाम मकान पटे पड़े रहना कोई आश्चर्य की बात नहीं है।

इन पिम्पों का बहुत अच्छा संगठन है। सिंगापुर ही में युद्ध से प्रथम 80 पिम्प रहते थे। वहाँ उनका एक क्लब था, जहाँ इकट्ठे होकर वे अपने व्यापार विनिमय की बातचीत करते थे। रोज़गार कैसे बढ़ाया जाय, पुलिस को कैसे चकमा दिया जाय, आफ़त में फँसे किसी पिम्प की कैसे सहायता की जाय, इन बातों पर इन क्लबों में विचार होता था। शराब के दौर चलते थे और इस प्रकार पुलिस के पंजों से वे

बचे रहते थे।

गोरी लड़कियाँ यूरोप ही के दूसरे देशों में किस प्रकार बेची जाती थीं। इसके कुछ मनोरंजक वर्णन भी हम पाठकों को यहाँ देते हैं—पिटरचेनी एक ऐसा व्यक्ति था, जो गुप्त अपराधों का पता लगाने में बड़ा ही उस्ताद था। उसके एक विश्वस्त जासूस ने बताया था कि फ्रेंच मोरक्को के एक कहवाखाने में उसने 1 दर्जन गोरी लड़कियों को बिकते देखा, जिनमें 5 अंग्रेज़ लड़कियाँ थीं। कोई भी लड़की 5 फ्रेंक (करीब 3 रुपये) से अधिक में नहीं बेची गई थी। ऐसी लड़कियाँ मार्गेलीज के रास्ते उत्तरी अफ्रीका के अनेक शहरों में भेजी जाती थीं।

डिवानशायर की एक लड़की, जो किसी बड़े परिवार की थी, नौकरी की तलाश में लन्दन आई। उसे संयोग से किसी घर में कुछ काम मिल गया। देखने में वह बड़ी सुन्दर और आकर्षक थी। पर उसे नाचने का भी शौक था। दो महीने तक उस घर में नौकरी करने के बाद उसने एक एजेण्ट के यहाँ अपना नाम दर्ज कराया और थियेटर तथा फिल्म में काम ढूँढने लगी। एक दिन शाम को वह घूमने के लिए बाहर गई और एक कहवाखाना में पहुँची। वहाँ एक स्त्री से कुछ बातचीत हुई। उस स्त्री ने लड़की का परिचय एक व्यक्ति से कराया। उसने विश्वास दिलाया कि अंग्रेज़ लड़कियों के लिए फ्रांस में बहुत-सा काम मिल सकता है। उस व्यक्ति ने उस अंग्रेज़ युवती से यह भी कहा कि वह तूलों के पास एक थियेटर में उसे काम दिला देगा।

अंग्रेज़ एजेण्ट के परामर्श की अवहेलना करके उस लड़की ने यह प्रस्ताव स्वीकार कर लिया। तूलो पहुँचने पर बन्दरगाह के पास एक कहवाखाने में उसे प्रायः नंगी होकर नाचना पड़ा। इसके बाद वह एजेण्ट उस लड़की को ट्यूनिस ले गया। ट्यूनिस में उसे ऐसे-ऐसे दुःखद अनुभव हुए, जिनका वर्णन नहीं किया जा सकता। बाद को वह एजेण्ट फ्रेंच पुलिस द्वारा गिरफ्तार कर लिया गया। बाद में यह पता चला कि वह दो-तीन और लड़कियों को जहाजों के मल्लाहों को भाड़े पर दिया करता था।

ये एजेण्ट फ्रांस में ब्रिटिश, जर्मन, नार्वे या स्वीडन की लड़कियों के थियेट्रिकल दल के आगमन की प्रतीक्षा करते रहते हैं। जब दल आता है और थियेटर का निश्चित समय समाप्त होने को होता है, तो एजेण्ट उस दल की किसी लड़की को चुनकर उसके पास पहुँचता है, और उसे मार्सेलीज़ में अभिनय करने का एक नया काम देने का प्रलोभन देता है और कहता है कि तुम्हें बहुत बढ़िया-बढ़िया वस्त्र मिलेंगे। लड़की को भी तुरन्त अपने देश लौट जाने के बजाय यह अच्छा मालूम होता है कि वह और स्थानों में भी अभिनय करने का अवसर ग्रहण कर धन उपार्जित करे। फलतः वह इक़रारनामे पर हस्ताक्षर कर देती है।

जब वह मार्सेलीज़ में पहुँचती है, तो देखती है कि वहाँ उसका अभिनय कराने

के लिए जिस रंगमंच का प्रबंध किया गया है, वह आकर्षक नहीं है। पहले ही सप्ताह में उसे बतलाया जाता है कि घाटा हो रहा है। फिर प्रदर्शन बन्द कर दिया जाता है। पहले का कमाया हुआ धन धीरे-धीरे खर्च हो जाता है। उसमें इतनी बुद्धि नहीं है कि वह दूतावास में जाकर अपने देश को लौटने के लिए आवश्यक सहायता प्राप्त करे।

जब लड़की निराश होने लगती है, तो एजेण्ट फिर उसके पास पहुँचता है और क्षमायाचना करता है। साथ ही विश्वास दिलाता है कि मेरे साथ अल्जीरिया या ट्यूनिस में चलो तो सचमुच ही बड़े भारी पैमाने पर प्रदर्शन की योजना की जाय। वह प्रसन्न होकर वहाँ जाने को तैयार हो जाती है। वहाँ पहुँचने पर फिर वह किसी भद्दे और साधारण-से तमाशे में ले जाई जाती है। लड़की के साथ घृणित व्यवहार किया जाता है और इसे इतना तंग किया जाता है कि वह अन्त में जो कुछ कहा जाता है करने को तैयार हो जाती है।

अन्त में वह फ्रेंच मोरक्को के किसी शेख के हाथ बेच दी जाती है। शेख अंग्रेज़ लड़कियों का बड़ा प्रेमी होता है और उन्हें पाने के लिए उचित मूल्य भी देने को तैयार रहता है। लड़की को पता चलता है कि यह शेख उन शेखों से भिन्न है, जिनका चरित्र-चित्रण रूडोल्फ वैलेण्टिनो ने अपने उपन्यास में किया है। जिस शेख के यहाँ वह जाती है, वह बूढ़ा, रोगी ओर चरित्रहीन साबित होता है। यही नहीं, वह देखती है कि शेख ने औरतों का रेवड़ भर रखा है।

वेल्स की एक लड़की पर जो बीती, उनकी कहानी इस प्रकार है—वह प्रारम्भ में लन्दन की एक दुकान में भर्ती की गई। उसे नौकरी मिली और एक तमाशे के साथ वह फ्रांस पहुँची। किसी फ्रेंच बन्दरगाह में प्रदर्शन समाप्त होने के बाद एक दावत का आयोजन किया गया। दावत में उसे शराब पिला दी गई और वह बेहोश हो गई। जब उसे होश आया तो उसने देखा कि वह एक स्टीमर पर कुछ अन्य लड़कियों के साथ यात्रा कर रही है। वह स्टीमर त्रिपोली की ओर जा रहा था।

त्रिपोली में उतरने के बाद उसे तथा अन्य लड़कियों को समझाया गया कि उनसे जो कुछ कहा जाय, उसे स्वीकार कर लें, व्यर्थ का हठ न करें। इस प्रकार कई महीने तक वेल्स की उस लड़की को घृणित जीवन व्यतीत करना पड़ा। अन्त में सौभाग्य से एक स्टीमर का कप्तान उसकी ओर आकर्षित हुआ और वह उसे अपने साथ फ्रांस लेता गया।

जो लड़कियाँ शेख के हाथ बेची जाती हैं, उन्हें बहुत बुरा अनुभव होता है। उन्हें विवाह करने को बाध्य किया जाता है। एक दो महीने में ही अपने इस विवाहित जीवन से वे ऊब जाती हैं। अन्त में शेख उस लड़की को फिर आधा दाम वापिस लेकर एजेण्ट को दे देता है। इसके बाद वह कहवाखानों में अपना जीवन व्यतीत करती हैं।

लंकाशायर नगर की एक लड़की की कहानी भी ऐसी ही है। लड़की की उम्र 23 वर्ष की थी। वह एक थियेट्रिकल कम्पनी में काम करने के लिए वैध तरीके से इंग्लैंड से पेरिस के लिए रवाना हुई। पेरिस में निर्दिष्ट कार्य के समाप्त होने पर उसने एक दूसरे इकरारनामे पर दस्तखत किया और मार्सेलीज़ जाने को तैयार हो गई। वहाँ जिस रंगमंच पर उसको अपनी कला का प्रदर्शन करना था, उसका कार्यक्रम दो सप्ताह में ही समाप्त हो गया और फिर वह प्रलोभन दिए जाने पर ट्यूनिस जाने को तैयार हो गई।

ट्यूनिस पहुँचने पर उसे बतलाया गया कि वहाँ पर प्रदर्शन करने की जो व्यवस्था सोची गई थी, वह नहीं हो सकी है, लेकिन स्फैक्स जाने पर काम मिल सकता है। निदान वह स्फैक्स पहुँचाई गई। वहाँ दो दिन बाद कुछ बदमाशों ने उस पर हमला कर दिया और उसे एक सप्ताह तक बन्दी बनाकर रखा। अन्त में वह एक शेख़ के साथ विवाह करने पर बाध्य हो गई। एक महीने तक शेख के साथ रहने के बाद वह फिर एक एजेण्ट के सुपुर्द कर दी गई। इसके बाद समुद्र-तट के किनारे स्थित नगरों के कहवाखानों में वह साल-भर तक भटकती रही। अन्त में वह स्फैक्स में एक कहवाखाने में भीषण रोग से पीड़ित होकर वहीं मर गई। अपनी मृत्यु के चार दिन पहले उसने पिटर चेनी के मुखबिर को अपनी राम-कहानी सुनाई थी।

इन गोरी लड़कियों के इस व्यापार को रोकने के लिए 'लीग ऑफ़ नेशन्स' ने सन् 1933 में एक Advisory Committee कायम की थी। इस कमेटी की अमेरिकन सदस्या मिस ग्रेस एवाट ने एक लम्बा खरीता पेश करके इस विषय की महत्ता और सार्वजनिक आवश्यकता प्रकट करते हुए, पूरी जाँच करने के लिए लीग से अनुरोध किया था और 'अमेरिकन ब्यूरो ऑफ़ सोशल हाइजीन' ने 75 हज़ार डालर की रक़म इस काम के लिए ख़र्च करना स्वीकार कर लिया था। अन्त में लीग के समाज सुधार विभाग ने विशेषज्ञों की एक कमेटी बनाकर इस विषय में काम शुरू कर दिया था। इस कमेटी की जाँच-पड़ताल से पता चला कि पश्चिमी यूरोप से मध्य और दक्षिणी अमेरिका को बहुत लड़कियाँ और स्त्रियाँ जाया करती हैं। अतः अमेरिका के उन्हीं प्रदेशों की जाँच की गई जो बढ़ते-बढ़ते केन्द्रीय और उत्तरी अमेरिका, भूमध्य सागर के किनारे के देशों ओर बाल्टिक तथा उत्तरी सागर के देशों तक पहुँच गई। 20 मुल्कों के 112 शहरों और ज़िलों की जाँच की गई। इस काम में लगे हुए दलालों, एजेण्टों, भुक्तभोगी जनो आदि कोई 6 हज़ार व्यक्तियों की गवाही ली गई। अन्त में कमेटी के साहसी सदस्यों ने उन भयानक अड्डों में स्वयं जा-जाकर अनेक गोपनीय और रोमांचकारी बातों का पता लगाया। ब्राजील, भांडीविडियो और ब्यूना से रीज़ तथा मेक्सिको में ऐसी लड़कियों के भारी-भारी व्यभिचार के अड्डे पाये गये। स्विट्ज़रलैंड, बेल्जियम, नीदरलैण्ड, डैनजिंग और अलेक्ज़ेन्द्रिया में बेशुमार नाबालिग विदेशी गोरी

लड़कियाँ व्यभिचार के लिए बेची हुई पाई गईं। लीग की जाँच कमेटी के एक सदस्य से लड़कियों के एक व्यापारी ने बातचीत की थी। उसने उन्हें बताया—"मैक्सिको में मि........इस काम में बड़ा उस्ताद है, वह हर साल यूरोप के तीन चार चक्कर लगाता है और ताज़ा से ताज़ा माल लाता है। उरुग्वे की एक मिसेज ने, जो कि कुटनी का धन्धा करती थीं बताया कि योरोप के एक होटल में ३३ लड़कियाँ काम करती थीं। धीरे-धीरे ये सब दक्षिणी अमेरिका चली आईं। और अब खूब रुपया कमा रही हैं। यहाँ ऐसी कुमारियों के यौवन पर फिदा होकर एक ही रात में हज़ारों रुपये उलीचने वाले उल्लू अमीरों की कमी नहीं है। ब्राजील के एक चकले की संचालिका ने कहा कि यदि मेरे पास साठ कमरे भी हों तो भी मैं रोज़ाना आने वाली लड़कियों की ज़रूरत को पूरा नहीं कर सकती। दक्षिण अमेरिका के एक थियेटर में हर रात को गुप्त रूप से व्यभिचार करनेवाली 100-200 लड़कियाँ ग्राहकों की तलाश में पहुँच जाती हैं जिन्हें थियेटर वाले फ्री पास दे देते हैं, क्योंकि वे जानते हैं कि इन्हीं की वजह से वहाँ दर्शक अधिक आते हैं। एक क्लब की बात कही गई है, जहाँ नाश्ता-पानी और नाचने गाने का प्रबन्ध है। इसमें जो लड़कियाँ नौकर हैं। उनका यही काम है कि वे अतिथियों का मनोरंजन करें, उनके साथ नाचें, गले में बाहें डालकर प्रेमालाप करें, उन्हें शराब पिला-पिलाकर होटल के बिल बढ़ावें। आधी रात को होटल जब बन्द हो जाता है तो लड़कियाँ उन छैलों की अंकशायिनी बन जाती हैं और जो खाली रहती हैं उन्हें मालिक लोग डाँट बताते हैं तथा निकाल देने की धमकी देते हैं क्योंकि वे जानते हैं कि इन्हीं के जाल में फँसकर ग्राहक अधिक आते हैं।

एक बार अखबार में छपा कि एक अमेरिकन लड़ाकू जहाज़ दो हज़ार फौजी सिपाहियों को लेकर पनामा पहुँचा है। दूर-दूर के चकले वाले झट दौड़कर पनामा पहुँच गये। बाज़ार ओर गलियाँ इन फ़ौजियों से भर गई थीं और इन दलालों की झोलियाँ भी खूब भरीं। जब जब पनामा से कोई जहाज गुज़रता है ऐसा ही होता है। ये अड्डे वाले ऐसे मौकों पर कुछ महीनों में ही 4-5 हज़ार डालर कमा लेते हैं। फौजों का कहीं पहुँच जाना ही इस बात का संकेत है कि वहाँ स्त्रियों की भारी आवश्यकता पड़ेगी। बस ये दलाल देश-देश से सुन्दरियाँ जुटाते और जैसे उनसे पैसा छीनते बने, छीनते हैं। इन्हें फौजियों की तनख्वाह मिलने की तारीख का पता रहता है और वे उससे पूरा लाभ उठाते हैं। कुछ समय पहले तो यहाँ तक होता था कि दक्षिणी अमेरिका में सेना के जाने पर वहाँ की म्यूनिसिपैलिटियों के चेयरमैन या मेयर युद्ध-मन्त्री को सूचना देते थे कि हम इतनी युवतियों का बंदोबस्त अमुक स्थान पर कर सकते हैं। वहीं पड़ाव डाल दिया जाय।

एक बार जेनेवा में जिमनास्टिक के खेल दिखाने वाली एक कम्पनी आई। कसरत दिखाने वाली सभी कमसिन लड़कियाँ थीं, जो नाममात्र को कपड़े पहने हुई

थी। उनकी सुडौल देह, उभरा हुआ यौवन, गोरा रंग और गालों की गुलाबी तथा चपलता और अदा ने दर्शकों को उन्मत्त कर दिया। वे भाँति-भाँति के बहानों से अपने अंगों के वस्त्र उघाड़ लेतीं, जिससे खूब तालियाँ बजतीं। खेल के बाद वे सभी युवतियाँ किसी न किसी युवक के बाहुपाश में दिखाई देने लगीं। उन्होंने एक-एक रात के सौ-सौ और दो-दो सौ डालर वसूल किए। जिनमें से आधी रकम कम्पनी के मालिकों के हिस्से की थी। मैक्सिको के तायाजूना शहर में, जो अमेरिका की सरहद के पास है, साल में कई दफे घुड़दौड़ होती है, जिसे रेसिंग सीज़न कहते हैं। इसमें भाग लेने को लाखों अमेरिकन आते हैं और इस अवसर पर ये औरतों के दलाल यहाँ से मालामाल होकर लौटते हैं। सैर-सपाटे के लिए जो यात्री देश-विदेश घूमने निकलते हैं, ऐसी लड़कियों के सबसे दिलचस्प ग्राहक होते हैं। वे प्रायः राजा, रईस, उमराव होते हैं और पानी की तरह पैसा बहाते हैं। उनके लिए ये दलाल अच्छे-से-अच्छा माल जुटाते हैं। मैक्सिको, ईजिप्ट, एलजियर्स, ट्यूनिस इस काम के केन्द्र है। बेल्जियम के एक कैफे का हाल वर्णन किया गया है। यहाँ शराब की खूब बिक्री होती है, होटल की परियाँ खूब उड़ेल-उड़ेल कर ग्राहकों को शराब पिलाती हैं। वे स्वयं भी शराब पीती हैं और ग्राहकों के गले में हाथ डाल-डालकर उन्हें बार-बार पिलाती हैं। इस प्रकार होटल का बिल बढ़ता ही जाता है। ग्रीस के तीन सरायों की जाँच की गई। यहाँ छोटे दर्जे के आदमी ठहरा करते हैं। उनमें घटिया दर्जे की शराब सुन्दरियों द्वारा ढाल-ढालकर पिलाई जाती हैं शराब की बिक्री में उनका कमीशन होता है इसलिए वे अधिक-से-अधिक शराब ग्राहकों को पिलाने के लिए विविध हावभाव करती हैं ओर व्यभिचार भी कराती हैं। फ्रांस की लड़कियों के विषय में एक दलाल ने कहा था—ये लड़कियाँ ज़रा भी समझदार नहीं होतीं। स्वभाव और सूरत की बड़ी मीठी होती हैं। वे प्रेम के नाम पर सर्वस्व न्यौछावर कर देती हैं। उन्हें प्यार चाहिए, अच्छे-अच्छे कपड़े चाहिए, फिर चाहे उन्हें दमड़ी भी न दीजिये। ये लड़कियाँ छोटे-छोटे क़स्बे से आई हुई अछूती कली की भाँति होती हैं। इन्हें ढूँढ लेना मुश्किल नहीं है। मैंने एक बेबी आस्टिन मोटर ले रखी है। इस पर रोज़ शाम को घूमने निकलता हूँ और रोज़ दो-एक नई-नवेलियों का मज़ा लूटता हूँ। होटल में जाओ या बालरूम में, बस नाचते-नाचते उसे बगल में दबाये कहीं ले जाओ। थियेटर और मन को उत्तेजित करने वाले काम उन्हें पसन्द हैं। वे तुरन्त ही फैशन और टीम-टाम से रहना सीख लेती हैं और आमोद-प्रमोद की जगहों में ले जाया जाना इन्हें बहुत पसन्द होता है। वहाँ वे खूब खुश रहती हैं। गाने-बजाने तथा चित्रकारी करने वाली लड़कियाँ बहुत जल्दी फँसती हैं। हम लोग ऐसी ही टोलियाँ बना लेते हैं और देश-देश घूमते हैं और उनसे काफ़ी पैसा पैदा करते हैं।

एक दलाल का विवरण ऐसा मिला कि उसने एक परम सुन्दरी लड़की को,

जिसकी अवस्था 17 साल की थी, फँसाकर उससे नकली नाम और पासपोर्ट की मदद से ब्याह कर लिया। बाद में स्वदेश जाने के बहाने उसे लेकर जहाज पर चढ़ा। जहाज पर उसने तीन-चार रईसों से उस युवती का परिचय करा दिया और ऊँच-नीच समझाकर उनसे उसे व्यभिचार करने को राजी कर लिया। इस प्रकार उसने डेढ़ मास की यात्रा में 3 हज़ार डालर कमाये। यूरोप में 21 वर्ष की लड़की बालिग समझी जाती है, पर स्वस्थ और सुन्दर लड़कियाँ 17-18 वर्ष की आयु में ही बालिग बताकर उड़ा ले जाई जाती हैं क्योंकि इसी उम्र में लड़कियाँ अधिक आसानी से बहकाई जा सकती हैं। कभी-कभी बहुत ही छोटी उम्र की लड़कियाँ भी चुराकर ले जाई जाती हैं।

मैक्सिको में एक क्लब का हाल एक महाशय ने लिखा है, जिसकी मालकिन एक अमेरिकन महिला थी। वह लिखता है कि मेरे पहुँचते ही मिसेज़ ने मुस्कराकर कहा—मेरे पास एक अत्यन्त सुन्दर छोटी-सी गुड़िया है, जिसे तुम बहुत पसन्द करोगे। वह झट से भीतर जाकर एक 13-14 साल की किशोरी को ले आई। वह खूब गोरी, शरीर से गठीली, भोली ओर लचीली थी। उसकी माँ अंग्रेज़ और बाप हिन्दुस्तानी था। मिसेज़ ने बताया कि उसके पीछे दो हज़ार रुपये खर्च किए हैं। लड़की हरी सिल्क का साया पहने थी और उसने बालों के जूड़े में स्पेन का बढ़िया कंघा खोंसा हुआ था। उसने उसका एक रात का दाम 150 डालर बताया। उसने बताया कि मुझे इसका एक-एक बार का सौ-सौ डालर मिलेगा। अगले रेस के सीजन में जब न्यूयार्क के बड़े आदमी यहाँ आवेंगे, यह ब्यूटी मुझे मालामाल कर देगी।

लिस्बन की एक कुटनी ने कहा कि यहाँ उम्र की कोई कैद नहीं है। मैं दो छोकरियाँ बारह-बारह साल की लाई थी ओर 6-7 साल से वे कमा रही हैं। आधी आमदनी उनके माँ-बाप लेते हैं।

एक महाशय बयान करते हैं कि मैं एक मित्र के साथ जर्मनी के एक शानदार होटल में गया। धीरे-धीरे वहाँ झुण्ड-की-झुण्ड सुन्दरियों के ठट आने लगे। उनके दाँत सुन्दर, बाल चिकने और चमकीले होंठ, और गाल रंगे हुए तथा वस्त्र उत्तेजक थे। उस दिन सैनिकों की तनख्वाह बंटने का दिन था। देखते-ही-देखते सैनिकों की भीड़ लग गई। हँसी-दिल्लगी होने लगी। फिर थोड़ी-थोड़ी देर में एक-एक जोड़ी उठ कर होटल के ऊपर पंचमहले में बने प्राइवेट कमरे में जाने लगी। मित्र के द्वारा मालूम हुआ कि आज ही इन सैनिकों की आधी तनख्वाह इन सुन्दरियों की जेबों में चली जाएगी, ऊपर के ये सब कमरे इसी काम के लिए रिज़र्व हैं। जिनका काफी किराया ऐंठा जाता है। वहाँ ये लड़कियाँ शराब पीकर व्यभिचार कराती, नंगी तस्वीरें खिंचवाती और संयुक्त अवस्था में तस्वीरें खिंचवाती हैं। उन्होंने ऐसे कई फोटो मँगाकर मुझे दिखाये भी। अब एक तुर्की उदाहरण सुनिए। एक दलाल एक यूरोपियन सुन्दरी को

कहीं से उड़ाकर लाया। तुर्की व्यापारी ने उसे 20 पौंड दिए। इतनी ही रकम उसके रजिस्ट्रेशन पर खर्च हुई। मकान मालिक ने 100 पौंड के सिक्के पर उसकी सही ले ली जिसमें 3 मास में ब्याज सहित वापस चुका देने का वादा लिखा था। अब उसे एक कपड़े के सौदागर की दूकान पर ले गये। वहाँ उसके लिए भड़कीले कपड़े दूने दाम पर खरीदे गये। वहाँ उसे 100 पौंड का एक रुक्का और लिखना पड़ा। यह सब कर्ज़ा चक्रवृद्धि ब्याज की दर से कुछ-का-कुछ हो गया। और वह लड़की पाप कमाई कमाते-कमाते हार गई, पर कर्ज़ा न चुका सकी। जिनेवा की एक लड़की ने दुःख के साथ बयान दिया था कि मेरा इरादा यहाँ ठहरने का न था, सिर्फ कर्ज़े के कारण ठहरना पड़ा। मुझे यहाँ तीन साल हो गए। मैंने रात-दिन कर्ज़ा चुकाने की कोशिश की, मेरा स्वास्थ्य भी नष्ट हो गया। मेरा अनुमान है कि जुलाई तक मैं कर्ज़ा चुका दूँगी और उस दिन परमेश्वर को धन्यवाद दूँगी और फिर कभी भूलकर भी इस जीवन में न आऊँगी।

अरजण्टाइना गर्वनमेण्ट का कहना है कि इटली, फ्रांस और पोलैंड की स्त्रियों के मारे हमारा नाक में दम है। ये लोग स्पेन, डच, जर्मन और बेल्जियम बन्दरगाह से जहाज में सवार होते हैं। इटालियन लड़कियाँ प्रायः फ्रांस के बन्दरगाहों से और फ्रांसीसी प्रायः लिस्बन से सफर करती है। एटलांटिक के किनारे करोन्ना ओर सेटेन्डर नामक कुछ छोटे-छोटे बन्दरगाह हैं, जहाँ बिना किसी खास, जाँच-पड़ताल के यात्री आसानी से चढ़-उतर सकते हैं। जरनोविज के अधिकारियों का कहना है कि रूमानिया से निकट पूर्वीय देशों में काफी औरतें भेजी जाती हैं। उनका कहना है कि मैंने बीसों बार हज़ारों कप्तानों को झूठे पासपोर्ट उन औरतों को देते देखा है, जो इन दलालों के साथ विदेश को जाती हैं।

ये लोग आधी रात के समय चुपचाप छोटी-छोटी नावों द्वारा नदियों और खाड़ियों को पार करते हैं। कभी-कभी छोटे-छोटे अग्निबोटों के कप्तान उनसे मिल जाते हैं। दस महीने के अन्दर-अन्दर एक कप्तान ने ऐसे 200 आदमियों को आधी रात के बाद उस पार उतारा था। बड़े-बड़े जहाजों पर भी बिना पासपोर्ट और टिकट लोग लुक-छिपकर लड़कियों को ले जाते हैं। फ्रांसीसी सुन्दरियाँ तो बराबर मिस्र में जाती ही रहती हैं। वे मल्लाहों की सहायता से जहाज में चढ़ जाती हैं और वे उन्हें कोयलों की कोठरी में, स्टोररूम में या और किसी ऐसी ही जगह में छिपा देते हैं। ये लोग इतने बदमिज़ाज ओर लड़ाकू होते हैं कि कप्तान लोग उनसे झगड़ा मोल नहीं लेना चाहते। इन स्त्रियों में से ये लोग रास्ते में व्यभिचार भी करते हैं और पैसा भी वसूलते हैं। प्रायः अलेग्ज़ेण्ड्रिया में ये लड़कियाँ उतर जाती हैं। वहाँ से मोटर द्वारा जहाँ जाना होता है, चली जाती हैं। अलेग्ज़ेण्ड्रिया में जहाज कई दिन तक ठहरता है। ठीक किनारे पर जेटी बनी हुई है, इसलिए रात में जहाज छोड़ने में उन्हें कोई दिक्कत नहीं प्रतीत

होती। इस प्रकार हज़ारों स्त्रियाँ दूसरे देशों से आ जाती हैं। इन बड़े-बड़े जहाजों पर दलालों के वेतन-भोगी आदमी उनकी निगरानी करते रहते हैं। बहुत से लोग प्रायः उनके रूप की बानगी चखते हैं और उन्हें मदद देते हैं। दलालों से घूस पाते हैं वह अलग। ये दलालों के आदमी प्रायः तीसरे दर्जे में सफर करते हैं। जिस ऋतु में यात्री बहुत आते हैं उसमें यूरोपियन लड़कियाँ अलजियर्स, ट्यूनिस और ईजिप्ट की ओर एलेग्ज़ेण्ड्रिया के रास्ते पर ले जाई जाती हैं। कभी-कभी वे पोर्टसईद पर भी उतरती हैं या वेराउथ में उतरकर ईजिप्ट को खुश्की के रास्ते आती हैं। रूमानिया, पोलैंड और ग्रीस से लेवेन्ट को भी लड़कियाँ ले जाई जाती हैं। यद्यपि तुर्क की हूरें प्रसिद्ध हैं, फिर भी कुस्तुनतुनिया में गोरी लड़कियाँ पहुँचती ही हैं। अमेरिका के पश्चिमी प्रांतों में चीन की छोटी-छोटी लड़कियों की बड़ी कद्र होती है।

भारतीय मन्दिरों में देवदासियों की तो हम चर्चा कर ही चुके हैं, यूरोप में भी देवदासियों का कभी बड़ा भारी दौर-दौरा था और यह भी मुक्त सहवास का एक प्रकार था, जिसे धार्मिक रूप दे दिया गया था। प्रायः पाँच हज़ार वर्ष पूर्व बैबिलोन में यह प्रथा विचित्र रूप में थी कि विवाह के बाद प्रथम अवसर पर पत्नी अपने पति के साथ न सोती थी। उसे मन्दिर में जाकर किसी अन्य मनुष्य से सहवास करना पड़ता था। जब तक उसे कोई आदमी न मिले, वह मन्दिर में ही रहती थी। कई नवविवाहिताएँ कुरूपा होने के कारण बरसों मन्दिर में रहने को बाध्य होती थीं। क्योंकि उन्हें कोई प्रेमी मिलना अत्यन्त कठिन होता था। धर्म यह कहता था कि एक रात प्रेमी के साथ काटकर घर आओ। कई देशों में नववधू पहली रात पुरोहित के साथ काटती थी। यूनान के कोरिन्थ नगर के विषय में प्रसिद्ध भूगोलविद् स्ट्राबो ने गर्व के साथ लिखा है—''अफ्रोडाइट का मंदिर इतना संपन्न है कि इसमें एक हज़ार से भी अधिक 'देवदासियाँ' हैं। ये इस देवालय में नारियों और पुरुषों द्वारा अर्पित की गई हैं। इन वेश्याओं के प्रलोभन से नगर की आबादी खूब बढ़ गई है और फलतः समृद्धि उन्नति पर है।'' टेसालोस का पुत्र जेनोफोन वचन देता है कि ओलम्पिक खेलों में मेरी जीत होगी तो हे देवी! मैं तुम्हारे मन्दिर में देवदासियाँ चढ़ाऊँगा। प्रसिद्ध यूनानी कवि पिण्डार देवदासियों के गीत गाता है। एक लेखक कहता है कि—''वाह, क्या चहल-पहल है! इस मन्दिर में देवदासियों की धूम है। ये परदेसियों से खूब रुपया कमाती हैं और मन्दिर का व्यय चलाती हैं।'' ये देवदासियाँ यूनान में सर्वत्र थीं। रोमन लोगों में यह प्रथा प्रचलित थी। सिसली के एरिक्स पर्वत पर वीन एरींचीना के देवालय में बहुत देवदासियाँ थीं। विख्यात रोमन लेखक ओबिड लिखता है—''देव-देवियों को प्रसन्न करने के लिए देवदासियाँ उत्सव मनाती थीं।'' टैसिटस भी देवदासियों का उल्लेख करता है।

यूरोप की सभ्यता और संस्कृति इन दो देशों से ही आई है। यूनानी साहित्य

के विशेषज्ञ जान मरे का मत था कि यूरोप अभी संस्कृति के उस स्तर तक नहीं पहुँचा है जिस पर यूनान था। इस हालत में यह स्वाभाविक था कि देवदासी-प्रथा का प्रचार ईसाई यूरोप में भी हो। जनता ने ईसाई धर्म ग्रहण करने पर भी अपने 'आनन्दोत्सव' न छोड़े। फ्रेंच लेखक घुफूर लिखता है—''आरम्भ में जो ईसाई हुए, उनमें भले-बुरे सब लोग थे। इसलिए उस समय आवश्यक हो गया था कि देवदासी-प्रथा चलाई जाय। कई ईसाई संघों ने इसका प्रचलन किया। संगीत, नृत्य और मदिरा के साथ कामोत्सव मनाये जाते थे। यहाँ तक कि हमारे सैक्रेमेण्टों में भी ऐसे प्रलोभन के अवसर रखे गये थे। बालकों को दीक्षित करने के अवसरों पर स्त्रियाँ पूर्णतया नग्न हो जाती थीं। प्रार्थना के समय स्त्री तथा पुरुष परस्पर मुख का चुम्बन करते थे। उत्सवों और जलसों में युवतियाँ ऐसे ताबीज पहनतीं और मूर्तियाँ लटकाये रहती थीं कि उनसे दर्शकों का कामोद्दीपन हो। थालों में अत्यन्त अश्लील तथा जघन्य आकारों की मिठाइयाँ फिरायी जाती थीं। यह बातें सेंट जान क्रिसोस्टोमुस ने पोप इन्नोसेन्ट प्रथम को लिखी थीं।'' इस उदाहरण से पाठक समझेंगे कि यूरोप में ईसवी सन् के आरम्भ में देवदासी-प्रथा का पूरा ज़ोर था। जर्मन लेखक पॉल इंग्लिश लिखता है—''यद्यपि संन्यास धर्म में इसको अत्यन्त निन्दनीय बताया गया था, पर उसमें धर्म के नाम पर अपनी कामवासना चरितार्थ करने के अनेक ढंग प्रचलित थे।'' ईसाई धर्म का यह घोर पतन देखकर अंग्रेज़ लेखक हेनरी हालसाल ने लिखा है कि—''रोमन साम्राज्य ने उजड़ते समय अपने गुणों के साथ पाप भी ईसाई यूरोप को सौंप दिए।'' यूरोप के अन्धकारयुग में (Dark Age) ईसाइयों में यौन-सम्बन्ध का वही रूप था, जो पशुओं में पाया जाता है। दुराचार बेरोकटोक खुले खजाने चलता था। धर्मगुरु और पुरोहित भी उससे बचे न थे। विद्वानों का मत है कि यह सेन्ट पाल की इस शिक्षा का परिणाम है कि—''पुरुष का श्रेय तो इसमें है कि वह स्त्री को न छुवे।'' जहाँ लोग प्रकृति-विरुद्ध अनुशासन फैलाना चाहते हैं वहाँ उसका उल्टा प्रभाव पड़ता है। ईसा मसीह ने विवाह को उचित बताया था, पर उसके चेले उसे भी पाप समझने लगे। परिणाम यह हुआ कि सारा ईसाई समाज मुँह से तो विवाह को दुष्कर्म बताने लगा, पर कार्यतः रात-दिन मदनोत्सव में मस्त रहने लगा। पुरोहित इस मद में अपने अनुयायियों से भी अधिक आगे बढ़ गये। देवदासियाँ तो मन्दिरों में रहती थीं, पर पादरी अपनी सेवा के लिए जिन नौकरानियों को रखते थे उनसे अपनी वासना तृप्त करने लगे। 1278 में लण्दन में एक 'धर्मसभा' हुई थी। आर्कबिशप जान इसके प्रवर्तक थे। उसमें प्रस्ताव पास किया गया था कि—''धर्मगुरुओं की कामाग्नि उनकी प्रतिष्ठा को नष्ट करती है, विशेषतः जब रखैलों से उनकी सन्तान उत्पन्न होने लगती है। इसलिए हम प्रस्ताव करते हैं कि इन्हें, खासकर उच्च पदों पर प्रतिष्ठित पादरियों को अपनी रखैलों और उनसे होने वाली सन्तान के लिए अपने वसीयतनामे में सम्पत्ति

न छोड़नी चाहिए। ऐसी जायदाद गिरजे को मिलनी चाहिए।'' कुछ धर्मगुरु ऐसे थे जो अखण्ड ब्रह्मचारी रहने के पक्ष में लड़ते थे। इन्होंने पोप को भी सम्मति दी कि प्रचलित दुराचार का अन्त करने के लिए इस विषय पर कड़ाई की जाये। पर जैसे ही कामुक पुरोहितों को इसकी सूचना मिली, उन्होंने इन पर हमला किया और पत्थरों से इन्हें मार डालने की चेष्टा की। इस पर इंग्लैंड, फ्रांस और जर्मनी में तहलका मच गया। पोप और शुद्धाचारियों की एक न चली। अन्त में यह निश्चय हुआ कि—''पुरोहितों से कहा जा सकता है कि तुम रखैल मत रखो, पर स्त्रियों से कोई नहीं कह सकता कि तुम पुरोहितों को मत रखो।'' हाइनरिख फान ल्युट्रिश ने सबके कान कतरे। उसने संन्यासिन को घर मे रख लिया और बगीचे में परियों की महफिल जमा दी। उसको गर्व इस बात का था कि उसने बाइस महीनों में चौदह पुत्र पैदा किए हैं। जर्मन इतिहासज्ञ वेवल लिखता है। ''उत्कट दुराचार तो परिव्राजक गुरुओं द्वारा फैला। नब्बे सैंकड़ा पादरी नाम के ब्रह्मचारी थे, किन्तु वास्तव में अपनी कामवासना के दास थे। वे प्राकृतिक और अप्राकृतिक उपायों से वासना चरितार्थ करते थे। संन्यासियों और संन्यासिनियों के मठ रासलीला की भूमि बने हुए थे। बाहर समाज में जो पाप दंडनीय थे इनकी दीवारों के भीतर वे रात-दिन होते थे। भ्रूण-हत्या तो साधारण बात थी। जज स्वयं इस व्यभिचार में निमग्न थे, तब कौन दण्ड देता?''लोग इन 'धर्मात्मा पादरियों' से उतना ही घबराते थे जितना शैतान से। जहाँ कोई पुरोहित बिना 'देवदासी' के आया कि समाज में भय फैल गया। सब समझ जाते थे कि अब इस स्थान में बहू-बेटियों की पत न रहेगी। एक समय कान्टेन्स में एक बिशप बिना 'देवदासी' के आया। उसे देखते ही वहाँ त्रास फैल गया। लोगों ने उसे घेरा और निवेदन किया कि आप 'देवदासी' रख लें। पर यह कामुक देवदासियों से तृप्त हो चुका था। उसने अपनी निर्धनता का बहाना किया। वहाँ के निवासियों ने कहा—''अच्छा हम आपको देवदासी खाते में अलग टैक्स देंगे।'' इस प्रकार वह 'देवदासी' रखने को बाध्य किया गया। इन 'धर्मात्माओं' का खाका चासर, बोकशियों आदि ने खूब खींचा है। क्लेमानसिस के निकोलस ने पन्द्रहवीं सदी में लिखा था—''आजकल जो मनुष्य काम नही करना चाहता और आनन्द लूटने की फिक्र में रहता है, तो वह तत्काल पुरोहित बन जाता है और चकलों तथा शराबखानों में पड़ा रहता है। वहाँ इनका काम है—खाना, पीना और मौज उड़ाना। शराब में मस्त होकर ये ईश्वर को गालियाँ देते थे। और तब तक वहाँ से हटते नहीं थे जब तक बेहोशी की हालत में उन्हें वेश्यायें गिरजे नहीं पहुँचा देती थीं।''

जर्मन लेखक त्सिमर ने इनका सविस्तार वर्णन किया है। वह कहता है—''केवल पुरोहित ही नहीं, सर्वसाधारण और विशेषकर सरकारी कर्मचारी वहाँ 'मौज की घड़ी' बिताते थे।'' ये मठ वेश्यालय-मात्र थे। दूसरा जर्मन ऐतिहासिक गाइलर फान कैसरबर्ग

लिखता है—‘‘मुझे यह निश्चय करना कठिन हो रहा है कि कन्या को संन्यासियों के मठ में भेजना अच्छा है या चकले में क्योंकि मठ में वह वेश्या तो है ही लेकिन साथ ही प्रतिष्ठित रहती है।’’ 1484 ई. में बिशप गाइम्बुस फान कास्टेल ने पोप को रिपोर्ट भेजी थी—‘‘सेफलिंगन के मठ में मुझे सब ‘ब्रह्मचारिणियाँ गर्भवती मिलीं।’’ मारिया क्रोन मठ को तोड़ा गया तो चोर कमरों में बच्चों के सर, उनके धड़, आदि अंग गड़े मिले। यौनशास्त्र विचक्षण इस अन्धाधुन्ध चरित्र भ्रष्टता का कारण यह बताते हैं कि सोलह-सोलह वर्ष की लड़कियों को ज़बर्दस्ती इन मठों में बन्द कर दिया जाता था।

गुप्तेन्द्रिय और बीजकोष

स्त्री-पुरुषों की काम-क्रीड़ा और सहवास के आनन्द का मूल आधार गुप्तेन्द्रिय और बीजकोष है। इसलिए उन्हें इन अद्भुत अवयवों की बारीकियों को जान लेना बहुत लाभदायक है।

बीजकोष ही गर्भ में लड़की या लड़के का निर्माण करता है। गर्भ धारण के दो-तीन मास बाद ज्यों ही गर्भ-पिण्ड का निर्माण होता है, बीजकोष का एक रूप बन जाता है; और फिर उसी के प्रभाव से लड़के या लड़की का शरीर बनता है। जन्म लेने के बाद भी ये बीजकोष भिन्न लिंगों को पविर्तित करते रहते हैं। यौवनोदय पर इन्हीं के द्वारा स्त्रियों के नितम्ब, स्तन और अन्य स्त्री-अंग पुष्ट होते हैं तथा मर्दों के दाढ़ी मूँछ आदि। अगर स्त्री या पुरुष दोनों में से किसी के शरीर से अंग पूर्ण होने से प्रथम ये बीजकोष काटकर निकाल लिए जाएँ, तो उनके शरीर की बनावट में अन्तर पड़ जाएगा, क्योंकि बीजकोषों के द्वारा जो अन्तःस्राव होता है, उसी से स्त्रीत्व तथा पुरुषत्व एवं कामशक्ति की भावना की पुष्टि होती है।

जाँच करने से मालूम होता है कि बीजकोषों से दो प्रकार का स्राव होता है। एक अंतःस्राव जो मस्तिष्क और पृष्ठवंश के मज्जा-तन्तुओं को कामपूरित रखता है, तथा रक्त में मिलकर कामवासना को उत्पन्न करता है। दूसरा बहिःस्राव, जिससे स्त्री-बीज और पुँ-बीज तैयार होता है। अन्तःस्राव की तीव्रता के आधार पर ही कामवासना की तीव्रता निर्भर है। यह स्राव मन के अधीन नहीं, अतः कामवासना पर इसका कोई प्रभाव नहीं है। वासना की क्रिया समाप्त होने पर ही उस वासना का कुछ रूपान्तर या नियन्त्रण हो सकता है। स्त्री या पुरुषों के बीजकोषों का पूर्ण कार्य प्रारम्भ होना ही यौवनागम की सूचना है। स्त्री को उस समय रज-प्राप्ति होती है, पर पुरुष का कोई खास चिह्न नहीं प्रकट होता है। लड़की जब जन्मती है, तब पाँववें या छठे दिन उसके गुप्तांगों से कुछ रक्तस्राव होता है, और स्तनों में गाँठ

पैदा हुई प्रतीत होती है। ऐसा अनुमान किया जाता है कि पेट में रहते हुए माता का अन्तःस्राव लड़की के शरीर में जाता है। यही कारण है कि लड़की का बीजकोष, जो जन्मकाल में बड़ा होता है, पीछे छोटा हो जाता है। इस काल में उसके बीजकोष में कई लाख बीज प्रथमावस्था में होते हैं। इनमें बहुतेरे सूख जाते हैं और यौवन-आगमन के समय बहुत कम रह जाते हैं। फिर यौवनकाल में एक-एक करके ये बीज पकते जाते हैं तथा आयु की वृद्धि के अनुसार बीज की बची शक्ति उनकी कमी होने से तथा पकने की क्रिया से मासिक स्राव भी बन्द हो जाता है। मासिक स्राव बन्द होने का समय पैंतीस से चालीस वर्ष तक रहता है। इस तरह लाखों बीजों में से कुछ ही पकते हैं शेष सब सूख जाते हैं। पुरुष में रेतस्खलन की शक्ति आने पर भी रेतस्खलन अनिवार्य है। परन्तु यौवनोदय का काल पुरुषों में तथा स्त्रियों में भी अन्य लक्षणों से प्रकट हो जाता है। इस आयु में स्त्री-पुरुषों की बगल और जननेन्द्रियों पर बाल उग आते हैं। इन स्थानों पर बाल उग आना स्त्री-पुरुषों के यौवनोदय का पक्का चिह्न है। फिर भी वीर्यकीट पुरुष के शरीर में अठारह वर्ष की आयु से कम में उत्पन्न नहीं होते। हाँ जो बाल गुप्तांगों पर जमते हैं, उनकी आकृति में भेद होता है। स्त्रियों में इन बालों की रेखा नाभि के नीचे की ओर झुकी होती है तथा पुरुषों में ऊपर को होकर नाभि को छू जाती है। अठारह-बीस वर्ष की आयु में स्त्री-शरीर की वृद्धि सीमा को प्राप्त हो जाती है। उनके शरीर में चर्बी बढ़ जाती है और इसी से नितम्ब और स्तन भारी हो जाते हैं और उनका आकार पुरुषों से भिन्न दिखने लगता है। परन्तु पुरुषों का विकास आगे भी जारी रहता है। हाँ, जब यौवनोदय होता है, तो सबसे प्रथम हाथ-पैरों की वृद्धि अधिक तथा धड़ की वृद्धि अपेक्षाकृत कम होती है। निश्चय इसका कारण बीजकोष ही है। परन्तु धड़ की अपेक्षा हाथ-पैरों का बहुत अधिक बढ़ना नपुंसकता का लक्षण है। आम तौर पर स्त्रियों के सिर की ऊँचाई पुरुषों की अपेक्षा अधिक और गर्दन की कम होती है। इसी तरह स्त्रियों का धड़ पुरुषों की अपेक्षा बड़ा और हाथ-पाँव छोटे होते हैं। ऊँचाई यदि समान भी हो तो भी नाभि से जननेन्द्रिय के ऊपर की हड्डी तक का अंतर स्त्रियों में अधिक होता है। पुरुषों की अपेक्षा स्त्रियों के सिर का घेरा और वज़न कम होता है, परन्तु शरीर के अनुपात में पुरुषों से अधिक होता है। स्त्रियों के रक्त में लाल अणु कम और श्वास पुरुषों की अपेक्षा अधिक गति वाला है। यौवनोदय का एक चिह्न आवाज़ का अन्तर है। परन्तु यह पुरुषों में ही अधिक होता है।

अब एक मार्के की बात यह है कि यौवनागम के समय जो आकर्षण भिन्नलिंगी प्राणियों में परस्पर होता है, वह मनुष्य प्राणी में केवल शारीरिक न होकर उसमें मानसिक भाव भी अधिक होता है। शारीरिक सहवास-सुख के साथ ही प्राणानुप्रीणन अथवा प्रेमोदय, जिस पर प्राणोत्सर्ग तक के उदाहरण देखे गये हैं, मानव को अन्य प्राणियों

से पृथक् करता है। इस बात के प्रमाण मिल चुके हैं कि प्रेमोत्सर्ग की भावना से इन्द्रिय-वासना की तृप्ति पृथक् है। स्त्री-पुरुषों में यह प्रणय प्रारम्भिक जीवन में गौण होता है और ऐन्द्रीयता प्रमुख, पर प्रौढ़ावस्था में ऐन्द्रीयता गौण हो जाती है, प्रणय प्रमुख हो जाता है। प्रणय के ऐसे उदाहरण कुछ पशु-पक्षियों में भी मिलते हैं, परन्तु उनका वास्तविक कारण अभी तक समझा नहीं गया है। मनुष्य में स्त्री-पुरुष के बीच परस्पर जो प्रणय बीज प्रारम्भ में भिन्न लैंगिक होने के कारण काम-चिन्ता के माध्यम से उत्पन्न होता है, वह सर्वोपरि मनोविकार हो जाता है। जिस प्रकार कामवासना मनोविकार नहीं है, उसी प्रकार प्रणय शुद्ध मनोविकार है। परन्तु कामवासना और प्रणय दोनों का जब जीवनतत्त्व से एकीकरण होता है तो एक आश्चर्यजनक सुख, सौरभ, कोमलता, भावुकता, कवित्व, उत्सर्ग और न जाने क्या-क्या रसराग जन्म लेते हैं। और मनुष्य के जीवन का यह अंग एक भावपूर्ण कवित्व का केन्द्र हो जाता है। मनुष्येतर प्राणियों में यह सहज ज्ञान से होता है। सारस, चकवा आदि पक्षियों में भिन्नलैंगिक आकर्षणों की विशेषताएँ प्रसिद्ध हैं। यद्यपि हम उन्हें सहजमूलक ही कहते हैं, परन्तु वास्तव में उनका कारण अज्ञात है? फिर भी यह इन्द्रियों और शरीर विकार में भिन्न एक वस्तु तो है ही।

अब हम गुप्तांगों का वर्णन करना चाहते हैं। स्त्री-पुरुष के गुप्तांग सर्वथा परस्पर विपरीत है। उनका कुछ भाग गुप्त और कुछ प्रकट है। पुरुष का शिशन और अण्डकोष प्रकट है और स्त्रियों की योनि और महाभगोष्ठ। यह अंग स्त्री-पुरुष दोनों में पेट के निचले भाग से जुड़ा है और दोनों भिन्न लैंगिक इन्द्रियों का मिलन-संघर्षण ही समागम है। वीर्यपात उसकी समाप्ति है। पुरुष के शिशन का जो भाग गुप्त है वह मलद्वार की ओर बढ़ गया है। शान्तावस्था में प्रकट भाग नीचे की ओर लटकता रहता है, पर कामोत्तेजना में इसमें वेग से रक्त भर जाने से यह खड़ा और कड़ा हो जाता है। तब उसका दृश्य और अदृश्य भाग एक सीधी रेखा में आ जाता है। ऐसी हालत में उसके पेट के ऊपर के भाग की तरफ एक लघुकोण बन जाता है। शिशन के नीचे के हिस्से में मूत्रनाली है और शिशन-मुण्ड में उसका मुख है। शिशन-मुण्ड नीचे की तरफ का खाल से बँधा सा है। इससे शिशन की उत्तेजित अवस्था में चमड़ी नीचे को खिंच जाती है तथा मुण्ड-भाग कुछ उघड़ जाता है। बचपन में मुण्ड-भाग त्वचा से सदा ढका रहता है। बाद में चर्म की अपेक्षा शिशन की अधिक वृद्धि होने से यह भाग कुछ खुला हो जाता है। पर यह त्वचा कभी-कभी बड़ी और कभी-कभी छोटी होती है। कभी उसका मुख इतना छोटा होता है कि वह पीछे हट नहीं सकती ओर उसे काटने की जरूरत आ पड़ती है। यहूदी ओर मुसलमान लोग मज़हबी विचारों से उसे काट डालते हैं। फ्रेंच लोग उसे ज़रा सौन्दर्य के ढंग पर तिरछा काटते हैं। शिशन का आकार प्रायः भिन्न होता है, फिर भी उसका अनुमान 6, 9, 12 अंगुल

मात्र है। कभी-कभी बहुत छोटे और बड़े शिश्न देखे गये हैं। पर वे अपवाद हैं। शिश्न के अगले भाग की त्वचा में चर्बी वाली कुछ ग्रन्थियाँ होती हैं, जिनमें से नियमित रूप में स्राव होता रहता है जिससे त्वचा कोमल रहती है। पुरुष बालक के बीजकोष गर्भावस्था में 6-7 मास तक पेट ही में गुप्त रहते हैं। सातवें या आठवें मास में नीचे लटक आते हैं, और वृषण में लटके रहते हैं। कभी-कभी जब वे नीचे नहीं उतरते तो लड़के की जगह लड़की का भ्रम होता है। हाथी के बीजकोष जन्म-भर पेट में ही रहते हैं। इनका आकार अण्डे के समान है। छूने में वे कठोर हैं। वीर्य उत्पादक नालियों से भरे रहने पर वे कड़े और खाली रहने पर नर्म प्रतीत होते हैं। वृद्धावस्था में वे ढीले पड़ जाते हैं। शिश्न के समान इनका आकार भी सब पुरुषों में समान नहीं होता, परन्तु आम तौर पर वे दो तोला वज़न में होते हैं। बीजकोष में एक खास प्रकार की छोटी-छोटी नालियाँ होती हैं जिनमें वीर्य-जन्तु उत्पन्न होते हैं। इनके बीच-बीच अन्य भागों में बीजकोष का अन्तःस्राव होता है। यह रक्त में मिलकर स्वास्थ्य की उन्नति करता है तथा कामोत्तेजना देता है। बीज जन्तु पैदा होने पर वीर्य-नलिकाओं में से वीर्यकोष में जाकर इकट्ठे हो जाते हैं। वाम और दक्षिण दोनों पार्श्वों में वीर्यकोष होते हैं और दोनों में अनुमानतः एक चम्मच वीर्य रह सकता है। यह कामोद्दीपन होता है तो उससे वीर्यकोष के जीवित स्नायु में एक हलचल उत्पन्न हो जाती है जिसके भीतर एकत्रित वीर्य मूत्रमार्ग द्वारा वेग से बाहर आता है। परन्तु उसके वेग से बाहर निकलने से पहले उसमें कई भिन्न-भिन्न ग्रन्थियों का स्राव मिल जाता है। इनमें एक खास ग्रन्थि शुक्राशय ग्रन्थि है। इसे अंग्रेज़ी में 'प्रोस्टेट ग्लैण्ड' कहते हैं। यह मूत्राशय के नीचे, मलाशय के आगे और जघनास्थि से पीछे कुछ दूरी पर होती है। इस पिण्ड में से ही मूत्रमार्ग जाता है। शुरू में इसका आकार छोटा होता है, पर आयु बढ़ने पर वह बड़ा होकर 50 वर्ष की आयु तक वैसा ही रहता है। उसका आकार प्रायः दो इंच लंबा, एक इंच चौड़ा और एक इंच मोटा होता है। वृद्धावस्था में इसका आकार कम हो जाता है, पर जब कभी कभी बढ़ जाता है तो पेशाब रुकने की बीमारी हो जाती है। इस ग्रन्थि में अनेक पेशियाँ होती हैं, जिनसे चिकना, सफेद और लिबलिबा स्राव निकलता है। कामोत्तेजना के समय वीर्य बाहर आता है, तब यह स्राव भी उससे मिल जाता है यह एक चम्मच के लगभग होता है। इसी के संसर्ग से वीर्य आसानी से निकल जाता है। इसी ग्रन्थि के समान और भी कुछ ग्रन्थियाँ होती हैं, जिनका स्राव वीर्य के साथ मिल जाता है। उनमें दो ग्रन्थियाँ मूत्रमार्ग से लगी हुई होती हैं। उनसे एक स्वच्छ पारदर्शक स्राव इन्द्रियों के उत्तेजित होते ही होने लगता है और इससे स्निग्ध होकर ही वीर्य मूत्रमार्ग से निकलने के योग्य होता है। इस तरह सहवास में जो वीर्य बाहर आता है उसमें वीर्य जन्तुओं के साथ-साथ अन्य स्राव भी मिले रहते हैं। ये मिश्रण पहले ही से तैयार

नहीं होते, केवल वीर्यच्युति के समय ही उसमें मिलते हैं। इससे स्पष्ट होता है कि वीर्य का शरीर में कोई उपयोग नहीं है। और कृत्रिम सहवास की रीति से वीर्यपात होने पर ही वीर्य-कीट भी बाहर आ सकते हैं, अन्य रीति पर नहीं। कामोद्दीपन ही उसका एकमात्र मार्ग है। यदि यह रेत-जन्तु बढ़कर शरीर में रह जायेंगे तो सिरदर्द और दूसरी शरीर-पीड़ा होने लगेगी। यदि समागम नहीं तो स्वप्नावस्था में ये जन्तु बाहर निकल आते हैं। परन्तु किसी भी रूप में उनका शरीर में शोषण होना सम्भव नहीं है। इसी से ब्रह्मचर्य की उपयोगिता नहीं रह जाती जितनी बखान की जाती है।

स्त्री के गुप्तांगों की बनावट और भी पेचीदा है। प्रकट में योनि-मुख और महाभगोष्ठ ही दीखता है। मध्यभगोष्ठ के भीतर लघुभगोष्ठ होता है और उसके बीच में एक खड़ी दरार होती है। वही योनि-भाग का द्वार है। इस द्वार के भीतर एक पर्दा होता है। उसमें एक छेद होता है, उसी में से मासिक स्राव बाहर आता है। वह प्रथम समागम के समय फटता है। भारत में यही कौमार्य-भंग का लक्षण माना जाता है। परन्तु कभी-कभी यह पर्दा अन्य कारणों से भी फट जाया करता है और कभी कभी आपरेशन की ज़रूरत पड़ती है। ऋतुस्राव में भी यह बाधक होता है। नववधू को कुमारी सिद्ध करने के लिए इस पर्दे के फटने से आने वाले रक्त में रूमाल भिगोकर, या वह चादर जो इसके रक्त से खराब हो जाती है, सँभालकर रखते हैं जो सरासर गलत है। योनिमार्ग के ऊपर ही मूत्रमार्ग है। मूत्रछिद्र से लगभग एक इंच के अंतर पर योनिलिंग नाम का एक पैशिक उत्थानशील अंग है। इसको भगनासा भी कहते हैं। यह पुरुष की गुप्तेन्द्रिय से मिलती-सी है। किन्हीं-किन्हीं स्त्रियों के यह एक इंच तक बड़ी देखी जाती है। योनिमार्ग गर्भाशय के साथ चारों ओर से जुड़ा है। गर्भाशय के ऊपर के सिरे से दो नालियाँ बीजकोष तक जाती हैं। बीजकोषों में से प्रतिमास एक रजोगोल पक्व होकर बाहर निकलता है, इस नली में होकर गर्भाशय में चला जाता है। इस रजोगोल का पुरुष-वीर्य के जन्तु से मेल होने पर ही गर्भ स्थित होता है। यदि दोनों का मिलाप न हुआ तो राजोगोल गिर जाता है। वैज्ञानिकों का अनुमान है कि कभी-कभी आठ दिन तक योनिमार्ग में वीर्यकीट जीवित पड़े रहते हैं और गर्भाशय में घुसकर रजोगोल के साथ मिल जाते हैं। यदि दोनों बीज नहीं मिल पाते तो गर्भस्थापना नहीं होती। सम्भोग के समय पुरुष उद्दीपन के साथ जब वेग से वीर्य फेंकता है और स्त्री की काम-तृप्ति होने पर गर्भाशय का मुँह कमल की भाँति खिल जाता है, तब वीर्य के साथ वीर्यकीट गर्भाशय में चले जाते हैं और रजोगोल से संयुक्त हो जाते हैं, अतः गर्भ की स्थापना हो जाती है। परन्तु स्मरण रहे कि यह रजोगोल एक मास में एक ही परिपक्व होता है, और इसका समय रजोदर्शन के बाद दस-पन्द्रह दिन तक ही है। अतः इन दिनों से अलग जो सहवास होगा उस

में गर्भ की सम्भावना नहीं होगी। ऋतुस्नाव से कुछ पहले एक बीजकोष कुछ फूलता है क्योंकि वही उसमें रजोगोल के पकने का समय है। एक बार बायीं ओर और दूसरी बार दाहिनी ओर का बीजकोष पकता है। फिर वह बीजवाहक नलिकाओं द्वारा गर्भाशय में आता है। यह नलिका दोनों ओर गर्भाशय से निकलकर उसी ओर के बीजकोष से जुड़ जाती है। नली का यह सिरा खुला रहता है और उसका आकार फनेल जैसा रहता है। जिधर रजोगोल पकता है वहीं से बीजकोष फोड़कर बाहर निकल आता है और नली की भीतरी गति के कारण गर्भाशय में धकेल दिया जाता है।

प्रायः वीर्यकीट और रजोगोल का संयोग उपर्युक्त नली में होता है। बाद में वह संयुक्त गोल गर्भाशय में आता है और वहीं उसकी वृद्धि होती है। गर्भाशय के चारों ओर जगह खाली रहती है, पर पेट की ओर कम तथा पीछे की तरफ ज्यादा होती है। हाँ, गर्भाशय के भीतर बहुत ही कम जगह होती है। मासिक धर्म के पूर्व के सप्ताह में गर्भाशय फूलता है और उसका आकार दूना हो जाता है, पर स्नाव समाप्त हो जाने पर वह कम हो जाता है। अगले सप्ताह में वह फिर फूलता है। गर्भाशय का वजन प्रायः चार तोला होता है। उसके आगे के भाग में मूत्राशय और पीछे के भाग में मलाशय होता है। अतः मलाशय या मूत्राशय भरे रहते हैं तब उसके दबाब से गर्भाशय का स्थान कुछ बदल जाता है। योनिमार्ग भी मल मार्ग और मूत्रमार्ग के बीच में होकर जाता है। इसकी लम्बाई लगभग चार इंच होती है, पर सबकी समान नहीं होती। समागम के समय वह लम्बाई कुछ बढ़ जाती है क्योंकि यह प्रसरणशील अंग है। आवश्यकता पड़ने पर गर्भाशय के पास यह चार इंच चौड़ा हो सकता है। पुरुषों की जननेन्द्रिय के समान ही स्त्री के गुप्तांग में भी कुछ ऐसी ग्रन्थियाँ हैं जिनमें से समागम के समय एक प्रकार का स्नाव निकलता है। एक ग्रन्थि वाटोलिन है। इसका पुरुष की कौषर योनिमार्ग नामक ग्रन्थि से कुछ साम्य है। इसी से योनि में एक प्रकार का गीलापन और चिकनाहट हो जाती है। जिससे समागम के संघर्षण का कष्ट स्त्री को नहीं होता। यदि स्नाव न हो तो योनि में पुरुषेन्द्रिय के प्रवेश में भी दिक्कत पड़े। इस स्नाव में एक प्रकार की गंध होती है। कभी-कभी योनि की बनावट विकृत होती है और उसी के अनुसार स्त्री की प्रकृति पर भी असर होता है।

स्तनों से स्त्री की जननेन्द्रिय का गहरा सम्बन्ध है। भिन्न-भिन्न स्त्रियों के स्तनों का आकार भी भिन्न-भिन्न होता है। कुछ स्त्रियों के स्तन घुटनों तक लटकते देखे गये हैं। प्रायः दायाँ-बायाँ स्तन एक-सा नहीं होता। प्रथम वे कठोर होते हैं, पर गर्भ-धारण से शिथिल हो जाते हैं। मासिक स्नाव बन्द हो जाता है, तब स्तन सिकुड़ जाते हैं। परन्तु इसी समय प्रायः स्त्रियों का मेद बढ़ जाता है। गर्भधारण होने के पाँचवें मास स्तनों का आकार बढ़ने लगता है, पीछे कम होता और प्रसव के समय

फिर बढ़ जाता है। बच्चे के दूध पीने के समय वह तिगुना हो जाता है। गर्भिणी स्त्री की चूचक काली हो जाती है। पुरुषों के शरीर में भी स्तन के चिह्न होते हैं, पर वे परिवर्धित नहीं होते।

वीर्य एक तरह का तरल पदार्थ है, स्वाद में आँसू की भाँति वह नमकीन है। न वह पेशाब की तरह तरल है, न पाखाने की तरह कठिन। इसमें जीवित और मृत कीट रहते हैं और कई गिल्टियों का रस होता है। यह पारदर्शी होता है। रंग उसका दूध और पानी के बीच का होता है, गंध कुछ बुरी होती है। वीर्यपात होना मलमूत्र की भाँति ज़िन्दगी के लिए अनिवार्य नहीं है। अगर पेशाब-पाखाना न आवे तो आदमी मर सकता है, पर वीर्य न निकलने से आदमी मर नहीं सकता।

स्वास्थ्य और कामवासना

स्वास्थ्य और कामवासना के बीच जो सम्बन्ध है, इस पर बहुत कम लोगों ने विचार किया है। परन्तु एक वैज्ञानिक लेखक का कर्तव्य है कि वह वैज्ञानिक दृष्टिकोण से प्रत्येक बात को स्पष्ट करे।

मनुष्य के शरीर में तीन क्रियाशील केन्द्र हैं, उनका परस्पर सम्बन्ध है। एक पर कोई भी विषैला प्रभाव होने से दूसरे पर वैसा ही होता है। रक्त के दबाव के आधार पर मूत्र का बनना कम या अधिक होता है। रक्त का दबाव या मूत्र की वृद्धि कृत्रिम रीति से भी हो जाती है। इस काम के लिए तारपीन का तेल और मद्य उपयोगी है। यह बात तो प्रकट है कि जितना मूत्र साफ होगा उतना ही शुद्ध होगा और उसका प्रभाव वीर्य की उत्तमता पर होगा। रक्त के दबाव पर ही वीर्यपात की मात्रा निर्भर है।

कामवेग को स्थिर रखने में उत्तम पाचन-शक्ति अत्यन्त महत्त्वपूर्ण है। विज्ञान प्रत्येक बात को स्पष्ट कर देता है, वह चाहे उत्तम हो या खराब। ज्यों-ज्यों आयु बड़ी होती जाए, स्वाभाविक रूप में हमें अपनी आँतों की सफाई पर पूरा ध्यान देना चाहिए। यदि आयु की वृद्धि के साथ कब्ज़ न बढ़े तो निश्चय रक्त, वीर्य, और मूत्र तीनों शुद्ध ओर नीरोग रहेंगे। यदि कुछ काल तक कब्ज़ रहने लगेगा, तो निश्चय रक्त अशुद्ध होने लगेगा। कब्ज़ कैसे दूर किया जा सकता है, इसे हमें निश्चय जान लेना चाहिए। कब्ज़ को दूर करने के लिए हमें आँतों के दूषणों को जानना चाहिए जो रहन-सहन की भूलों के कारण हमसे हो जाती हैं। कब्ज़ होने से हमें सिर्फ रक्त की अशुद्धि ही नहीं भोगनी पड़ती, साथ ही हमारी पाचन शक्ति भी कम हो जाती है। पीठ की ओर जो बहुत सी माँसपेशियाँ हैं वे चिरकाल तक निश्चेष्ट रहती हैं, परन्तु यदि ये माँसपेशियां ठीक से अपना कार्य करें तो हम कब्ज़ की कठिनाई से बच सकते हैं। इस काम के लिए भली-भाँति व्यायाम करना आवश्यक है। पुस्तक

के अन्त में हम कुछ ऐसे अभ्यास बताएँगे, जो इस कार्य में बहुत सहायता देंगे।

इसी प्रकार जैसे आंतों का पूरी शक्तिशाली होना और कब्ज़ न रहने देना अत्यन्त आवश्यक है। उसी प्रकार मूत्र-केन्द्रों को यानि गुर्दों का भी शुद्ध रहना अत्यन्त आवश्यक है। बच्चे को मूत्र की हाजत होने पर हाथ-पैर मारते देखकर हम समझ सकते हैं कि सारी जीवन-शक्ति उस हाजत के लिए उत्तेजित है।

जब वह वस्त्रों ही में पेशाब कर देता है तो एकाएक शान्त हो जाता है। यदि मूत्र अपने तमाम विषों को लेकर शरीर से बाहर नहीं जाता है तो वह रक्त में मिलकर शरीर को निस्तेज और रोगपूर्ण करेगा और उसका खराब असर उसकी काम-केन्द्रों की शक्ति पर पड़ेगा।

कुछ लोगों की ऐसी भ्रान्त धारण होती है कि कामवासना युवावस्था के लिए हानिकारक है। प्राचीन काल में यह ख्याल था कि स्त्री को मासिक द्वारा जो रक्त आता है उससे उसका खून साफ हो जाता है। परन्तु वास्तव में बात कुछ और है। इसमें सन्देह नहीं कि दूषित मादा बाहर निकल जाता है, परन्तु शरीर विज्ञान की दृष्टि से इसमें कुछ और बात है। युवती लड़कियों में कामवासना को सहन करने की शक्ति रक्तस्राव से ही उत्पन्न होती है। युवक व्यक्ति में अचानक ही दो लक्षण प्रकट हो जाते हैं। प्रायः युवागण परस्पर चर्चा किया करते हैं कि अकस्मात् स्वप्नदोष हो जाना उनके लिए अत्यन्त हानिकारक बात है और वे इससे बचने के लिए वेश्यागमन के खतरे भी उठा लेते हैं। वे समझते हैं कि जब वीर्यपात होता है तो क्यों न वेश्या द्वारा किया जाय! पर यह उनकी भूल है। इसमें कोई शक नहीं कि इस प्रकार वीर्यपात होना अच्छा नहीं है, पर यदि वह कभी-कभी होता है तो इसमें उनका स्वास्थ्य ही सुधरता है और उससे हानि नहीं होती।

जब हम अत्यन्त परिश्रम करें तो पसीना आने से बहुत-सी गन्दगी निकलकर शरीर के सारे वस्त्रों को दूषित कर देती है। और उन्हें शुद्ध करना पड़ता है। सर्दी के दिनों मे यदि स्नान नहीं किया जा सकता, तो भी सूखे अंगोछे से शरीर को पोंछना ही पड़ेगा। कपड़े भी बदलने पड़ते हैं, इसी भाँति स्वप्नदोष होने पर वस्त्र बदले जा सकते हैं और उससे बचने के लिए वेश्यागमन करना अपने जीवन को और पवित्रता को खतरे में डालना एवं सर्वथा हानिकारक है। स्मरण रहना चाहिए कि यदि सोते हुए पूरी उत्तेजना होकर स्वप्नदोष हो जाता है; तो समझना चाहिए कि हमारे अन्दर पूरी मर्दानगी है। और प्रकृति हमारी मदद करती है। यह प्रकृत अवस्था उस समय तक रहेगी, जब तक कि स्त्री संसर्ग के अवसर न आएँ। इस प्रकार के वीर्यपात के साथ तरल एल्ब्यूमैन आदि मिले होते हैं; उनका बाहर निकल जाना लाभदायक है। प्रत्येक वह वस्तु जिसमें जीवन है, वह हमें मैला करती है। यदि हम किसी फल को काटेंगे तो भी हमें हाथों को साफ करने की आवश्यकता होगी। इसलिए

काम-सम्बन्धी मामलों में स्वप्न में वीर्यपात होने पर अशुद्धि का ज़्यादा विचार न करना चाहिए, हाँ—उठने पर शरीर को शुद्ध कर लेना चाहिए। गंद होना बुरा नहीं, गंदा रहना बुरा है।

अब इस बात पर विचारना है कि उत्तेजना कैसी होती है, जो कामवासना में बहुत महत्त्वपूर्ण है। यह उसी समय होगी जब उचित मात्रा में कामकेन्द्रों में रक्त का जमाव होगा या दूसरे स्थानीय स्नायुमण्डल में उत्तेजना हो जाए। ये दोनों कारण परस्पर सहायक हैं। पेशाब और वीर्य में जो पारस्परिक सम्बन्ध हैं, जब उनमें एक खास समता उत्पन्न होती है, तभी रक्त का जमाव काम-केन्द्रों में होता है। उत्तेजना के समय मूत्र त्यागने से उत्तेजना शान्त हो जाती है। बच्चों को जब वे मूत्र त्यागना चाहते हैं तो उन्हें भी उत्तेजना हो जाती है। इसी प्रकार बड़ी उम्र में भी होता है। वीर्यपात की क्रिया प्रबल रुकावट के साथ टक्कर खाती है। गाढ़ा वीर्य जो निकलता है, वह दोनों नलियों द्वारा धकेला जाकर बाहर आता है। रक्त का जमाव ही इसमें उसे मदद देता है। इस काम में आकांक्षा की वृद्धि होने से तेज़ उत्तेजना होती है। वीर्य-स्खलन रक्त के प्रवाह का पूरा प्रभाव रखता है। कामवासना होते ही चेहरा लाल हो जाता है। स्त्रियों के लिए यह बात खराब है कि उन्हें बार-बार उत्तेजना हो। पुरुष तो वीर्यपात के बाद उससे फारिग हो जाते हैं पर स्त्री को गर्भ धारण करना पड़ता है।

शरीर का निर्माण करने की शक्ति हमारे रक्त-सेल में है। जैसे छोटी-छोटी ईंटों से मकान बनते हैं, उसी प्रकार सेल के द्वारा हमारा शरीर बनता और रक्त के प्रभाव के साथ जीवन-शक्ति सारे शरीर को मिलती है। इससे सेल से पार्थिव तत्त्व मिल जाते हैं ओर इसका प्रवाह कामवासना पर ही निर्भर है। रक्त के प्रवाह में जो कमी-ज्यादती होती रहती है, उसी पर हमारे स्वास्थ्य की स्थिरता निर्भर है। रक्त के प्रवाह में जल्दी-जल्दी परिवर्तन होते रहना स्वास्थ्य के लिए अत्यन्त लाभदायक है। रक्त में जो अनेक जाति के टिशू आदि होते हैं, वे भी कम हो जाते हैं। शरीर की मालिश कराने से रक्त का दबाव बढ़ता है और उससे रक्त की उत्तमता बढ़ती है। यह सिर्फ़ आराम की वस्तु नहीं है, वास्तव में जीवन में बहुत ही सहायक है। इससे शरीर के अंग गोल, सुडौल और लचीले तथा भीतरी अंग सुव्यवस्थित होते हैं।

काम-सम्बन्धी उत्तेजना शरीर में एक आग जलाती है और इस आग से कीड़े-मकोड़े भी उन्मत्त होकर सजीव हो जाते हैं। जब हम किसी के गुलाबी गालों को देखते हैं, तो हमें प्रसन्नता और उत्तेजना होती है, क्योंकि इससे रक्त की उत्तमता का सम्बन्ध है। जितना ही हमारा रक्त उत्तेजित होगा, उतना ही हमारा स्वास्थ्य उत्तम होगा और रक्त उत्तेजना का उत्तम प्रकार कामोत्तेजना ही है।

कामकेन्द्रों की सफाई

प्रकृति का यह नियम है कि शरीर की ग्रन्थियों से जो स्राव होते हैं, वे जब तक शरीर से बाहर नहीं आते शुद्ध रहते हैं, अर्थात् सड़ते नहीं। पर बाहर निकलने पर बाहर के जन्तु मिल जाने से वे सड़ने लगते हैं। स्त्री के योनि-मार्ग में कुछ ऐसे स्राव बराबर बने रहते हैं, जिससे वहाँ सड़न नहीं पैदा हो सकती। फिर भी योनि-मार्ग को धोकर साफ़ रखना ज़रूरी है। खास बात यह है कि जहाँ तक गर्भाशय का मुँह है, वहाँ तक तो बाहरी सफाई की इतनी ज़रूरत नहीं रहती, पर योनि-मार्ग में सफाई की अवश्य ज़रूरत होती है। योनि की सफाई के लिए आधा सेर साधारण गुनगुने पानी में एक चम्मच लाइसोल का प्रयोग करना अच्छा है। लाइसोल से दो सौ गुना पानी रहना चाहिए। इसी तरह पुरुष को भी लिंगेन्द्रिय की सफाई ठीक रखनी चाहिए। इससे वह बहुत सी बीमारियों से बचा रहेगा। लड़कियों को मासिक धर्म के बाद इसी प्रकार योनि-मार्ग धोना चाहिए। इस प्रकार सँभाल करने से उन्हें बहुत लाभ प्राप्त होगा और आगे चलकर वे स्त्रियों की बुरी बीमारियों से बची रहेंगी। आजकल की सभ्यता और नागरिक जीवन में एक-दूसरे के संसर्ग से बचना असंभव नहीं है। प्रायः होटलों में, रेल के सफर में एक दूसरे को छूना पड़ता है। अक्सर पुरुष-स्त्री दूसरे की धोती साड़ी पहन लेते हैं। एक ही पाखाने में भिन्न-भिन्न आदमियों को जाना पड़ता है। इसके सिवा पुरुष प्रायः बाहरी स्त्रियों से गुप्त सम्बन्ध रख सकते हैं और वहाँ से बुरी बीमारियों के रोग जन्तु लाकर पत्नी के शरीर में प्रविष्ट करा देते हैं। इन सब बातों को ध्यान में रखकर स्त्रियों को अपनी योनि की सफाई का पूरा-पूरा ध्यान रखना परम आवश्यक है। और इसी प्रकार पुरुषों को भी जो कि अपनी वंश-परम्परा को शुद्ध बनाए रखना चाहते हैं।

विवाहित स्त्री-पुरुषों में से यदि किसी को कोई गन्दी बीमारी लग जाए, तो

उनका यह कर्तव्य हो जाता है कि वे परस्पर अलग रहें और यदि सम्भव न हो , तो फिर सन्तान सीमारोध के प्रयोग काम में लाएँ, जिससे आने वाली सन्तानों पर उस भयानक रोग का असर न होने पाए। यह भी बात याद रखने की है कि बचपन से ही बालकों को अपने गुप्तांगों को साफ करने की आदत डाल देनी चाहिए और इसमें लाज न करनी चाहिए।

मासिक धर्म

मासिक धर्म स्त्रियों के यौवन-आगमन का चिह्न है। बारह वर्ष की आयु से ऊपर और पचास साल की आयु तक स्त्रियों को योनि-मार्ग द्वारा गर्भाशय से एक प्रकार का विकृत रक्त नियमित समय पर गर्भावस्था को छोड़कर निकलता है। आम तौर से इसका ठीक समय 28 दिन का है। लेकिन सब स्त्रियों में ऋतुस्राव का काल एक ही समय नहीं रहता। प्रत्येक स्त्री का ऋतुस्राव का भिन्न-भिन्न समय रहता है। 28 दिन का अन्तर औसत दृष्टि से है, परन्तु यह अन्तर कभी-कभी 25 और 32 दिनो का हो सकता है। लेकिन 21 दिन से कम ओर 35 दिनों से ज़्यादा अन्तर होना बीमारी का लक्षण है। मासिक धर्म पर खाने, पीने, रहन, सहन, मानसिक उत्तेजना और अतृप्त कामवासना का गहरा प्रभाव पड़ता है। लड़कियों को जब पहले पहल स्राव होता है, तो एकाएक उनके शरीर में परिवर्तन होने लगता है। वे लम्बी हो जाती हैं, नितम्ब और स्तन बड़े हो जाते हैं। गुप्तेन्द्रिय के ऊपर और बगल में बाल उगने लगते हैं। स्नायु-मण्डल अधिक संचालनशील हो जाता है। इस समय उनकी मनोवृत्ति बदलने लगती है। और उनमें कामेच्छा पैदा हो जाती है, साथ ही गर्भाशय और बीजकोष की वृद्धि भी होने लगती है, लेकिन असल बात यह है कि गर्भाशय और कोष की वृद्धि होने पर ही ऋतुस्राव होता है। बहुधा शुरू-शुरू में इन दिनों में लड़कियों की तन्दुरुस्ती खराब हो जाती है। हिन्दू घरों में संकोचवश इस विषय की कोई शिक्षा उन्हें नहीं दी जाती और वे प्रायः इस सम्बन्ध में अज्ञानी ही रहती है। इसलिए ज्योंही एकाएक पहली बार मासिक स्राव होता है, वे घबरा जाती हैं और कुछ ऐसी हरकत कर बैठती हैं कि उनका स्वास्थ्य खराब होने का अंदेशा हो जाता है। माता-पिता तथा अभिभावकों को चाहिए कि वे इस विषय में लड़कियों को आवश्यक हिदायतें दें। मासिक धर्म की उम्र कई बातों पर निर्भर है। देशकाल और परिस्थिति का इस पर खास प्रभाव पड़ता है। गर्म मुल्कों में लड़कियाँ दस और बारह साल

की उम्र में मासिक धर्म से हो जाती हैं। ठंडे देशों में रहने वाली लड़कियों का 15 से 18 वर्ष की उम्र तक तथा समुद्र के किनारे रहने वाली लड़कियों का जल्दी स्राव होता हे। पहाड़ में रहने वालियों का देर में, शहर में रहने वालियों का जल्दी और गाँव मे रहने वालियों का देर में। जिन लड़कियों को पुष्टिकर खुराक खाने को नहीं मिलती उनका भी देर में होता है। वंश का प्रभाव भी इस पर होता है। कभी-कभी इस विषय में असाधारण उदाहरण पाये जाते हैं। साढ़े पाँच वर्ष की उम्र में लड़की को मासिक स्राव होते ओर गर्भ धारण करते देखा गया है और पैंतीस वर्ष की उम्र तक भी मासिक स्राव न होने के उदाहरण हैं।

सौ में से सिर्फ बीस या पन्द्रह लड़कियाँ ऐसी मिलेंगी कि जिन्हें मासिक धर्म के समय किसी तरह का कष्ट न हो। प्रायः स्त्रियों को थोड़ी बहुत गड़बड़ी होती रहती है। अक्सर मसाना फूलकर सख्त हो जाता है, बार-बार पेशाब करने की इच्छा होती है, थोड़ा कामोद्दीपन रहता है, योनि-मार्ग में दाह रहता है, स्तन फूल जाते हैं और उनमें दर्द होने लगता है, बदन में थकावट और दर्द रहता है, जी नहीं लगता है। मन में घबराहट और उदासी रहती है, चेहरा सूख जाता या मुझा जाता है, पेट में मीठे मरोड़ उठते हैं। कमर में दर्द रहता है, कभी-कभी नींद नहीं आती है, आवाज़ भर्राई हो जाती है, मिज़ाज में चिड़चिड़ाहट आ जाती है, घृणा-शक्ति बढ़ जाती है, खाने में अरुचि होती है, बदन अलसाया रहता है। शुरू में स्राव कम रहता है, उसका रंग लाल नहीं रहता और उसमें एक प्रकार की गन्ध रहती है। दूसरे और तीसरे दिन तेज स्राव होता है। अक्सर दूसरे दिन बहुत ज़्यादा होता है और पाँचवें दिन कम हो जाता है। आखिर में पीला-सा पानी निकलकर बन्द हो जाता है। साधारणतया ऋतुकाल में करीब दो छटाँक तक ऋतुस्राव होता है। लेकिन दौड़-धूप से, कामोत्तेजित होने से, नशा खाने से, गरम चीज़ खाने से, गरम पानी में बैठने से, यह स्राव ज़्यादा होता है। ठण्ड लगने से, रंज-फिक्र से या बदन में खून कम होने से कम निकलता है। मासिक धर्म का ठीक समय चार या पाँच दिन है, लेकिन 24 घंटे से कम और 8 दिन से ज़्यादा हो तो उसे रोग समझना चाहिए।

मासिक स्राव के समय में सौ में से अस्सी स्त्रियों को कष्ट होता है, लेकिन यह कष्ट किसी खास रोग का लक्षण नहीं है, यदि इन दिनों में अंगों की सफ़ाई और हवा का बचाव, इन दो बातों पर ध्यान दिया जाए तो स्त्रियाँ बहुत से कष्टों से बच सकती हैं। भारतवर्ष की तरह अन्य देशों में भी इन दिनों स्त्रियाँ बहुत गन्दी रहती हैं। आम तौर पर यह ख्याल किया जाता है कि इन दिनों में गन्दा रहना ही मुनासिब है। सम्भव है कि स्त्रियाँ पति के समागम से बचने के लिए गन्दी रहती हों। लेकिन चाहे जिस कारण से भी रहें, यह बहुत हानिकारक है। सबसे भयानक बात तो यह है कि योनि-मार्ग में जो कपड़ा काम में लाया जाता है, वह प्रायः गन्दा

और मैला होता है और उसमें बहुत से रोग-जन्तु एकत्रित होते हैं और उन्हें योनि-मार्ग द्वारा गर्भाशय तक पहुँचने का पूरा मौक़ा मिल जाता है और उससे सैकड़ों रोग पैदा हो जाते हैं। ध्यान में रखने की बात यह है कि योनि-मार्ग में कुदरती तौर पर एक प्रकार का खट्टा रस बहता रहता है, जो बहुत ज़बरदस्त कीटाणुनाशक है। प्रकृति ने इसे इसीलिए उत्पन्न किया है कि योनि-मार्ग में रोग-जन्तु न बढ़ने दें। परन्तु मासिक काल में रक्त का प्रवाह जारी रहने पर वह रस कम हो जाता है। इसलिए इस समय पर अगर योनि-मार्ग की सफाई न रखी गई और बहुत शुद्ध और साफ़ चीथड़ा काम में न लाया गया तो निश्चय उन स्त्रियों को प्रदर का रोग हो जाएगा, जो उनके दुर्भाग्य का सबसे बड़ा लक्षण होगा क्योंकि इसका कोई इलाज नहीं है। यह आवश्यक है कि इन दिनों में योनि-मार्ग को रोज़ाना दोनों वक्त गुनगुने पानी से धोना चाहिए। अगर ऐसा न किया जाएगा तो योनि-मार्ग में रक्त की गाँठें पड़ जाएँगी और उनके सड़ जाने से योनि-मार्ग दुर्गन्धित हो जाएगा और उसमें रोग-जन्तु पैदा हो जाएँगे।

योनि को धोने के लिए हमेशा साफ़ कपड़े के टुकड़े या रुई गरम पानी में भिगोकर काम में ली जा सकती है। लेकिन बाद में काम में लाकर उन्हें फेंक देना चाहिए। स्पंज की सफाई बहुत मुश्किल है, इसलिए उसे काम में न लेना ही ठीक है।

इस बात का ध्यान रखना चाहिए कि पानी बहुत गर्म न हो, इस पानी में रोग-जन्तु नाशक कोई दवा डालने की ज़रूरत नहीं। इस समय काम में लाने के लिए बाज़ार में सेनेटरी टॉवेल मिलते हैं। उनसे बहुत सुविधा रहती है। अगर इनका मिलना संभव न हो तो साफ रूई की घड़ी बनाकर उस पर साफ चीथड़े लपेटकर काम में लाये जा सकते हैं। ये कपड़े दिन में दो बार अवश्य बदलने चाहिए। जब स्राव बन्द हो जाए तो शरीर और योनि-मार्ग को अच्छी प्रकार साफ़ करना चाहिए। इन दिनों नदी वगैरा में स्नान नहीं करना चहिए, अगर कब्ज़ हो तो जुलाब ले लेना चाहिए। अगर किसी भी कारण से स्त्री इन दिनों में कोई ऐसी दवा खा रही हो, जिसमें लोहे का मिश्रण (आयरन) हो तो ऋतुकाल के समय में उसे बन्द कर देना चाहिए।

प्रकृति की यह बड़ी विचित्र बात है कि जैसे स्त्री का मासिक धर्म के समय खून निकलता है, उस तरह अन्य प्राणियों के शरीर में से नहीं निकलता। दूसरे जानवरों की मादाएँ सिर्फ ऋतुकाल के समय में ही गर्भवती होती हैं और उन्हीं दिनों में उन्हें समागम की इच्छा होती है। उसी गन्ध को सूँघकर नर को उद्दीपन होता है और उससे सहवास करता है। ऋतु-प्राप्ति के समय से स्त्री के बीजकोष ओर गर्भाशय में एक विकार पैदा होना शुरू होता है। उसका एक चक्र है जो अड़ाइस दिन में पूरा होता है, परन्तु गर्भ रह जाने पर बच्चा पैदा होने तक यह चक्र बन्द हो जाता है। बीजकोष से दो प्रकार के अन्तःस्राव होते हैं, जो रक्त में मिलकर कामवासना

पैदा करते हैं। रजोगोल जो बीजकोष में पक रहा है, वह मासिक स्राव होने के पहले दिन से लेकर तेरहवें या चौदहवें दिन तक किसी भी दिन बीजकोष के पर्दे को फाड़कर और पककर बीजकोष-नलिका में होकर गर्भाशय में जा पहुँचता है। अब गर्भाशय में यदि पहले से वीर्यकीट हाज़िर न होवे, अथवा उसके पहुँचने पर उसे वीर्य का समागम न मिला हो, तो वह गिर जाता है। रजोगोल जब बीजकोष से बाहर निकल आता है तो उसके ऊपर का खेल कुछ दिनों तक वैसा ही बना रहता है। उसमें भी एक प्रकार का अन्तःस्राव होता है। परन्तु जो अन्तःस्राव बीजकोष से होता है, उससे तो योनि-मार्ग, गर्भाशय और स्तन पुष्ट होते हैं, और रजोगोल के फटे हुए खोल से जो अन्तःस्राव होता है, उससे गर्भाशय के भीतर एक प्रकार की जाली बनती है। अगर गर्भ रह जाए तो वह जाली वहीं चिपट जाती है। परन्तु यह जाली तभी बनती है जब बीजकोष का अन्तःस्राव गर्भाशय को ठीक स्थिति में रखे। अगर गर्भ धारण न हुआ तो वह खोल सूख जाता है। दूसरा स्राव धीरे-धीरे कम होकर बन्द हो जाता है और पहले स्राव का फिर ज़ोर बँध जाता है, जिससे फिर अगले महीने में ऋतुधर्म होता है। अगर गर्भ रह गया हो तो वह खोल भी नौ महीने तक बना रहता है। और उसका स्राव भी जारी रहता है, परन्तु पहले स्राव का ज़ोर होने पर प्रसव होता है। इस तरह पहला स्राव जो कि बीजकोष से होता है, वह स्त्री की जननेन्द्रिय के लिए लाभदायक है और दूसरा स्राव गर्भ के लिए उपयोगी है। लेकिन चूँकि दोनों स्राव परस्पर विरोधी हैं, इसलिए अगर बीजकोष का स्राव प्रबल हुआ तो गर्भ नहीं रहेगा। गर्भ रहने पर अगर बीजकोष से स्राव का इंजेक्शन दे दिया जाये तो गर्भ गिर जाएगा। और अगर बीजकोष काट के निकाल दिया जाए और बीजकोष का काम बन्द हो जाए तो योनि-मार्ग, गर्भाशय और स्तन सूख जाएँगे। और अगर अन्तःस्राव का फिर इंजेक्शन किया जाये तो फिर पहली हालत में आ जाएँगे। इससे यह नतीजा निकलता है कि गर्भ-धारण की जिम्मेदारी रजोगोल के खोल से निकले हुए अन्तःस्राव के ऊपर निर्भर है, जिसका समय रजोदर्शन के पहले दिन से तेरहवें दिन तक है।

बराबर की जोड़ी

हि
न्दुओं में प्राचीन काल से रिवाज़ चला आता है कि विवाह के समय वर-वधू की जन्म-कुण्डली लेकर ज्योतिषियों को दिखाई जाती है और वे कई प्रकार की बातें उँगलियों पर गणना करके देखते हैं। गणराशिचक्र मिलाते और दोनों की कुण्डली एक-दूसरे के अनुकूल है कि नहीं और उनका विवाह होना चाहिए या नहीं, यह निर्णय करते हैं। इस प्राचीन परिपाटी में कोई व्यावहारिक तथ्य भी है या नहीं, यह नहीं कहा जा सकता। परन्तु मैं यह कहना चाहता हूँ कि विवाह से पहले वर-वधू की जोड़ी बराबर की है या नहीं, इसकी वैज्ञानिक जाँच अवश्य कर डालनी आवश्यक है।

यह स्पष्ट है कि सम्भोग ही विवाह का उद्देश्य है। विवाह होने पर स्त्री-पुरुष का पारस्परिक सम्भोग वैध मान लिया जाता है। परन्तु किसके साथ समागम होने से पूर्ण आनन्द की तृप्ति होगी, यह जानना विवाह के प्रथम बहुत ज़रूरी है। हम जानते हैं कि सौ में से एक भी जोड़ा सम्भोग सम्बन्धी समानता की बातों पर विवाह के समय विचार नहीं करता। सम्भोग की बात ही अश्लील और घृणास्पद समझी जाती है। परिणाम यह होता है कि विवाह एक धोखे की टट्टी प्रमाणित हो जाता है और विवाह के बाद या तो जल्दी ही पति-पत्नी में विच्छेद हो जाता है या कलह के बीज जमते हैं या दोनों में से कोई एक या दोनों ही पर-पुरुष और पर-स्त्री के व्यभिचार में फँसते हैं। समय और सुविधा उनसे यह सब काम कराती है। हमें ऐसी अनेक स्त्रियों की दुःख-गाथाएँ मालूम हैं कि उनमें जितनी सम्भोग की इच्छा और सामर्थ्य है, उससे बहुत अधिक उनके पति उनके साथ करते हैं और इससे वे अपार कष्ट पाती एवं असाध्य रोगों की शिकार बनती हैं। कुछ पुरुष प्रतिदिन एक बार से अधिक सम्भोग करना चाहते हैं और स्त्री को पति की इच्छाओं से विवश होकर दासी बनने को छोड़ दूसरा उपाय नहीं रह जाता। और यदि वह झगड़ा करती है

तो पति अन्य पतिता स्त्रियों से सम्भोग सम्बन्ध स्थापित कर लेता है जो स्त्री के लिए एक नए क्लेश का कारण होता है। पति जब बलात् स्त्री से उसकी इच्छा और आवश्यकताओं की परवाह किए बिना सम्भोग करता है तो स्त्री का सम्भोग सुख नष्ट हो जाता है, और वह विकट रोगों का घर बन जाती है। ऐसी हालत में दोनों में चाहे कितना ही प्रेम हो, उसमें विरक्ति का बीज उग आता है, और उनमें वह गहरी एकता, जिसकी दोनों के लिए बड़ी आवश्यकता थी, नहीं हो पाती। यदि पुरुष बुद्धिमान् है, युवा है, नवीन विवाह हुआ है और अपनी पत्नी से सच्चा प्रेम करता है तो अभ्यास से वह कम सम्भोग करने की चेष्टा करेगा और अपने शरीर को काबू में रखेगा। पर ऐसा बहुत कम होता है। इसका कारण यह है कि प्रचण्ड कामवासना के समय पुरुष को स्त्री का सच्चा सहयोग नहीं मिलता, क्योंकि उसे सम्भोग में आनन्द नहीं आता। उल्टे कष्ट और विरक्ति होती है इससे पुरुष का सम्भोग अपूर्ण और निरानन्द रह जाता है। इसका परिणाम यही होता है कि पुरुष सम्भोग क्षुधा ऐसी हालतों में प्रायः भड़की हुई रहती है और उसमें अपरिमित कामवासना के ही लक्षण दीख पड़ते हैं। बड़ी उम्र में यानि 35 या 40 वर्ष की आयु में यदि पुरुष की कामवासना बहुत प्रचण्ड प्रतीत हो, तो यह भी सम्भव हो सकता है कि उसकी कुछ ग्रन्थियाँ बढ़ गई हों और उन्हीं के कारण उसे यह काम-रोग हो गया हो। आम तौर पर लोग इन ग्रन्थियों के प्रभाव का ज्ञान नहीं रखते। परन्तु ये ग्रन्थियाँ, जिन्हें प्रोस्टेटिक ग्लैण्ड्स कहते हैं, उनके बढ़ जाने से पुरुष की कामवासना ऐसी बढ़ जाती है कि वह पागल-सा हो जाता है। और अन्त में यह मूत्र सम्बन्धी घातक रोग उत्पन्न करता है। ये ग्रन्थियाँ जननेन्द्रिय के मूल में होती हैं और साधारणतया इनमें से वे रस निकलते हैं, जिनसे क्षरण बनता है। साठ वर्ष की अवस्था में यदि एकाएक पुरुष कामुक हो उठे तो अवश्य समझना चाहिए कि यह उन्हीं ग्रन्थियों की करामात है और उसे किसी उत्तम शल्य चिकित्सिक की सहायता मिलनी चाहिए। याद रखना चाहिए कि इन ग्रन्थियों का उपचार शुरू में आसानी से हो जाता है। अधिक बढ़ जाने पर फिर वह बहुत कठिन हो जाता है। ऐसी हालत में वासना को धीमा करने वाली दवाइयाँ खाना ठीक नहीं है, क्योंकि ऐसी दवाइयाँ सिर्फ काम-केन्द्रों पर ही नहीं प्रत्युत सारे शरीर पर शैथिल्य का प्रभाव डालती हैं। अंग्रेज़ी दवा 'ब्रोमाइड' का प्रयोग इस काम के लिए प्रायः किया जाता है। जेलों में कैदियों को भी वह इसी उद्देश्य से दी जाती है, पर वह सारे ही स्नायुमण्डल पर बुरा प्रभाव रखती है। ऐसी ही कुछ औषध देसी भी हैं। पर वे ऐसी नहीं हैं जो केवल पुरुषत्व की अधिकता को ही कम करें, वे समस्त शरीर को भी निस्तेज करती हैं।

कुछ लोगों का ख्याल है कि परिश्रम से शरीर को थका डालने से सम्भोग शक्ति कम हो जाती है, इसलिए कुछ लोग व्यायाम द्वारा शरीर को थकाते हैं। पर

धूप और खुली हवा में परिश्रम करने से हमेशा ही मैथुन-शक्ति बढ़ेगी। अधिक सम्भोग के दुष्परिणामें से बचने का एक ही मार्ग है कि विधिवत् सम्पूर्ण सम्भोग का अभ्यास डाला जाए।

पुरुषों की ही भाँति स्त्रियों को भी कभी-कभी अधिक वासना का ज्वार उमड़ता है। अत्यन्त प्राचीनकाल से ऐसी स्त्री से पुरुष डरते रहे हैं। 'अति' की बातों को एक तरफ रखा जाए, तो भी यह तो कहा जा सकता है कि विवाह के दिन ज्यों-ज्यों बीतते हैं, पुरुषों ने जो कुछ स्त्री को माँगना सिखाया है, उसे वह अधिकाधिक माँगने लगती है और दिन-पर-दिन पुरुष में वह देने की शक्ति कम हो जाती है। सम्भोग की भूख भी एक प्रकृत भूख है। यदि बार-बार सम्भोग करने पर भी स्त्री की तृप्ति न हो तो वह असन्तुष्ट और रोगी रहने लगेगी। जिन स्त्रियों को स्नायुपीड़ा हो, बदहज़मी हो, नींद कम आती हो, चिड़चिड़ी हों, तो यह स्पष्ट है कि उनको जितना सम्भोग मिलना चाहिए उतना उन्हें नहीं मिलता। स्त्री और पुरुष दोनों में ही इस अतृप्ति के लिए हस्तमैथुन की आदतें पड़ जाती हैं, या वे दोनों अप्राकृतिक सम्भोग करते हैं जिनका वर्णन हमने अन्यत्र किया है। धीरे-धीरे शरीर को उन प्रतिक्रियाओं की आदत पड़ जाती है और फिर वे चाहे स्त्री हों या पुरुष, असली सम्भोग के काम के नहीं रहते। जिन स्त्री और पुरुषों को यह आदत पड़ जाती है वे एक-दूसरे के प्रति उदासीन हो जाते हैं और उनमें ठीक सम्भोग-शक्ति का अभाव हो जाता है। कुछ स्त्रियों की प्रबल वासना जन्म से ही होती है। जिन स्त्रियों में पुरुषसुलभ गुण और पुरुषों में स्त्रीसुलभ गुण अधिक रहते हैं, वे अपने शरीर की बनावट के कारण स्वभाव से ही ऐसी रुचि रखते हैं। ऐसे पुरुष अन्य पुरुषों से और स्त्री अन्य स्त्री से अप्राकृतिक सम्भोग करते हैं और विवाह के बाद भी उनकी यह आदत छूटती नहीं। स्त्री यदि दूसरी स्त्री के साथ उत्तेजना की बढ़ी हुई अवस्था में योनिघर्षण करती है, तो यह स्पष्ट है कि वे वीर्य और गिल्टियों का रस परस्पर नहीं दे सकतीं, जिससे सम्भोग सम्पूर्ण होता है। पति के द्वारा सम्भोग, आलिंगन, चुम्बन और प्रेम के अतिरिक्त उसे यही चीज़ अलभ्य मिलती है, जिससे सम्भोग में पूर्णता और तृप्ति आती है क्योंकि इसकी उसके शरीर में कमी रहती है। पर इन अस्वाभाविक संघर्षणों के सिवा बाहरी उत्तेजनाओं के कम हो जाने के, उसे और कुछ नहीं मिलता और इससे उसे कुछ भी लाभ नहीं होता, क्योंकि पुरुष-सम्भोग में पुरुष की इन्द्रिय के स्त्री की योनि में प्रविष्ट होकर वीर्य और ग्रन्थियों के रस का क्षरण करना, जिन्हें स्त्री की योनि चूस लेती है और जो उसकी गहरी एकता और तृप्ति के लिए महामूल्यवान है, स्त्री-सम्भोग का परम लाभ है। प्रसिद्ध डाक्टर मेरी स्टोप्स ने इस रसों के महत्त्व और उपयोगिता पर बहुत कुछ लिखा है और उनका कहना है कि ये रस स्त्री के शरीर को पुष्ट करने में बहुत मूल्यवान् हैं। उनमें सम्मति है कि यदि किसी स्त्री को सम्भोग में तृप्ति

नहीं मिलती और वह सम्भोग की भूखी रहती है, तो उसे रासायनिक तौर पर तैयार किए गए पुरुष-ग्रन्थियों के रसों का निचोड़ खाना चाहिए जो अब अच्छे कैमिस्ट लोग बेचने लगे हैं। उनका कहना है कि कल्पना करो, हमने पानी में कोई तरकारी उबाली और उस पानी को फेंक दिया, इससे हमने वे सब खनिज लवण नष्ट कर दिए, जो तरकारी में थे। इससे समझ लीजिए कि यदि हमारे शरीर में फास्फोरस और लोहे के मिश्रणों की कमी पड़ गई तो वही मिश्रण हम भोजन के तौर पर खा सकते हैं। भोजन की नालियाँ इनको लहू या मेद की धाराओं में पहुँचा देती हैं। इस प्रकार वे उन अनेक पेशियों में जा पहुँचते हैं, जिनको इन रासायनिक अणुओं की ज़रूरत है। खासकर ऐसी स्त्रियाँ, जिनकी पति से तृप्ति नहीं होती या जो किसी कारण से पति-सहवास से वंचित रहती हैं, इन ग्रन्थियों के निचोड़ का सेवन करके तृप्ति और शान्ति का अनुभव कर सकती हैं। हम अन्यत्र ये प्रयोग लिखेंगे। इस सम्बन्ध में आत्मदमन और संयम का उपदेश देना बिल्कुल ही अप्रासंगिक है, क्योंकि जिस स्त्री की जननेन्द्रियाँ रासायनिक अणुओं की भूखी हैं, उसे आत्म-संयम का उपदेश देना व्यर्थ है। उसके लिए वैज्ञानिक रीति से तैयार इन गिल्टियों के सत चुपचाप निगल जाना, उनकी सबसे बड़ी सहायता है।

पति किस दर्जे तक नपुंसक है—इसका ज्ञान स्त्रियों को विवाह के बहुत बाद तक नहीं होता। पीछे अपूर्ण सहवास से जब उन्हें अनेक स्नायविक रोग होते हैं तब वे उन बातों का अनुभव करती हैं। ऐसी हालत में पति-पत्नी दोनों को ही अपनी उपयुक्त चिकित्सा करानी चाहिए। इसकी उत्तम चिकित्सा उपर्युक्त ग्रंथियों का निचोड़ है। एक बात और है, सच्ची नपुंसकता, जिसमें शुक्र कीटों की कमी होती है, और चीज़ है। पर कभी-कभी अन्य कारणों से भी सम्भोग शक्ति की पुरुष में कमी हो जाती है। जैसे पाचन-शक्ति की गड़बड़ी, चोट या अन्य ऐसी ही दूसरी हालतों में। इन्हीं दोषों को पहले दूर करना चाहिए। रीढ़ की हड्डी पर चोट लग जाने से प्रायः पुरुष सम्भोग के अयोग्य हो जाते हैं। भय से, गहरे परिश्रम से और सम्भोग विरोधी भावनाओं से भी मनुष्य कृत्रिम रूप से नपुंसक हो जाता है। आम तौर पर यह विश्वास कि सम्भोग से कमजोरी पैदा होती है, मनुष्य को अर्ध-नपुंसक बना देता है। युद्ध से लौटे हुए पुरुष अंग-भंग होने के कारण और अव्यवस्थित जीवन रखने के कारण प्रायः सम्भोग के अयोग्य हो जाते हैं। वास्तव में ज्ञान-तन्तुओं पर अधिक दबाव पड़ना भी चोट के समान ही हानिकारक प्रभाव वाला होता है। इन सभी विकारों में निराश होने की बात नहीं, और धीरे-धीरे इन सभी बातों में आराम हो सकता है। हाँ पति की इस अवस्था में स्त्री को उसके प्रति सहानुभूति, प्रेम और सहिष्णुता दिखाने की आवश्यकता है, क्योंकि मानसिक प्रक्रियाओं का इस पर बड़ा भारी असर पड़ता है। यदि स्त्री के तानों के भय से पुरुष को इस बात की चिन्ता हो जाए

कि मुझे मैथुन में सफलता प्राप्त हो, तो उसका प्रभाव भी एक कारगर चोट से कम नहीं होगा। इसलिए ऐसी अवस्थाओं में जब तक पूरा स्वास्थ्य लौट न आवे, दोनों को सम्भोग से यथासम्भव दूर रहना ही चाहिए। और जब दुबारा सच्ची सम्भोग शक्ति उसमें उत्पन्न होगी, तो फिर न केवल काम वासना, प्रत्युत उसके शरीर में समस्त जीवनशक्ति ही नवीन और स्फूर्ति के रूप में दीख पड़ेगी। कुछ लोग नवयौवन के समय हस्तमैथुन या अन्य अप्राकृतिक क्रिया करने से परिपक्व आयु में दुर्बल हो जाते हैं। कभी-कभी तो अर्ध-नपुंसक तक हो जाते हैं। और उनकी यह अस्वाभाविक आदत उनके वैवाहिक जीवन के सुखी सम्भोग में एक दीवार बनकर खड़ी हो जाती है, क्योंकि यदि इन्द्रिय की उत्तेजना को हाथ से या अन्य किसी रीति से उत्पन्न करने की आदत हो जाती है, तो सम्भोग की स्वाभाविक रीति में बहुत अन्तर पड़ जाता है। इसके सिवा उनकी जननेन्द्रिय टेढ़ी और सिकुड़ी हुई हो जाती है। चाहे जो भी हो, परन्तु यदि पति अपनी स्त्री से सच्चा प्रेम रखे और सम्भोग क्रिया में वह ठीक न हो तो उसे अवश्य दुःख होगा और अपनी हालत सुधारने के लिए प्रत्येक सम्भव उपाय करेगा। परन्तु इन सब बातों में उसे पत्नी की सहानुभूति और भिन्न-भिन्न आसनों के उपयोग से बड़ी सहायता मिलेगी। मुख्य बात यह है कि सम्भोग के लिए लिंग की उत्तेजना की बड़ी आवश्यकता है, और किसी प्रकार के भय या संकोच के कारण रक्त की नाड़ियों में संकोच होने से यह उत्तेजना पूरे तौर पर नहीं हो सकती। इसलिए सम्भोग के लिए प्रसन्नचित्तता और निर्भयता दोनों ही बहुत ज़रूरी हैं।

अब हम एक दूसरे प्रकार के पुरुषों की चर्चा भी करेंगे। मेरा अभिप्राय उन पुरुषों से है जो 25, 30 या 40 तक संयम और ब्रह्मचर्य से रहे हैं, सम्भोग और स्त्री जाति की तरफ से उन्हें घृणा और विरक्ति दिला दी गई है, परन्तु नैसर्गिक कारण से उन्हें खूब स्वप्नदोष होते रहे हैं और उनका विकास बहुत कुछ मारा गया है। अब, जब वे विवाह करते हैं तो एकाएक प्रेमासक्त हो जाते हैं, परन्तु अपने-आप को अर्द्ध नपुंसक पाते हैं। वे स्त्री का स्पर्श करते ही इतना उत्तेजित हो जाते हैं कि तुरन्त ही उनका वीर्यपात हो जाता है, और वे सच्चे सम्भोग के लायक नहीं रहते। न पत्नी का सन्तोष कर सकते हैं न अपना। ऐसे लोगों को आगे के अन्तिम अध्याय में हम जो उपचार बतायेंगे वे उन्हें काम में लेने चाहिएँ। वे नीरोग हो जाएँगे और उनको सन्तान भी हो जाएगी। परन्तु एक बात का हमेशा ध्यान रखना चाहिए कि पुरुष अपने सच्ची सम्भोग-शक्ति को कम न समझने लगे। जिसकी सम्भोग-शक्ति ठीक है, उन्हें उसके बढ़ाने के फेर में न पड़ना चाहिए। कभी-कभी नहीं सदैव ही यदि ऐसा हो कि योनि में लिंग के प्रविष्ट होते ही कुछ सैकण्ड में पुरुष का रेत-स्खलन हो जाए और यह उसका स्वभाव हो जाए तो बेशक यह एक प्रकार की नपुंसकता

ही है। अनेक खूब मोटे-ताजे हट्टे-कट्टे लोगों में भी ऐसी शिकायत देखी गई है। कभी-कभी ऐसे भी उदाहरण देखे गये हैं कि लिंग उत्तेजना तो देर तक कायम रहती है, पर उसमें से रेत स्राव की शक्ति नष्ट हो जाती है। ऐसे प्रायः सभी रोगी यह समझते हैं कि दीर्घकाल तक ब्रह्मचर्य रखने से यह रोग दूर हो जायेगा, पर यह भ्रम है। संयम या देर से सम्भोग करना कई बातों में फायदा कर सकता है पर शीघ्रपतन में नहीं। मेरी स्टोप्स शीघ्रपतन के लिए यह उपाय बताती है कि ऐसे आदमी को उस रात या अगली रात को फिर सम्भोग करना चाहिए। इसमें उन लोगों के सिवा, जिन्होंने हस्तमैथुन से बहुत खराबी उत्पन्न कर ली है, अन्य लोगों को लाभ होगा और ऐसा करने से वे स्वाभाविक सम्भोग का आनन्द प्राप्त कर सकते हैं। शीघ्रपतन का एक कारण लिंग के अग्र भाग पर फैली हुई एक झिल्ली भी है जो बहुत कोमल और बहुत सचेतन है। यह भी शीघ्रपतन का कारण हो सकती है। यदि यह खाल शुद्ध और कड़ी कर दी जाए तो इससे कुछ लाभ हो सकता है। यदि खाल के पीछे उलटकर लिंगेन्द्रिय के अग्रभाग को साबुन और ठण्डे पानी से रोज धो लिया जाय तो विशेष लाभ होगा।

कुछ स्त्रियाँ स्वभाव से ठण्डी होती हैं, और कुछ विश्राम न मिलने से ठण्डी हो जाती हैं। पशु-पक्षियों में ऐसी मादा का मिलना बहुत कम संभव है, जो स्वाभविक रूप में कामशक्ति-रहित या बाँझ हों। वास्तव में ऐसे पुरुष बहुत अधिक हैं जो इस बात की परवाह नहीं करते कि सम्भोग में स्त्री उनकी संगिनी और हिस्सेदार है। वे तो प्रायः उन्हें घर की दासी और बच्चे पैदा करने की मशीन समझते हैं। स्त्रियाँ कुछ लज्जा के कारण, और कुछ उन्हें ऐसी ही शिक्षा दी जाती है कि वे यह प्रकट नहीं होने देतीं कि सम्भोग में उन्हें कुछ आनन्द आ रहा है। इसके सिवा सम्भोग एक शर्म का गन्दा-सा काम है और उसे ज्यों का त्यों कर डालना चाहिए—यही उनकी भावना होती है। इसका परिणाम यह होता है कि सम्भोगकाल में उनकी प्रतिक्रियाएँ धीमी या अधूरी रहती हैं। और सच्चे सम्भोग के प्रस्फुटित रूप को उत्पन्न ही नहीं होने देती हैं, और वे तथा उनके पति सम्भोग के सच्चे सुख से वंचित रह जाते हैं। हमें कुछ ऐसे उदाहरण मिलते रहते हैं कि विवाह के बाद पत्नी को सम्भोग के लिए राजी करना कठिन हो जाता है। स्त्रियाँ प्रायः चुम्बन और आलिंगन से भड़क उठती हैं और पति युवक और अधैर्यवान होते हैं, प्रायः लड़ बैठते या मारपीट कर बैठते हैं। इस तरह उनका दाम्पत्य जीवन प्रारम्भ में ही कटु हो जाता है। कुछ ऐसे धैर्यवान पति होते हैं जो धीरे-धीरे प्रेम और सहिष्णुता से स्त्री को आलिंगन, चुम्बन और सम्भोग के लिए राज़ी कर लेते हैं। परन्तु अन्त तक कुछ स्त्रियाँ विरक्ति प्रकट करती रहती हैं। कुछ स्त्रियों की योनि की बनावट ऐसी होती है जिनमें योनिनासा का विकास ही नहीं होता या उसमें कुछ ऐसे रेशे चिपटे रहते हैं कि सम्भोग की उत्तेजना के

योग्य संचेतनता उनमें होती ही नहीं है। ऐसी स्त्रियों को स्वयं तो कामवासना होती ही नहीं, प्रत्युत वे पति की उस प्रचण्ड वासना की कल्पना भी नहीं कर सकतीं, जो उनमें होती है। वे हमेशा समागम से घृणा करतीं, पीहर में रहतीं और पतियों से विद्वेष करती हैं।

परन्तु ऐसी स्त्रियाँ बहुत कम होती हैं। अधिकतर तो साधारण कारणों के दूर होने पर ठीक हो जाने योग्य होती हैं और सम्भोग-सुख का अनुभव ले सकती हैं। परन्तु इस काम में पति को ही अत्यन्त सावधानी और चतुराई से काम लेने की आवश्यकता है। यदि उसने ऐसा न किया या उसी के अंग में कोई दोष हुआ तो चुम्बन, आलिंगन से फिर कुछ लाभ होने की आशा नहीं। ऐसी हालत में पत्नी को कोई पौष्टिक औषध देनी चाहिए, या गिल्टियों के सतों का मिश्रण। जिनकी चर्चा हम आगे करेंगे। परन्तु पति को उससे सच्चा प्रेम दिखाने और मृदु व्यवहार करने की भी बड़ी आवश्यकता है। अगर पति काम-व्यवस्थाओं का ज्ञाता है तो पत्नी का ठण्डा मन पिघल जाने में देर नहीं लगती, क्योंकि वास्तव में ऐसी ठण्डी स्त्री जिसके अंग में काम का बीज है ही नहीं बहुत कम होती हैं, हज़ारों-लाखों में एक। भगनासा या भगलिंगी ही समस्त काम केन्द्रों के उद्दीपन का स्थान है। भगलिंगी के स्पर्श से ही उसमें उत्तेजनाओं का प्रभाव हो जाता है और स्त्री में प्रचण्ड कामोत्तेजना उत्पन्न हो जाती है। परन्तु कई स्त्रियों में यह अंग अपुष्ट और कई में बिल्कुल ही नहीं होता। आसनों की विभिन्नता भी इस काम में सहायता करती है। अनजान लोग जो इस काम को नहीं जानते, एक ही आसन से सम्भोग करते हैं। यह बड़ी भूल है। यदि भगलिंग छोटा है तो दूसरे आसनों से, जिससे उसमें काफी रगड़ लग सके, सम्भोग करने में सफलता मिलेगी। अभिप्राय यह है कि पुरुष-लिंग के साथ भगलिंग का सम्भोगकाल में यथेष्ट संघर्ष होना चाहिए। कुछ स्त्रियाँ ऐसी भी होती हैं जो गर्भाशय के मूल द्वार पर लिंग की चोट खाकर मस्ती का अनुभव करती हैं; सिर्फ भगलिंग के मर्दन से उन्हें मस्ती नहीं मिलती। इस प्रकार स्त्री-शरीर में ये दो स्थान भगलिंग और गर्भाशय की गर्दन, मस्ती उत्पन्न करने के केन्द्र हैं और इन दोनों स्थानों की रगड़ से उत्पन्न मस्ती भिन्न रूप और गुण वाली होती है। पर अधिक स्त्रियाँ ऐसी होती हैं जिनमें योनिलिंग के स्पर्श होते ही मस्ती आ जाती है। यदि पति सम्भोग क्रिया में चतुर, धैर्यवान् और अपने को काबू में रखने वाला है तथा सम्भोग-काल में पत्नियों के गर्भाशय की गर्दन में लिंग की चोट से उत्तेजना पैदा कर सकता है तो वह खूब ठण्डी स्त्री को भी काम-विह्वल बना सकता है। कुछ ऐसी औषध भी हैं जो स्त्री की योनि के चैतन्य तन्तुओं को उत्तेजित करती हैं। उनकी चर्चा हम आगे करेंगे। कुछ स्त्रियों की भगनासा बहुत बड़ी होती है और वे अधिक उत्तेजित रहती हैं। स्त्रियाँ प्रायः लज्जा का अभिनय किया करती हैं परन्तु कुछ सचमुच लजाती

स्त्रियाँ भी होती हैं। इन स्त्रियों का भगलिंग निश्चय ही अविकसित होता है और वे ठंडी पत्नियाँ प्रमाणित होंगी। ऐसी स्त्रियाँ यह कहती हैं कि सम्भोग सन्तान के लिए करना चाहिए। वे सम्भोग के सुखों और लाभों से वंचित रहती हैं। इसलिए गर्भ के लिए आवश्यक सम्भोग तो वे जैसे-तैसे कर लेने देती हैं, परन्तु अन्य सम्भोगों में वे विरक्ति और विद्रोह के भाव प्रकट करती हैं और यदि पति हठ करता है, तो वे निर्जीव-सी पड़ जाती हैं। ऐसी हालत में पति को चिढ़ने या क्रोध करने की जगह बारीकी से सही कारण ढूँढना चाहिए और उस कमी को जो पत्नी में है पूरा करना चाहिए। अगर भगलिंग का विकास पूरा नहीं है तो उसे ग्रन्थियों के रस के सेवन से पूरा करना चाहिए। अक्सर बच्चा पैदा होने के बाद अधिक रक्त निकल जाने से स्त्रियों में ठण्डापन उत्पन्न हो जाता है। एनीमिया रोग में खून की कमी हो जाती है, अथवा किसी भयानक रोग के बाद भी ऐसा हो जाता है। प्रदर का रोग भी स्त्री को ठण्डा बनाता है। सूजाक की बीमारी से भी स्त्री ठंडी हो जाती है। प्रदर के कारण स्त्रियाँ प्रायः दुर्बल हो जाया करती हैं। उनकी तबीयत मलिन सी हुई रहती है। उनकी जननेन्द्रिय को एक प्रकार का जुकाम सा हो जाता है, जिससे चाहे जब बेरंग सा स्राव होता रहता है। ठीक वैसे ही जैसा जुकाम होने पर नाक से निकलता है। बहुत स्त्रियाँ डूश लिया करती हैं, डूश से यह रोग घटता नहीं बढ़ता है। अधिक डूश देने से भी स्त्रियाँ सम्भोग से अरुचि करने लग जाती हैं। वास्तव में जिन अंगों को कभी छेड़ना ही न चाहिए, उन्हें निरन्तर पिचकारी से छेड़ते रहना ठीक नहीं है। प्रदर के लिए उपचार हम अन्यत्र लिखेंगे। कभी-कभी पति को शीघ्रपतन की बीमारी हो और लिंग प्रवेश होते ही रेतपात हो जाए, तो ऐसा कई बार होने से स्त्री के मन में घृणा के विचार आते हैं और वह सम्भोग से विरक्त हो जाती है और एक प्रकार से ठण्डी स्त्री हो जाती है। विवाह के बाद तुरन्त ही प्रारम्भिक सम्भोग में जब पति शीघ्र क्षरित होता है और स्त्री में मस्ती उत्पन्न होना तो दूर, अभी उसमें काम-वासना जागने भी नहीं पाती, तब वह एक प्रकार से अशान्त, अतृप्त, चिड़चिड़ी हो जाती है और प्रायः उसे हिस्टीरिया का रोग हो जाता है। उसे न तो काम-शास्त्र का ज्ञान है, न धैर्य। इससे वह केवल विरक्ति और अपमान के सिवा दूसरे भाव मन में रख ही नहीं सकती। उसका मन सचेत ओर शीघ्रवाहक होता है। शीघ्र ही उसके मन में से पति का प्रेम-रस सूख जाता है। वास्तव में इनमें से बहुत कम रोगी ऐसे होंगे, जिन्हें साधारण उपचारों से आराम न हो जाए। इन उपचारों की व्याख्या हम आगे एक अध्याय में करेंगे।

आगे के अध्याय में हम बताएँगे कि बीजकोष के अन्तःस्रावों के आधार पर शरीर में काम-वासना चैतन्य होती है। अन्तःस्राव की इस व्यवस्था और शरीर पर उनके प्रभाव का थोड़ा वर्णन हम यहाँ करेंगे। हमने बताया है कि बीजकोष और

थाइराइड ग्रन्थियों के रस से कामोत्तेजना मिलती है। यदि किसी स्त्री के थाइराइड के काम में कमी पड़ जाएगी, तो उसके शरीर की ऊँचाई कम हो जाएगी। गाल फूले हुए होंगे और ज़रा-सी बात पर लाल हो जाएँगे। स्तन बढ़ जावेंगे। पेट भी ज़्यादा बढ़ जाएगा। शरीर मोटा हो जाएगा। कभी- कभी ऐसा होता है कि शरीर मोटा नहीं होता, सिर्फ ठिगनापन रह जाता है। स्तानाग्र बहुत छोटे और कभी-कभी बिल्कुल नहीं होते। पेशाब का रंग गहरा होता है। अगर ठिगनापन बहुत ही हो तो समझिए कि उनका बीजकोष ठीक-ठीक काम नहीं करता। न ऋतुस्राव ठीक होता है; वह बहुत कम होता है। ऐसी स्त्रियों के हाथ, पैरों, पिंडलियों और कभी-कभी छाती पर अधिक बाल उग आते हैं। नाड़ी की गति मन्द हो जाती है, ठण्ड अधिक सताती है। बुद्धि भी उनकी मन्द होती है। ऐसी लड़कियाँ जल्दी बड़ी दीखने लगती हैं। कभी-कभी वे एकदम दुबली हो जाती हैं, उनमें बहुत मन्द कामवासना होती है और उन्हें सहवास पसन्द ही नहीं होता। परन्तु कभी-कभी थाइराइड के कार्य का अतिरेक भी होता है। यह बहुधा आयु की वृद्धि के समय होता है। पर कभी-कभी ऋतुस्राव के बन्द होने के समय या कुछ बाद भी होता है। यदि 13-14 वर्ष की अवस्था में थाइराइड के स्राव का अतिरेक हुआ, तो ये लक्षण दीख पड़ते हैं; ज़रा सी चोट लगने पर गाल लाल हो जाते हैं, नाड़ी की गति तेज़ हो जाती है, छाती में धड़कन पैदा हो जाती है, ऊँचाई अधिक हो जाती है, ऋतुस्राव अनियमित और कम होता है, गर्मी अधिक व्यापती है और पसीना अधिक आने लगता है, पेशाब का रंग फीका पड़ जाता है। जिन स्त्रियों का थाइराइड ग्रन्थियों के स्राव का अतिरेक होता है, उनमें बीजकोष के काम में कमी आ जाती है। इसी से वे मन्द काम होती है परन्तु बहुत कम। थाइराइड ग्रन्थियों की क्रिया का प्रभाव हड्डियों के विकास पर पड़ता है। अगर उनका काम धीमा होता है तो स्त्री ठिगनी हो जाएगी। यदि अधिक हुआ तो हाड़ तथा हाथ-पैर लम्बे हो जाएँगे और डील-डौल बढ़ जाएगा। परन्तु यदि बीजकोषों का काम ठीक है, तो थाइराइड ग्रन्थियों का काम भी ठीक रहेगा। तब स्त्री का कद मध्यम रहता है। बीजकोषों के काम में कमी होने पर उसके चिह्न 14-15 वर्ष की उम्र में दीख पड़ते हैं। थाइराइड ग्रन्थि के रस की कमी से पेट, स्तन और कभी-कभी दोनों अंग मोटे हो जाते हैं। गाल फूले हुए और लाल होते हैं। चेहरे पर और हाथों पर पुरुषों जैसे रोम होते हैं। कामवासना मन्द होती है। जवानी में वे सुन्दर मालूम देती हैं, परन्तु बीस साल की उम्र बीतने पर उनकी तन्दुरुस्ती खराब होने लगती है। हृदय की, गुर्दे की और मज्जा-तन्तु की बीमारियाँ सताया करती हैं। अगर बीज कोषों का काम अधिक हुआ तो उनके कद की बढ़वार रुक जाती है। ऐसी स्त्रियाँ अक्सर दुर्बल रहती हैं। उनके गाल सपाट रहते हैं और कुछ फीके भी रहते हैं। स्तन छोटे और कड़े रहते हैं और उनके आगे की घुण्डी बड़ी होती है।

बदन में रोम नहीं होते। पेट सपाट होता है। उनकी काम वासना तेज़ होती है, अगर काम-वासना पूरी न हो तो वे बीमार हो जाती हैं। ऐसी स्त्रियाँ व्यभिचारिणी होती हैं।

जिन स्त्रियों में थाइराइड ओर बीजकोषों का काम ठीक-ठीक नहीं है, वे ठिगनी, कर्कश, दुष्ट, चंचल और क्रोधी होती हैं। काम-वासना और प्रेम उनमें कम होता है। स्तन का अगला हिस्सा छोटा और बैठा हुआ होता है। उम्र ढलने पर वे मोटी हो जाती हैं और गठिया या मधुमेह की बीमारी हो जाती है। सिर्फ बीजकोषों की कमी से वे लम्बी होती हैं। अगर गाल लाल और फूले हुए हों तो थाइराइड के काम में अतिरेक होगा। ऐसी स्त्रियों का स्वभाव खराब और तेज़ तथा कामवासना मन्द होगी, अगर बीजकोषों का काम कम हुआ तो दाढ़ी-मूँछों की जगह कोहनी से कलाई तक और जाँघ में बाल अधिक होंगे। उनका स्वभाव खराब और कामवासना मन्द होगी और वे रोगी होंगी। जिन स्त्रियों में थाइराइड ग्रन्थियाँ अधिक बढ़ जाती हैं, तो कंठ के नीचे का हिस्सा फूल जाता है—जहाँ कि वह ग्रन्थि होती है। ऐसी स्त्रियों का स्वभाव बहुत खराब और तेज़ होता है, कामवासना मंद होती है। थाइराइड और बीजकोषों के काम में अगर कमी हुई तो स्तन और पेट मोटा हो जाता है। अगर वह ठिगनी हुई तो उनका स्वभाव खराब होगा। अगर लम्बी हुई तो उनका स्वभाव उदासीन और कामवासना मन्द होगी। अगर स्तनाग्र बढ़े हुए होंगे तो कामवासना तीव्र और यदि छोटे होंगे तो कामवासना मन्द होगी।

मासिक स्राव का देर से होना और कम समय तक रहना और साथ ही कम स्राव होना, इन दिनों में पेट दर्द और तकलीफ से होना, ऐसी स्त्री का स्वभाव खराब और कामवासना कम होती है। अगर थाइराइड के काम में अधिकता हो और बीजकोषों के काम में कमी हो तो अक्सर वह स्त्री तीखे स्वभाव की होगी और उसकी भौं के बीच में खड़ी रेखा पड़ेगी, बड़ी उम्र में उसका स्वभाव और भी खराब होगा।

पुरुषों के शरीर में भी इन दोनों ग्रन्थियों का अन्तःस्राव होगा। अगर बीजकोषों के काम में कमी होगी तो पन्द्रह साल की उम्र होने पर भी उनमें स्त्रीपन दिखेगा, गालों की रंगत गुलाबी होगी, शरीर की कांति उत्तम, सुडौल शरीर और बच्चों की सी आवाज़ होगी। अठारह वर्ष की उम्र तक दाढ़ी-मूँछ नहीं निकलेगी। उनमें धीरज और तेजस्विता नहीं होगी, वे लड़कियों से मिलने जुलने ओर खेलने में ज़्यादा प्रसन्न रहेंगे। जनेन्द्रिय ओर बीजकोष बहुत छोटे रह जावेंगे। उनमें कामवासना बिल्कुल नहीं होगी। यदि बीजकोश की यह कमी पन्द्रह सोलह साल के बाद शुरू हुई तो दाढ़ी और मूँछ जितनी आ गई होंगी उससे आगे नहीं बढ़ेंगी। आवाज़ अगर पहले से बदल गई है, तो वैसे ही बनी रहेगी। उसके कद की लम्बाई खानदान से कुछ बड़ी हो जायेगी। और बीजकोष कुछ छोटे हो जावेंगे। अगर बीजकोष के काम में कुछ ज़्यादती

हुई तो वे दुबले-पतले और हाथ-पैर बड़े हो जायेंगे। बीजकोष उनके शरीर की अपेक्षा बड़े होंगे, और उनकी लिंगेन्द्रिय भी मामूली से कुछ बड़ी होगी। उनकी कामवासना भी तेज़ होगी और वे जल्दी तृप्त नहीं होंगे। ये लोग अपराधी प्रकृति के होते हैं और कामोत्तेजना के मौके पर खून तक कर बैठते हैं। अमेरिका में ऐसे अपराधियों के बीजकोष निकाल डालते हैं। बीजकोष के काम की कमी होने पर आदमी का क़द आनुवांशिक कद की अपेक्षा बढ़ जाता है। काम-शक्ति मामूली होती है। ऐसे लोगों का सिर छोटा तथा कन्धे और जाँघ कम चौड़े होते हैं, गाल फूले हुए और स्वभाव तमोगुणी होता है। आवाज़ बच्चों की भाँति होती है। बीजकोषों के काम के बढ़ जाने पर आवाज़ भारी हो जाती है। पेट बड़ा होना भी कामशक्ति की कमी प्रकट करता है। अगर बीस वर्ष होने पर भी लड़कों की दाढ़ी न निकले तो निश्चय जानना चाहिए कि बीजकोष की कमी है। अगर आदमी के मिज़ाज में तेज़ी हो और भँवों में दो खड़ी लकीरें पड़ें तो भी बीजकोषों की कमी जानना चाहिए। पेट और शरीर का स्थूल हो जाना थाइराइड और बीजकोष दोनों की कमी का कारण है।

विवाह

विवाह का शब्दार्थ है—खास सम्बन्ध। भारतीय साहित्य में यह शब्द पुराना होने पर भी अत्यन्त पुराना नहीं है क्योंकि वेद में विवाह शब्द नहीं मिलता है। रूढ़ि अर्थों में विवाह का अर्थ है स्त्री-पुरुष का जीवन-भर अथवा जन्म जन्मान्तरों के लिए एक-दूसरे के लिए अनुबन्धित होना। हिन्दू धर्मानुशासन की दृष्टि से स्त्री एक बार विवाहित होकर जीवन भर पति से विच्छेद नहीं कर सकती। यही नहीं, पति के मरने पर भी वह उसी की विधवा रहेगी और यह विश्वास रखेगी कि जब उसकी मृत्यु होगी तो स्वर्ग या पति-लोक में उसे वही पति मिलेगा। जन्मजन्मान्तरों से वही पुरुष उसका पति होता आया है और भविष्य में भी वही होगा। यही हिन्दू पत्नी का धार्मिक दृष्टिकोण है। और पति मृत हो या जीवित, स्त्री वाग्दत्ता हो या विवाहिता, हर हालत में उसे मन, वचन और कर्म से उसी पति के प्रति सर्वथा अनुबन्धित, अनुप्रातित एवं आत्मार्पित रहना होगा। विवाह के बाद पति का स्त्री पर असाध्य अधिकार है।

फिर भी पुरुष पत्नी की भाँति स्त्री के प्रति अनुबन्धित नहीं। हिन्दू धर्मानुबन्धन में पति एक या अनेक इसी प्रकार से पूर्णानुबन्धित पत्नियाँ रखते हुए भी सर्वथा स्वतंत्र रूप से अन्य वैध या अवैध अनगिनत पत्नियाँ बिना पत्नी की स्वीकृति के रख सकता है, यहाँ तक कि वह वेश्या और व्यभिचारिणी स्त्री से मुक्त सहवास भी कर सकता है।

यहाँ प्रश्न उठता है कि वास्तव में स्त्री-पुरुष का यह अनुबन्धित सम्बन्ध प्रकृति और सामाजिक आवश्यकता की दृष्टि से क्या है। सबसे प्रथम हम प्राकृतिक दृष्टिकोण से देखते हैं कि सहवास होते ही स्त्री के शरीर में गर्भ-धारण की सम्भावना हो जाती है। शरीर संगठन की दृष्टि से स्त्री का शरीर ऐसा है कि गर्भ धारण, शिशुपालन, गर्भरक्षा आदि के नैसर्गिक कारणों से न वह मुक्त सहवास के योग्य रहती है न स्वाधीनता

से रहने के, न वह कोई कठिन और साहसिक कार्य पुरुषोचित कर पाती है। उसकी सारी की सारी शक्तियाँ गर्भधारण और शिशुपालन में लग जाती हैं। मानसिक विकास की दृष्टि से भी स्त्रियों की मनोरचना पुरुषों की मनोरचना के विपरीत है, जिसका वर्णन हम पिछले अध्याय में कर चुके हैं। इसी मनोरचना के कारण शिशुपालन के तथा ग्राहस्थ व्यवस्था के उपयुक्त ही उसके स्वभाव का निर्माण हुआ है। वे उन मशीनों की तरह बच्चे नहीं पैदा करतीं जो मिलों में पंक्तिबद्ध लगी रहती हैं। उनकी कोमल भावुक प्रकृति प्रसंगानुसार पुरुषों को भी, जब-जब उनमें स्त्री की आकांक्षा उदय होती है; कोमल और भावुक बना देती है। इस प्रकार इसमें सन्देह नहीं रह जाता कि उनका निर्माण दो भिन्न-भिन्न प्रयोजनों के लिए ही उपयुक्त है। और दोनों एक-दूसरे के बिना अधूरे हैं। वे दोनों संयुक्त हों इसलिए विवाह की परिपाटी निर्मित की गई है। दोनों के संयुक्त होकर अनुबन्धित होने से ही यदि दोनों के स्वातन्त्र्य की मर्यादा में रक्षा हो सके तो वे एक-दूसरे के विकास में सहायक हो सकते हैं।

इसमें सन्देह ही नहीं कि दोनों का कार्यक्षेत्र पृथक् है और दोनों अपने-अपने कार्यक्षेत्रों में स्वतंत्र हैं। चूँकि दोनों के कार्यक्षेत्रों का स्वार्थ संयुक्त है इसलिए परस्पर एक-दूसरे के कार्यक्षेत्रों में एक-दूसरे की दोनों सहायता करें और इस प्रकार अपने-अपने क्षेत्रों में स्वतन्त्र रहते हुए एक-दूसरे से पूर्णतया संयुक्त हो जाएँ।

पुरुष अपने स्वभाव के कारण स्त्रियों पर अपना प्रभुत्व स्थापित करने की सदा चेष्टा करता है और स्वाभाविक गति के अनुसार स्त्री भी पुरुष के प्रभुत्व को अपने ऊपर न लदने देने के लिए यथासाध्य चेष्टा करती है। प्राचीन रूढ़िवाद और गुलामी के दिन अब लद गए; अब स्वाधीनता, सहयोग और साहचर्य का समय आया। इस कारण इस नवीन युग में भी स्त्री और पुरुषों का यह संघर्ष एक प्रभावशाली असर रखता है।

यहाँ मैं एक उदाहरण देना चाहता हूँ कि अक्सर स्त्री-पुरुषों में इस साधारण बात पर झगड़ा उठ खड़ा होता है कि परिवार का काम कैसे चलाया जाय। पत्नी यह स्वीकार करना चाहती है कि उसका पति होशियार और चतुर है, मगर वह इस बात को स्वीकार कर ले तो फिर उसे उसकी बात भी माननी पड़ेगी। वह बहुधा अपनी सहेलियों में उसके भोलेपन, पालतूपन और वशीकरण की चर्चा किया करती है और इसमें अत्युक्ति से काम लेती है। घर-गृहस्थी का बड़ा महत्त्वपूर्ण भाग पत्नी के हाथ में है। सन्तान, व्यवस्था, भोजन और धन का व्यय, यह सब स्त्री के हाथ में है। इसी से कुछ बुद्धिमान कहते हैं कि स्त्रियों को नहीं, पुरुषों को स्वतन्त्र होने का उद्योग करना चाहिए। एक स्त्री ने अपने पति के लिए बड़ी शान से लिखा था कि वह होशियार, विद्वान, कीर्तिवान् और श्रीमन्त, नीतिवान् और पवित्र भी है, पर मेरे लिए तो वह मूर्ख, अज्ञानी, दरिद्र, तुच्छ और भोंदू है। जो कहती हूँ वह मान लेता है।

बहुधा परिजनों के प्रति क्या कर्तव्य हैं, इस सम्बन्ध में जब-जब पति-पत्नी में विवाद छिड़ता है, तो पत्नी पति से अपनी बात मनवाना चाहती है और पति को परिस्थिति से सर्वथा अज्ञानी प्रमाणित करती है। पति यदि उसके महाज्ञान पर ज़रा भी एतराज़ करता है तो वह रो-धोकर, रूठकर उसे राज़ी करती है।

यह सब उसी मनोवृत्ति का रूप है, क्योंकि पत्नी भय खाती है कि ज्योंही मैं पति की अपेक्षा कम समझदार होना स्वीकार करूँगी, मुझे उसके आज्ञाधीन होना पड़ेगा।

फिर भी, पुरुष चाहे कितना ही भेड़ बन जाए, वह गृहस्थी के बोझ का दायित्व तो स्त्री पर ही रखेगा। बच्चा तो दोनों का ही है। यदि वह किसी कपड़े पर टट्टी कर दे तो वह पत्नी ही का काम होगा कि उसे साफ करे। कपड़े फट जाने या बटन टूट जाने पर भी उसी का कर्तव्य होगा कि वह उसे ठीक कर दे। पुरुष कभी नहीं विचारेगा कि वह उसे सहायता दे और उसका सहयोग करे। वास्तव में स्त्री कमजोर है और उसके प्रत्येक काम में सहायता देना पुरुष का कर्तव्य होना चाहिए।

तत्त्ववेता मिल ने प्रबल युवतियों का साधन लेकर स्त्री-पुरुषों की इस भिन्नता से इन्कार किया है और उन्हें समान माना है तथा यूरोप स्त्री-स्वातन्त्र्य में उनका अनुगामी भी है—पर युवतियाँ और बुद्धिवाद सत्य की उपेक्षा नहीं कर सकता।

आजकल स्त्री-स्वातन्त्र्य का युग है। अतः विवाह के समय पत्नी-निर्वाचन नहीं, पति-निर्वाचन होता है। स्त्री मात्र में पति पर विजय पाने के विचार बढ़ते जाते हैं, दो शब्दों में कहा जा सकता है कि आधुनिक सुशिक्षित पुरुष जहाँ यह चाहता है कि कैसे स्त्रियों को समाज में ऊँचा स्थान दिया जाए, वहाँ आधुनिक सभ्य स्त्री चाहती है कि कैसे पुरुष को ज़ेर किया जाए। परस्पर की बातचीत में स्त्रियों की चर्चा का मुख्य विषय यही होता है कि उनके पति कहाँ तक उनके पालतू हैं। सीधे हैं, वश में हैं, उनकी बात में दखल नहीं देते। प्रायः स्त्रियाँ पति की सुन्दरता की उतनी परवाह नहीं करतीं। वे मजबूत, खुशमिज़ाज, अमीर और शाहखर्च पति को पसन्द करती हैं। सुन्दर पति से स्त्रियाँ इसलिए भी घबराती हैं कि उस पर अन्य स्त्रियों के मोहित हो उठने का भय रहता है तथा वे स्त्रियों का भी तिरस्कार करती हैं। पति कमाऊ हो, चाहे शिक्षित न हो, स्त्रियाँ यही चाहती हैं। शिक्षित निखट्टू पति का वे खूब तिरस्कार करती हैं। हाँ, सुशिक्षित पत्नी पति पर खूब रोब गाँठ लेती है। एक मासिक पत्र में, 'पति कैसा हो' इस विषय पर विद्वानों के लेख माँगे गये थे, उनमें से तीन यहाँ दिए जाते हैं, जो पढ़ने योग्य हैं :

''मैं पति से कुछ नहीं चाहती, मैं जितना दूँ उतना ही मुझे मिल जाए! पति प्यारा हो, उसमें विश्वास, सहानुभूति और उदारता होनी आवश्यक है। पर वह मर्द हो। शरीर और मन से दृढ़ और आत्मसंयमी, देखने में सशक्त और सुडौल। सुन्दर न हो तो न सही, पर उसके मुँह पर पुरुषत्व की छाप होनी चाहिए। बच्चों में पिता

जँचे, मन साफ, भावुक और सहृदय हो तो और भी अच्छा है। आराम से जीवन-निर्वाह करने योग्य कमा सके। वह चाहे धनी न हो पर उसमें काम करने की शक्ति और उत्साह अवश्य होना चाहिए। यदि मैं उसके साथ काम करूँ तो मुझे वह भोंदू न मालूम हो। वह प्रत्येक काम में, चाहे वह भला हो या बुरा, अवश्य मददगार रहे। उसकी विद्या-बुद्धि मुझसे कम न हो, उसका शील स्वभाव अच्छा हो, क्योंकि मैं नहीं चाहती कि कोई नालायक आदमी मेरे बच्चों का बाप बने। वह बौद्धिक और नैतिक दृष्टि से मेरा सहचर हो; मेरे सर्वस्व का मालिक हो और मैं यथाशक्ति उसकी इच्छा पूर्ण करूँ; पर मुझे यह निश्चय हो जाना चाहिए कि उसके साथ मेरा जीवन सुख से कट जाएगा। मैं सर्वगुण सम्पन्न पति की हिर्स नहीं करती, परन्तु उच्च ध्येय पर आमरण काम करने वाला पति मुझे चाहिए; जिससे उस पर मुझे श्रद्धा हो और मैं उससे प्रेम करूँ। वह मेरे ही समान मेरे दोनों बच्चों से प्रेम करे।''

''पति सुन्दर ही हो आवश्यक नहीं है। हाँ, उसके चेहरे पर पुरुषत्व हो। विवाहित दम्पति का ध्येय, हिताहित और मत एक होता है, यह बात उसे जान लेनी चाहिए कि बाल-बच्चों का ध्यान रखना उसके लिए भी ज़रूरी है। उसका अध्ययन विशाल, ज्ञान अपार, हृदय काव्यमय, गम्भीर और स्वभाव सहनशील होना चाहिए। साथ ही उसके स्वभाव में विनोद की मात्रा भी होनी चाहिए और उसका बर्ताव नियमित एवं सच्चा होना चाहिए। यदि वह आत्मसंयमी भी हो तो वह सबसे अच्छा पति है। वह फिज़ूलखर्च न हो, गृहस्थी के खर्च को चला सकने योग्य वह कमा भी सके और स्त्री-स्वातन्त्र्य का हामी हो।''

''वह निरोग हो। सुन्दर हो चाहे न हो, पर चेहरे पर मर्दानगी की चमक अवश्य हो। उसका शरीर मजबूत और सुडौल हो, चेहरा प्रसन्न, पर अभिमानी न हो। सफाई से रहे; अपनी स्त्री की वह प्रतिष्ठा करे। एकपत्नीव्रती हो। यह न समझे कि स्त्री बच्चे पैदा करने की मशीन है। वह अपनी पत्नी का सौंदर्य और जवानी कायम रखने की चेष्टा करे। वह अपने सभी अधिकार पत्नी से माँग सकता है पर उसी की इच्छानुसार वह उसे ज़रूरत के मुताबिक खर्च भी देता रहे, और शाबासी भी।''

यहाँ हम एक और गम्भीर बात कह देना चाहते हैं—यदि कोई पति-पत्नी यह समझे कि हम लोग परस्पर निश्चल प्रेम करते हैं इसलिए हमारा दाम्पत्य जीवन सुखमय होना चाहिए, तो यह सरासर उनकी भूल है। दाम्पत्य जीवन को सुखी और सफल बनाने के लिए पति-पत्नी के बीच प्रेम का होना ही काफी नहीं है। सफल और सुखी दाम्पत्य जीवन बनाने के लिए उन्हें यथेष्ट बुद्धि, अध्यवसाय, साहस और कड़े परिश्रम की आवश्यकता है। सच बात तो अपने-आप ही सुखमय और सफल नहीं हो जाता, न भगवान ही इस मामले में कोई दस्तन्दाज़ी दे सकते हैं। जैसे मनुष्य परिश्रम और ध्यान से विविध विद्याएँ सीखकर उनमें पारंगत हो जाता है, वैसे ही दाम्पत्य जीवन को सुखी और सफल बनाने के लिए उसे बहुत कुछ विद्या, बुद्धि, साहस और धैर्य खर्च करना

पड़ेगा और काफी आत्मत्याग करना पड़ेगा। जिस विवाह में स्त्री-पुरुष प्रबल कामासक्ति या उन्मत्त भावुकता के जोर पर घसीटे जाकर टकरा गये हैं, उसकी अपेक्षा उस दाम्पत्य जीवन के अधिक सुखी और सफल होने की सम्भावना है जिसमें सामाजिक और व्यक्तिगत सुविधाएँ विचारकर विवाह किया गया है। इंग्लैंड के प्रख्यात प्रीमियर डिज़राइली ने एक बार कहा था कि जिन मित्रों ने प्रेम के वशीभूत होकर विवाह किए थे, वे सब या तो अपनी पत्नियों को लेकर मारपीट करते हैं या उनको तलाक देनी पड़ी है; उनका कहना है कि प्रेम के वशीभूत होकर विवाह करना बड़ा घातक है।

प्रधानमन्त्री के इस वक्तव्य में एक गम्भीर व्यावहारिक ज्ञान है। जो युवक-युवतियाँ एक-दूसरे पर आसक्त होकर, विवेकशून्य होकर विवाह कर डालते हैं वे एक-दूसरे से इतना अधिक सुख और आनन्द पाने की आशा लगा बैठते हैं जिन्हें कोई प्राणी पूरा कर ही नहीं सकता।

प्रायः पुरुष स्त्रियों की अपेक्षा अधिक आशावादी होते हैं और विवाह के बाद बड़े-बड़े सब्ज़बाग देखने की कल्पना करते हैं। जब कोई युवक अत्यन्त प्रेमासक्त होकर किसी लड़की से विवाह करता है तो वास्तविक लड़की से नहीं वरन् एक काल्पनिक देवी से विवाह करता है, जिसका वर्णन बाहर से भीतर तक कवित्वमय हो। परन्तु विवाह के बाद ज्यूँ ही उसे पता लगता है कि जिससे उसने ब्याह किया है वह वास्तव में एक लड़की मात्र है जो सुन्दरी और मृदुव्यवहारिणी होने पर भी उस आदर्श से बहुत नीचे है, वह तब गहरी निराशा में घिर जाता है। इसमें कोई सन्देह नहीं है कि विवाह में वासना के आवेश का बड़ा भारी महत्त्व है, परन्तु मूल में विवाह एक व्यापार है जिसमें मोल, भाव, लाभ का रुख, व्यवहार-चातुर्य, दूरदर्शिता, बुद्धिमत्ता, धैर्य, सहिष्णुता तथा दुनियादारी के भारी अनुभव की हद दर्जे की आवश्यकता है। व्यापार चलाने के लिए पूँजी सबसे प्रधान वस्तु है, इसलिए विवाह-व्यापार में तन-मन-धन लगा देना तथा दोनों को एक-दूसरे का सच्चे मन से भक्त बने रहना परम आवश्यक है। पुरुष ब्याह से प्रथम प्रायः यह सीख चुके होते हैं कि धन कैसे कमाया जा सकता है, क्योंकि दाम्पत्य जीवन में पति का काम धन कमाना और स्त्री का काम धन खर्च करना है। दोनों यदि अपने-अपने कामों में दत्त होंगे तभी जीवन सुखी और सन्तुष्ट होगा।

विवाहित जीवन को सुखी रखने के लिए घर के वातावरण का बड़ा भारी महत्त्व है। स्त्री यदि ठीक समय पर शरीर और मस्तिष्क दोनों को चैतन्य रखकर घर की मशीनरी को गतिशील रख सकने की सामर्थ्य नहीं रखती तो घर का वातावरण कभी भी सुखी और शान्त नहीं रह सकता। ठीक समय पर सब काम करना, ठीक स्थान पर सब वस्तुओं को व्यवस्थित रखना, ठीक आवश्यकता होने पर उचित काम करना, ठीक व्यक्तियों से ठीक व्यवहार रखना, ये चार रहस्य हैं जिन्हें जो स्त्री जान जाएगी, उसका दाम्पत्य जीवन सुखी और सन्तुष्ट हो जाएगा। स्त्री-पुरुष को परस्पर सुखी रखने के लिए एक

और वस्तु अधिक महत्त्वपूर्ण है—वह है, परस्पर अकपट और सच्चे रहना।

जान रस्किन जो इंग्लैंड का महान् लेखक हुआ है, उसने स्त्री के सम्बन्ध में बहुत-से महत्त्वपूर्ण विचार प्रकट किए हैं। उसने प्रकृति और मानव जाति के भीतरी सौन्दर्य की सच्ची अनुभूति की थी और नारीत्व को शक्ति के शिखर पर पहुँचाने के लिए बहुत-कुछ लिखा था। सबसे प्रथम यह विद्वान् लेखक इस बात पर विचार करता है कि समाज में स्त्री का स्थान क्या है, और अधिकार क्या हैं तथा क्या होने चाहिएँ? वह कहता है कि सामाजिक सुख-शान्ति के लिए इन्हीं चीज़ों की आवश्यकता थी और इन्हीं की सबसे अधिक अवहेलना की गई है। पुरुष की शक्ति रचनात्मक, रक्षात्मक और अभ्युदयात्मक है। वह कर्त्ता, स्रष्टा, अन्वेषक और रक्षक है। उसकी बुद्धि चिंतन और आविष्कार के लिए है और उसका दुर्द्धर्ष उत्साह दुष्कर कार्य करने तथा युद्ध में विजयी होने के लिए है। परन्तु नारी की शक्ति शासन के लिए है, युद्ध के लिए नहीं। उसमें आविष्कार और रचना की सामर्थ्य नहीं है। प्रत्युत मधुर शासन-प्रबन्ध और निर्माण के लिए है। वह वस्तुओं के उचित तत्त्व, गुण, अधिकार और स्थान की परख कर सकती है। उसका महान् कार्य प्रशंसा एवं अभिनन्दन है। वह किसी विवाद में सम्मिलित नहीं होती, परन्तु प्रतियोगिता के विजेता का अकाट्य निर्णय करती है। अपने कर्तव्य और स्थान के लिहाज से वह सारी आपत्तियों से तथा प्रलोभनों से बची रहती है। पुरुष को संसार से उन्मुक्त क्षेत्र में खतरों और परीक्षाओं का सामना करना ही होगा। अतएव उसके लिए असफलता, अपराध और अनिवार्य चूक स्वाभाविक ही है। यह बहुधा आहत, विजित, पथभ्रष्ट होगा और कठिन अभ्यस्त बनेगा, परन्तु स्त्री की इन सबसे रक्षा करेगा। स्त्री के द्वारा शासित गृह में कोई आपत्ति, कोई प्रलोभन, कोई चूक अथवा दोष का कारण नहीं आ सकता, जब तक वह स्वयं उसका आह्वान न करे। घर वास्तव में शान्ति और शरण का स्थान है। वह न केवल हानियों से प्रत्युत भय और सन्देहों से भी बचाता है; और जो ऐसा नहीं है वह घर नहीं है।

वह एक ऐसा पवित्र मन्दिर है जिसमें पति-पत्नी के स्नेहपूर्ण स्वागत के अधिकारियों के अतिरिक्त कोई भी प्रवेश नहीं कर सकता। यह निश्चय है कि जहाँ कोई सच्ची पत्नी घर में आ गई तो सम्पूर्ण घर उसके चारों ओर रहता है और उसी को केन्द्र बना लेता है। यही नारी की असल शक्ति, अधिकार और स्थान है, परन्तु उसे निर्बलताओं और भूल-चूकों से रहित होना चाहिए। चूँकि शासन करना है, इसलिए उसे शाश्वत, अविकार्य, साध्वी, अथक, अभ्रान्त, बुद्धिमती अवश्य रहना चाहिए। आत्मोन्नति के लिए नहीं, आत्मोत्सर्ग के लिए। अपने को पति से ऊँची रहने के लिए नहीं बल्कि अपने स्थान से च्युत न होने के लिए। उसमें स्नेहहीन संकीर्णता न होनी चाहिए। निरन्तर परिवर्तनीय सेवा की विनम्रता और शीलता कायम रहनी चाहिए।

इन तमाम योग्यताओं को प्राप्त करने के लिए सबसे प्रथम उसे पूर्ण स्वस्थ,

युवा, सुन्दर और स्वच्छ एवं हँसमुख रहना चाहिए। उसे व्यायाम और शिक्षण का अभ्यास हमेशा जारी रखना चाहिए, क्योंकि सौन्दर्य के सर्वोच्च संस्कार और विकास क्रियाशीलता, स्फूर्ति एवं कोमल शक्ति के वैभव बिना नहीं हो सकते। सुन्दर बनने का सबसे सरल और सबसे गुप्त उपाय है, सदा प्रसन्न रहना। किशोरावस्था में स्वभाव पर एक भी दबाव, स्नेह और क्रिया का एक भी निरोध उसके चेहरे पर निश्चय ही अमिट रूप से अंकित हो जाएगा। यदि उसके हृदय में रुक्षता है तो उसके नयनों की आभा और पुण्यमय भौंहों से मोहकता छिन जाएगी। शरीर-स्वास्थ्य और सौन्दर्य के बाद उसे इस प्रकार ज्ञान और विचार देने चाहिएँ, जिनसे उसकी सहज बुद्धि और स्नेह-प्रवृत्ति दृढ़ और संस्कृत हो सके। उसे शिक्षा ऐसी ही देनी चाहिए कि वह पति के काम और संघर्ष को समझ सके और उसमें सहायता दे सके। उचित तो यह है कि यह शिक्षा ज्ञान के रूप में नहीं प्रत्युत अनुभव के रूप में दी जानी चाहिए। यह आवश्यक नहीं कि वह अनेक भाषाओं की पण्डिता हो। आवश्यक यह है कि अपरिचित पर करुणा दिखाये और अतिथि को वाणी-माधुर्य से हृदयंगम करे यह उसके गौरव और मूल्य के लिए महत्त्वपूर्ण नहीं कि उसे किसी विज्ञान का ज्ञान हो। पर उसे प्रकृति के नियमों की सुन्दरता, सच्चे विचारों की यथार्थता और अर्थों को समझना चाहिए। उसे इतिहास के महान् ज्ञान की आवश्यकता नहीं है; उसे आवश्यकता है कि अपने जातीय इतिहास में अपने सम्पूर्ण व्यक्तित्व से प्रविष्ट हो। उसे इतिहास की करुण परिस्थितियों तथा नाटकीय परिवर्तनों के सम्बन्धों का निरीक्षण करना चाहिए और इतिहास के जिस भाग में वह साँस ले रही है उस ओर उसकी सहानुभूति का प्रसार होना चाहिए। उसे कल्पना और अभ्यास करना चाहिए कि उसकी दृष्टि से दूर रहने पर भी सच्ची आपत्तियों का सामना यदि उसे करना पड़ता तो उसका कैसा आचरण होता। अपने बच्चों और पति के क्षणिक कष्टों के निवारण के सम्बन्ध में वह जितनी चिन्तातुर रहती है, उतनी उसे बन्धुहीन एवं आश्रयहीन व्यक्तियों के प्रति रहना चाहिए। यही विश्व-प्रेम है, और विश्व-प्रेम ही नारी जीवन की सार्थकता है। उसे विश्वशान्ति का साम्राज्य स्थापित करना चाहिए। याद रहे, संसार के प्रत्येक युद्ध, प्रत्येक अन्याय के लिए स्त्रियाँ उत्तरदायी हैं। उत्तेजन देने के कारण नहीं, न रोकने के कारण। पुरुष स्वभावतः लड़ाकू है, वह साधारण कारण पर ही लड़ बैठेगा। यह स्त्रियों का काम है कि वह अथाह बुद्धिमत्ता और तत्परता एवं साहस से उस पर शासन करे और उसे लड़ने से रोके। दुनिया का कोई दुःख, कोई अन्याय ऐसा नहीं है जिसका दोष स्त्रियों के सिर नहीं थोपा गया है। पुरुष कोमल से कोमल वस्तु को युद्ध में कुचल सकते हैं। वे सहानुभूति में दुर्बल हैं। और आज्ञा में संकुचित, परन्तु स्त्रियाँ वेदना की गहराई का अनुभव कर सकती हैं और घाव को ठीक करने का उपाय खोज सकती हैं। नारी के कोमल कर-स्पर्श और मधुर चितवन से यह संसार स्वर्ग बन सकता है।

सम्भोग की तैयारी

स**म्भोग में पूर्ण कामोत्तेजना और प्रेम का पूर्ण उद्रेक होना चाहिए; वह वास्तव में जननेन्द्रिय का क्षणिक संघर्ष ही नहीं है। ऐसी हालत में सम्भोग के तीन दर्जे होंगे—भूमिका, वस्तु और समाप्ति। तीनों दर्जों का परिपूर्ण विकास किया जायगा तभी सम्भोग सम्पूर्ण होगा, नहीं तो नहीं। भूमिका में दर्शन, चिन्तन, सम्भाषण, आलिंगन, चुम्बन, पीड़न, उद्बोधन क्रियाएँ मुख्य हैं। स्त्री-पुरुष परस्पर प्रियदर्शन करने से मन में कामांकुर की उत्पत्ति करते हैं। इसके लिए दोनों को परस्पर के दर्शन से मोहित करने के लिए साफ, सुगन्धित, उज्ज्वल, सुरुचि-वर्द्धक, फैशनेबल और प्रिय के पसन्द के रंग और काट के वस्त्र धारण करना, चेहरा, आँख, नाक, मुख साफ और सुवासित रखना, बालों को सजा हुआ रखना, और बारम्बार भिन्न-भिन्न काल में वेशभूषा में परिवर्तन करना चाहिए। इससे परस्पर के दर्शन से कामोद्रेक होकर सम्भोग की इच्छा होती है। फिर स्त्री या पुरुष कामचिन्तन करता है। उसके मस्तिष्क में भिन्नलिंगी के साथ सम्भोग की वासना जाग जाती है। रक्त के प्रभाव में परिवर्तन हो जाता है। बीजकोष से अधिक अन्तःस्राव होकर रक्त में मिश्रित होने लगता है। इससे तीन भाव प्रकट होते हैं—मन्द, मध्य और तीव्र। मन्दभाव में मन्द मुस्कान होती है, परस्पर दर्शन होने पर भी और परोक्ष में भी, मन्द मुस्कान आप ही हो जाती है। मध्य भाव में होने पर रोमांच और तीव्र होने पर गर्म श्वास चलना और अंग गरम होना, ये लक्षण हो जाते हैं। अब इसके बाद सम्भाषण की बारी आती है। कामुक सम्भाषण वासना-भूमिका का एक प्रधान अंग है। कभी-कभी जब स्पर्श नहीं हो सकता तो सम्भाषण होता है। यह सम्भाषण कभी मूक भाषा में संकेत द्वारा और कभी वाणी द्वारा संकेत से भी होता है। वात्स्यायन कहते हैं कि स्त्री सामने बैठे प्रिय की ओर नहीं देखे और प्रिय को देखे तो स्वयं लज्जित होवे; किसी बहाने से अपने सुन्दर अंग को दिखावे, दूसरे ध्यान में लगे, छुपे हुए, दूर गये हुए नायक को

देखने पर हँसती हुई, अव्यक्त-सी बात कहे; प्रिय के सम्मुख देर तक ठहरे; प्रिय हो दिखाने के लिए दूसरे से मुँह बना-बनाकर बातें करे, जो कुछ देखे उसे देखकर ही हँसने लगे और बहाना न हो तो देर करने के लिए कोई किस्सा छेड़ बैठे; गोद के बच्चे को छाती से लगा ले; सखियों को रोक-रोककर खेल-तमाशे करे। वात्स्यायन ने जो 64 कलाओं का वर्णन किया है; वह उन्हें सम्भोग की भूमिका ही मानता है। बौद्ध भिक्षु पद्मश्री अपने अलभ्य ग्रंथ *'नागर सर्वस्व'* में कामभूमिका के 16 भाव गिनते हैं—हेला, विच्छिति, विच्यौक, किलकिंचित, विभ्रम, लीला, विलास हाव, विक्षेप, विकृत, मद, मोहायित, कुहमिति, मुग्धता, तपन ओर ललित। स्त्री हठात् चुम्बन करे, बिना पुरुष के कहे आलिंगन करे, शय्या पर कंपायमान जंघाओं को प्रिय की जंघाओं पर लगावे और कामक्रीड़ा सम्बन्धी अनेक भाव प्रकट करे, यह हेला कहाता है। पति से नाराज़ होकर, गहने उतारकर, शृंगार त्याग, रूठ जाने को विच्छिति कहा है। पति स्त्री के लिए कोई पसन्द लायक चीज़ लावे और वह उसे अभिमान से अनादरपूर्वक त्याग दे तथा स्वामी पर हाथ भी चला दे, यह विच्यौक चेष्टा है। प्रवास से आए स्वामी को देख हर्ष से फूली न समाकर हर्षोद्गार करे, कभी आँसू रोवे, कभी बहुत हँसने की चेष्टा करे, यह किलकिंचित कहलाता है। क्रोध करना, मुस्काना, फूल माँगना, फिर फेंक देना, फिर उठाकर शृंगार करना, सखी के साथ सो रहना, अकारण इधर-उधर करना, यह विभ्रम कहाता है। पति के जैसी नकल करना लीला कहाता है। पति के पास जाकर कभी हँसना, कभी क्रोध करना, कभी मुँह बनाना, अजब चाल चलना, यह विलास कहाता है, हँसी के मारे रुक-रुककर बोलना, नेत्रों के कटाक्ष चलाना, हार्दिक प्रेम प्रकट करना तथा स्वामी के अनुकूल आचरण करना हाव कहाता है। अनयाचित दशा में आवेश मय होकर विविध विकार प्रकट करना विक्षेप है। जान-बूझकर पति के प्रति अवाच्य कहना विकार है। बात करते-करते स्त्री अँगड़ाई ले और कान खुजावे उसे मोहायित कहते हैं। रतिकाल में बाल और स्तन छूने पर आनन्द प्राप्त होने पर भी जो स्त्री बहाने से दुःख प्रकट करे, उसे कुहमिति कहते हैं। कामोन्माद में अज्ञानता की बातें करना मुग्धता कहाता है। समय पर पति के न आने पर सखी के आगे रोना और अपने भाग्य की निन्दा करना तपन कहाता है। भौं, आँख, हाथ, पैर आदि को मोहक ढंग से परिचालित करने को ललित कहते हैं। बहुधा इन भावों का उदय कामावेश में स्त्री से होता है। अज्ञानवश पुरुष इन भेदों को नहीं जानते और प्रायः लड़ पड़ते हैं और इसमें विष घुल जाता है। अतः जानना चाहिए कि इन भावों को ठीक-ठीक समझकर उनके अनुकूल युक्ति से चेष्टा करनी चाहिए और अत्यन्त सावधानी से विपरीत भावों को अनुकूल बनाना चाहिए।

कामकला में संकेतों का खास महत्त्व है। भिक्षु पद्मश्री कहते हैं कि जो नायक संकेतहीन है। उसे उत्तम नायिका सूखे हुए फूलों की माला की भाँति त्याग देती है।

वे कहते हैं कि पुरुष दूसरे कार्यों में चाहे कितना भी चतुर और होशियार हो, पर यदि उसे कामकला में स्त्री का धिक्कार सहना हुआ तो उसका मरण है। संकेत की व्याख्या करते हुए पद्मश्री कहते हैं—वक्रभाषा, अंगभंगी, पोटली, वस्त्र, पुष्प और पान ये संकेत के भेद हैं। पुरुष में फल का, स्त्री में फूल का, कुल में अंकुर का, ब्राह्मण में अनार का, क्षत्रिय में कटहल का, वैश्य में केले का, शूद्र में आम का, राजपुत्र में द्वितीया के चन्द्र का और राजा में मेघ का संकेत जानना चाहिए। हीनकुल में काला फूल, सामन्त-पुत्र में सरोवर, युवा में मध्याह्न का, बालक में अपक्व का और वृद्ध में पक्व का संकेत समझना चाहिए। ब्राह्मणी में कुन्द के फूलों का, राजपुत्री में चमेली का, वैश्यापुत्री में जूही का और शूद्र की पुत्री में कुमुद फूल का संकेत समझना चाहिए। वणिग्पुत्री में कमल का, मन्त्री की पुत्री में नीलोत्पल का, कामी पुरुष में भौंरे का और कामिनी में आम की मंजरी का संकेत होता है। बुलाने में अंकुश का, मना करने में दीवार का, रात के लिए ढके हुए चन्द्रमा का और दिन के लिए सूर्य का संकेत है। पहले पहर के लिए पद्म का, चौथे के लिए महापद्म का संकेत है। पाँचवें महीने के लिए राम का, छठे के लिए विराम का, सातवें के लिए प्रवर और आठवें के लिए प्रत्यूष का संकेत है।

यह हुआ शब्द-संकेत। अंक-संकेत इस प्रकार हैं। कुशल प्रश्न और कुछ कहने में कान को छूने का, कामित अवस्था में बालों के स्पर्श का, प्रेम प्रकट करने में वक्षःस्थल का प्रश्न हाथों से करना। समय का प्रश्न मध्यमा उँगली को तर्जनी पर चढ़ाना, अवसर आने पर अंजलि बाँधना, बुलाने में अंजलि को उल्टा कर लेना, पूर्व दिशा के संकेत के लिए अंगूठा, दक्षिण के लिए तर्जनी, पश्चिम के लिए मध्यमा, और उत्तर के लिए अनामिका। कनिष्ठा के मूल से आरम्भ कर अंगूठे की अर्ध रेखा तक प्रत्येक उँगलियों में 3-3 रेखा करके 15 तिथियों का। शुक्ल पक्ष में बायें हाथ में रेखा करना और कृष्ण पक्ष में दाहिने हाथ में। अब पोटली-संकेत सुनिए। प्रेम की सूचना में सुगन्धित चीज़ें, सुपारी, कत्था। अति स्नेह में छोटी इलायची, जायफल और लौंग। प्रेम-भंग की सूचना में मूँगा, बहुत दिन के संगम मे दो मूँगे, कामज्वर में कड़वी वस्तु, सद्यः सहवास के संकेत में मुनक्का का संकेत होता है। शरीर-समर्पण में कपास, जीव-समर्पण में जीरा, भय संकेत में भिलावा, अभय-संकेत में हरड़। मोम की टिकिया बनाकर उस पर पाँचों उँगली के चिह्न बनाकर लाल सूत से बाँध दे वह पोटली कहाती है। पोटली का अर्थ है, मदनक्रीड़ा। संकेत में मोम, अनुराग के लिए लाल धागा, कामक्षत के संकेत में नाखून का चिह्न, यह पोटली-संकेत है। वस्त्र-संकेत में उत्तम वस्त्र फाड़कर दिखाने में वियोगाग्नि में बुरी हालत होने का चिह्न है। उत्कट प्रेम की सूचना में पीला वस्त्र, मिलने में सूत के साथ बन्धन, एक के स्नेह में एक वस्त्र, दो के स्नेह में दो वस्त्र। अब ताम्बूल-संकेत सुनिए। पान के

बीड़े पाँच प्रकार के होते हैं। एक बीच की नस और सूत्र से रहित श्लाका रूप, दूसरा अंकुश के आकार का, तीसरा मध्य में बाण के आकार का, चौथा पलंग के आकार का और पाँचवाँ चौकोन। स्नेह के आधिक्य में पहला, आहरण में दूसरा, मदन-व्यथा में तिकोना, सम्भोग सँकेत में पलँग के आकार का और अनवसर के संकेत में चौकोर बीड़ा देना। प्रेम के अभाव में बिना सुपारी का बीड़ा देना। वियोग के संकेत में उल्टा लगाकर काले धागे के साथ, संयोग के संकेत मं एक पान को दूसरे में अटकाकर लाल धागे बाँधकर दे। त्याग के संकेत में पान को बीचों-बीच फाड़ काले धागे से बाँधकर और प्राणान्तक अवस्था में लाल धागे से पान के बीड़े को सीकर देना चाहिए। अत्यन्त प्रेम के संकेत में पान को टुकड़े-टुकड़े कर जोड़ देने, बीच में केसर से पूरा कर देने, बाहर चन्दन लगा देने से देना चाहिए। फूलों के संकेत में विराग में गेरुआ, अनुराग में लाल, स्नेह के अभाव में काले धागे से गुँथी माला देनी चाहिए।

कामुक सम्भाषण से स्पर्श के बिना भी जननेन्द्रिय से सम्बन्ध रखने वाली ग्रन्थियों से एक प्रकार का स्राव होने लगता है। इसी स्राव से सहवास-क्रिया आनन्दप्रद होती तथा पूर्णोत्तेजना होती है। वात्स्यायन इस सम्बन्ध में कहता है कि मनुष्य अपने मित्रों के साथ पुष्पमालाओं से अलंकृत सुवासित रतिगृह में जाय। पहले खुशामद से स्त्री को प्रसन्न करे। स्त्री के दाहिनी ओर बैठे, उसके केश और वस्त्र छुए। पूर्व की चर्चा के साथ परिहास और प्रेम वचनों से उसे अनुकूल बनावे। दो अर्थ वाली अश्लील दिल्लगी करे, चतुराई की बातें छेड़े, नाच-गान का प्रसंग उपस्थित करे। जब वह इच्छायुक्त हो जाए तब पान-इत्र देकर मित्रों को विदा करे और एकान्त होने पर आलिंगन, चुम्बन करे। वात्स्यायन कहता है कि आलिंगन, चुम्बन, नखच्छेद, दशनछेद, सम्भोग, सीत्कार, विपरीत और मुख-मैथुन ये आठ सम्भोग के भेद हैं। इन आठों में प्रत्येक के आठ-आठ भेद हैं। इस तरह सब मिलकर 64 होते हैं। इन्हीं को कला कहते हैं। जो इन्हें जानता है, वह नागरिक है।

आलिंगन के अनेक भेद हैं। जैसे वृक्ष से लताएँ लिपटी रहती हैं, उस तरह स्त्री के लिपटने से लतावेष्टित आलिंगन होता है। स्त्री यदि पति के एक चरण पर चरण रख दोनों बांहों से पति का आलिंगन करे तो यह सम्मुख आलिंगन कहाता है। स्त्री यदि अधीर होकर चुम्बन के लिए वृक्ष पर चढ़ने की तरह चेष्टा करे तो वह वृक्षाधिरूढ़ आलिंगन कहाता है। उठते हुए पति को आलिंगन करने को उपग्रहन कहते हैं। स्त्री को चलते-फिरते भीड़ में छू-भर देना स्पृष्टक आलिंगन कहाता है। यदि पुरुष स्त्री को दीवार के सहारे दबावे तो वह पीड़ित आलिंगन होता है। शय्या पर परस्पर गाढ़ालिंगन करके चुपचाप पड़ जाय तो वह तिलतन्दुल आलिंगन होता है। दोनों स्तनों को अच्छी तरह पकड़कर जो आलिंगन होता है वह कुचोपगूढ़ तथा

इसी में जाँघों को दबा डालने से उरूपगूढ़ आलिंगन होता है। भीड़ में परस्पर को रगड़ते हुए चल देना उद्धृष्ट आलिंगन कहाता है। मुख पर मुख, आँख पर आँख और ललाट पर ललाट रखकर जो संघर्षण होता है वह लालाटिक आलिंगन होता है।

चुम्बन पर बहुत-सा साहित्य पाश्चात्य विद्वानों ने लिखा है, और उसके अनेक भेद वर्णित किए हैं। पर सभी काम-वैज्ञानिकों की राय है कि चुम्बन में जीभ का उपयोग ही प्रमुख है। स्तनाग्र और ओंठ अत्यन्त उद्दीपनशील हैं। चुम्बन में जीभ के बाद दांत का भी महत्त्व है। मार्के की बात यह है कि दाँतों के उपयोग की प्रवृत्ति स्त्रियों में अधिक होती है और इससे उन्हें अधिक उद्दीपन मिलता है। परन्तु हमेशा स्मरण रखना चाहिए कि खास अवस्थाओं को छोड़कर कोमल भाव से दबाने से ही अधिक उद्दीपन होता है। काम-शास्त्रियों ने चुम्बन के अनेक भेद बताये हैं। स्त्री के योनि-अंकुर को हाथ से सहलाते हुए छाती और नाभि को पीड़ित करते हुए जो चुम्बन होगा, वह विपीड़ित चुम्बन है। दाँत सिर घुमाकर स्त्री के ललाट और अधर में चुम्बन करे तो वह भ्रमित चुम्बन है, और यदि सिर उठा-उठाकर नेत्र और कपोल में चुम्बन करे तो उल्लामितक चुम्बन होता है। नाभि, कपोल और स्तनद्वय में फड़कते हुए अधर से चुम्बन करने पर स्फुरित चुम्बन होता है। अधर और ओष्ठ मिलाकर तथा हृदय, जंघा और उरु चुम्बन करने से सहंतोष्ठ चुम्बन होता है। मुँह को तिरछा करके गले में कपाल और कुच चुम्बन करने से वैकृतक चुम्बन होता है। अच्छी तरह मुँह को झुकाकर कपोल तथा सर्वांग में चुम्बन करने से नतअण्ड चुम्बन होता है। वात्स्यायन ने ललाट, जुल्फ, कपोल, नयन, छाती, स्तन, नीचे का होंठ, और जीभ चुम्बन के स्थान कहे हैं। लाट देश के लोग जाँघ की संधि बगल और नाभि के नीचे के प्रदेश का भी चुम्बन लेते हैं। जीभ को सूई के आकार की करके स्त्री के मुँह में देकर अथवा उसे फैलाकर इधर-उधर घुमाना और स्त्री को चूसने देना जिह्वा का महत्त्वपूर्ण चुम्बन है। उस चूषण के भी अनेक भेद हो जाते हैं। वात्स्यायन चुम्बन में दाव लगाने की विधि बताता है, अर्थात् दोनों में से कौन किसका होंठ चूम ले या पकड़ ले। यदि स्त्री हार जाय तो सिसकारी लेती हाथ पटके, पति को धक्का देकर दूर कर दे, आप दुबारा काट ले, फिरकर बैठ जाय और कहे कि बाजी लगाओ, और फिर हार जाए तो शोर मचा दे। फिर अचानक धोखा देकर पति के अधर दाँतों में दबाकर हँसती हुई अपनी विजय की घोषणा कर दे, पति को धमकावे कि छुड़ाओगे तो काट लूँगी। ताने मारे, फिर बाजी लगाने को कहे, नाचे और आँखें चलावे, इसी प्रकार नाखूनों से, थपकियों से चोट पहुँचाने और काटने की भी कला और भेद हैं। वात्स्यायन एक धोखे के चुम्बन की विधि बताता है कि पति के पैर दबाती हुई स्त्री नींद का बहाना करके अपना सिर पति की जाँघों पर रख दे और फिर चूम ले, इससे रस वृद्धि होती है। इसी प्रकार और भी राग-वृद्धि के उपाय कहे हैं। पंचश्री कहता

है कि पृथक्-पृथक् ऋतु में पृथक्-पृथक् जाति की स्त्री भोगनी चाहिए। 16 वर्ष तक स्त्री की बाला संज्ञा है, तीस तक तरुणी, पचास तक प्रौढ़ा और इससे ऊपर वृद्धा। ग्रीष्म और शरद् में बाला, हेमन्त और शिशिर में तरुणी, वसन्त और वर्षा में प्रौढ़ा स्त्री भोगने योग्य है। स्त्री के बगल और गुप्त स्थान में बाल न होने चाहिए तथा मुख पर तिल होना चाहिए। बैठने में बाला का, सोने में तरुणी का और उठने में प्रौढ़ा का सत्कार करना चाहिए। पुरुष को नाभि, हृदय और कण्ठप्रदेश में श्वास-धारण करके कामवशी होने का अभ्यास करना चाहिए। चुम्बन के बहाने से अपनी साँस स्त्री को पिलानी चाहिए, पर स्वयं उसकी साँस न पीना चाहिए। जब सीत्कार आरम्भ हो, योनि फड़कने लगे, तब कामकला-कुशल पुरुष सम्भोग को आरम्भ करे। इस प्रकार स्त्री का उद्दीपन करके जो पुरुष स्त्री को तृप्त करता है, स्त्री उसकी दासी हो जाती है। पद्मश्री कहता है, जंघा, उरू, नाभि, कुक्षि, कुचद्वय, हथेली, गला, ललाट, नयन, कान, मस्तक एवं सर्वांग में तिथिक्रम से काम का उदय होता है। शुक्लपक्ष में बायें पाँव के अँगूठे से काम का अरोहरण होता है और कृष्णपक्ष में सिर से नीचे तक क्रमशः अवरोहण। कृष्णपक्ष में अंगुष्ठमूल से क्रमशः केशपर्यन्त काम सम्प्राप्त होता है और उसी शुक्लपक्ष में सिर से क्रमशः चरण के अग्रभाग तक काम उतरकर चला जाता है। पद्मश्री कहते हैं कि स्त्री की योनि में सम्भोगेच्छा करने वाली चौबीस नाड़ियाँ हैं। उनका निर्गम-स्थान मदनच्छम कहाता है। इसे ही भगनासा कहते हैं। इसे उँगलियों से मसलना चाहिए। बाला को उँगलियों से और प्रौढ़ा को उँगलियों और लिंग दोनों से रगड़ना चाहिए। दो नाड़ी मुख में, दो आँखों में, एक हलक में, ये चार उत्तेजक नाड़ियाँ हैं। एक नाड़ी अंगुष्ठमूल में है जो पैर के अँगूठे के नाखून से उत्तेजित होती है। कान, जाँघ, पसली, पीठ का नीचे का भाग, मस्तक, इनमें नखाघात से कामोद्रेक होता है। सती, असती, सुभगा, दुर्भगा, पुत्री, दुहित्रिणी, ये छह महानाड़ी जननेन्द्रिय में हैं जो सम्भोगेच्छा को जागृत करती हैं। वामभाग में सती, दक्षिण में असती, छिद्र के बीच बायें-दायें, वामपार्श्व में थोड़े अन्तर पर सुभगा और दुर्भगा नाड़ी है। योनि के बहुत भीतर पुत्री और दक्षिण में दुहित्रिणी नाड़ी है। सती के संचालन से असती कुपित होती है तथा असती के संचालन से सती सदा सन्तुष्ट रहती है। सुभगा-संचालन से सुभगा प्रियदर्शिनी होती है, दुर्भगा के संचालन से स्त्री दुर्भगा होती है तथा रुक्षवर्ण, विरंग, दुर्बल और वृद्ध हो जाती है। पुत्री के संचालन से स्त्री युवती होती है और दुहित्री के संचालन से स्त्री के कन्या होती है। पुत्री तथा दुहित्री के संचालन से नपुंसक सन्तान होती है। सती कुच-मर्दन से, असती बगल सहलाने से, सुभगा ओष्ठ-चुम्बन से, दुर्भगा कमर सहलाने से, पुत्री मुख-चूषण से और दुहित्री चूतड़ सहलाने से क्षोभ को प्राप्त होती है। खास-खास देशों की स्त्रियाँ खास-खास चेष्टाओं से उत्तेजित होती हैं। मध्यदेश की स्त्रियाँ कोमल रति पसन्द करती हैं। वल्ख

और उज्जैन की स्त्रियाँ भी ऐसी ही होती हैं पर वे भाँति-भाँति के आसनों को पसन्द करती हैं। मालवे की स्त्रियाँ और अहीर स्त्रियाँ आलिंगन, चुम्बन, नख, दन्त, क्षत, और अधर चूसना पसन्द करती हैं तथा सम्भोग में ज़ोर की चोट को पसन्द करती हैं। सिन्ध, सतलुज, उड़ीसा की स्त्रियाँ मुख-मैथुन करती हैं। पश्चिमी समुद्र के किनारे की स्त्रियाँ तीव्र वेग पसन्द करती हैं; ऐसी ही कौशल देश की स्त्रियाँ होती हैं। आंध्र की स्त्रियाँ कोमल सम्भोगप्रिय और मुख-मैथुन करने वाली होती हैं। महाराष्ट्र की स्त्रियाँ 64 कला में प्रवीण तथा अश्लील वाक्य को पसन्द करने वाली तथा वेग का गमन पसन्द करती हैं। पटना की स्त्रियाँ भी ऐसी होती हैं। कोंकण देश-प्रदेश की स्त्रियाँ समवेग सहन कर लेती हैं। कश्मीर की स्त्रियाँ सुगन्ध की बड़ी शौकीन होती हैं। पंजाबी स्त्रियाँ आघात चाहती हैं। लंका की स्त्रियाँ अनेक रतिकला में चतुर होती हैं। सिन्धु देश की स्त्रियाँ पशु के समान सम्भोग से खुश होती हैं। भुवन की स्त्रियाँ कृत्रिम चेष्टाएँ पसन्द करती हैं। नेपाल, कामरूप तथा चीन की स्त्रियाँ आघात, मर्दन, नखक्षत, दन्तक्षत, या अतिसंचालन में निःस्पृह होती हैं। दक्षिण देशों के गुलाम स्त्री के मुँह में जीभ देकर चूसने को बहुत महत्त्व देते हैं। बालकल जाति में पुरुष स्त्रियों को उत्तेजित करने के लिए उन्हें खूब चिढ़ाते हैं फिर गालियाँ खाते और पिटते हैं। सहवास के समय वे उनके स्तनों और अंगों को दाँतों से क्षत-विक्षत कर डालते हैं। इस प्रकार के घावों को वे स्त्रियाँ अपने पति के प्रेम का चिह्न समझकर गर्व करती हैं और गीतों में उनका बखान करती हैं।

स्त्री शरीर में स्तनाग्र और भगनासा ये दो उत्तेजना के केन्द्र हैं। पुरुष की दृष्टि में समस्त स्तन-अंग उत्तेजक है परन्तु स्त्री के लिए अग्रभाग का मृदु मसलना। दोनों का एक साथ मर्दन अत्यन्त उत्तेजक है।

जब पुरुष इन बातों की परवा न करके केवल अपनी ही वासना तृप्त करते हैं तब स्त्री अर्द्ध-उत्तेजित रह जाती है, जिससे दोनों का प्रेम-आकर्षण कम हो जाता तथा स्त्री में अनेक रोग घर कर लेते हैं। परन्तु यदि दोनों की काम-तृप्ति होती है तो दोनों को परम सुख प्राप्त होता है। आम तौर पर प्रथम सम्भोग में पुरुष जल्दी स्खलित हो जाता है, फिर उत्तरोत्तर देर होने लगती है। परन्तु स्त्री का नियम इसके विपरीत है। शुरू में उसे देर से सन्तोष होता है, पीछे जल्दी-जल्दी सन्तोष होने लगता है। कभी कभी अत्यन्त चेष्टा करने पर भी कामोद्रेक ठीक-ठीक नहीं होता और योनिरस प्राप्त नहीं होता। तब वेसलीन या कोई चर्बी काम में ली जाती है। पर ये सब चीज़ें साफ़ नहीं हो सकतीं, बाद में सड़ जाती हैं। इससे यदि बाहरी किसी पदार्थ की योनि को गीला करने के लिए आवश्यकता पड़े तो इसके लिए सर्वोत्तम चीज़ मुखरस है, पर इसका उपयोग हाथ से नहीं चुम्बन द्वारा होना चाहिए। परन्तु शर्त यह है कि गुप्तेन्द्रिय अत्यन्त साफ और शुद्ध हो।

कुछ काम-शास्त्रियों का मत है कि प्रथम प्रवेश सदैव ही सुखद नहीं है। यद्यपि वात्स्यायन प्रारम्भ में अत्यन्त कोमलता और धैर्य की सलाह देता है। परन्तु सरवेनियन लोग इस दिक्कत की परवाह नहीं करते। वे अपनी और स्त्री की गुप्तेन्द्रिय में ग्रीस की चिकनाई लगा देते हैं। अन्य देशों में भी एक प्रकार का तेल काम में लाया जाता है। सरवियन लोग इस काम के लिए मछली की चर्बी ज़्यादा पसन्द करते हैं। उन लोगों का एक आम प्रचलित गीत है जिसका मतलब है कि हे परमेश्वर, मुझे लम्बे हाथ-पैर दे, जिनके द्वारा मैं गहरे समुद्र में जाऊँ और 'पिंक' नामक मछली को पकड़ूँ और उसका तेल निकालूँ जिससे स्त्री की योनि के मुख को चिकना करूँ। प्राचीन काल में सहवास अस्वच्छता का भी काम समझा जाता था। हीरोडोट कहता था कि बेनोलोनिया में स्त्री पुरुष सहवास के बाद बलि देते और सुबह स्नान करते थे। असीनियन लोग यह समझते हैं कि सहवास करने से इतने अपवित्र हो गए, जैसे मुर्दा छू लिया हो। यहूदी लोग सूर्यास्त तक दोनों अंगों को अपवित्र मानते थे। लेफ्लण्ड की नववधू प्रथम सहवास के बाद दो महीने तक अपना मुँह किसी को नहीं दिखाती, न पति को सहवास करने देती है। परन्तु ऐलिस ने लिखा है कि टाटेनवासी विवाह के इन गवाहों की उपस्थिति में प्रथम सहवास करते हैं। अरब की सुब्बा जाति वाले नवदम्पतियों को आठ दिन तक अकेला छोड़ देते हैं, और उनको नहीं छूते क्योंकि वे अशुद्ध समझे जाते हैं। जब दम्पति सबके सामने आते हैं तो अलग रहते हैं और दोनों साथ नहीं रहते। अलबीनिया में नवदम्पति का सबके सामने प्रकट मिलना लज्जाजनक समझा जाता है और वे गुप्त रूप से सबकी नज़र बचाकर मिलते हैं, जब तक कि पहला बच्चा नहीं हो जाता। मुस्लिम धर्म सहवास के बाद नमाज़ पढ़ने की आज्ञा नहीं देता, परन्तु यात्रा आदि में थोड़ी रियायत करता है। उसमें भी वह रेत से हाथ और मुँह रगड़ने की हिदायत करता है। मुसलमानों में रमज़ान के दिनों में रात के वक्त स्त्री से सहवास करने की पुरुष को आज्ञा है। परन्तु हज करने वालों को सहवास की आज्ञा नहीं है। हिन्दुओं की उच्च जाति में सम्भोग के बाद अपने को अपवित्र हुआ समझा जाता है। एक पण्डित जी को हमने देखा था जो उस समय कान पर जनेऊ चढ़ा लिया करते थे।

कामोद्दीपन

पुराना रूढ़िवाद यह है कि सिर्फ गर्भोत्पादन ही के लिए सहवास करना चाहिए; स्त्री-पुरुष का सम्बन्ध सिर्फ सन्तानोत्पत्ति के लिए ही होता है। इसलिए स्त्री-पुरुषों को ऋतुकालाभिगामी होना चाहिए। संसार के सभी नीतिवान् पुरुषों तथा धर्मग्रन्थों ने इस पर ज़ोर दिया है। हिन्दू धर्मशास्त्र, ऋषि दयानन्द, महात्मा टाल्स्टाय और महात्मा गांधी इस सम्बन्ध में स्त्री-पुरुषों को खूब ही कड़ाई से बाँधना चाहते हैं। परन्तु यह बात याद रखने की है कि सहवास का प्रश्न सिर्फ नीति या धर्म ही का प्रश्न नहीं है, वह स्वास्थ्य का, विज्ञान का और जीवन के प्राकृतिक विकास का भी प्रश्न है। इन तमाम बातों पर गम्भीरता से विचार कर मैं उपर्युक्त नीतिवान् और धर्माचार्यों के विपरीत अपनी यह राय कायम रखता हूँ कि सहवास का मुख्य उद्देश्य सिर्फ गर्भाधान या सन्तानोत्पत्ति ही नहीं है, प्रत्युत विभिन्न लैंगीय असाधारण आनन्द प्राप्ति भी है। जिनसे न केवल स्वास्थ्य और जीवन को ही उन्नति मिलती है, प्रत्युत आत्मिक प्रफुल्लता भी प्राप्त होती है। सहवास सम्बन्धी मामलों में प्रतिबन्ध करने का यदि किसी को अधिकार है तो सिर्फ चिकित्सक को, जो एकमात्र इसी कारण से स्त्री-पुरुषों के सहवास पर प्रतिबन्ध लगा सकता है या उसे सीमित कर सकता है कि जब वह देखे कि उससे स्त्री या पुरुष के स्वास्थ्य पर खतरा है। और यह बात तो सर्वथा ही निर्मूल है कि सहवास हर हालत में स्वास्थ्य के लिए हानिकर है।

आधुनिक जगद्विख्यात डाक्टरों ने काम-विज्ञान सम्बन्धी कुछ महत्त्वपूर्ण बातों का पता लगाया है। उन्हें मालूम हुआ कि उन्माद या हिस्टीरिया के स्त्री रोगियों को कुछ-न-कुछ गर्भाशय सम्बन्धी शिकायत है और भली-भाँति अनुसंधान करने पर उन्हें मालूम हुआ कि काम-सम्बन्धी विकारों को दबाकर रखने से ही यह रोग उत्पन्न होता है और पुरुषों की अपेक्षा स्त्रियों पर इसका आक्रमण अधिक होता है कि वे पुरुषों की अपेक्षा अधिक कोमल ओर भावुक हैं और कामवेग उनमें बहुत है और बहुधा

पक्व आयु होने से प्रथम भी ये विकार परिस्थितिवश उत्पन्न हो जाते हैं और जिन्हें स्त्रियों को अधिकतः हठात् दबाना पड़ता है।

सामाजिक दशा कुछ ऐसी है कि इस प्रकार के काम-सम्बन्धी विकारों को और उनकी स्मृतियों को दबाकर भुला देने की प्रवृत्ति का अभ्यास करना पड़ता है और कुछ लोगों में प्रवृत्ति बढ़ जाती है। ऐसी परिस्थिति होने पर जब कामवासना का अंकुर उठता है तब किसी भी समीपस्थ बालक-बालिका के बीच कामुक अनुरक्ति उत्पन्न हो जाती है, और बहुधा समाज के विपरीत होने के कारण उसे दबाकर रखना पड़ता है। पर बहुधा यह समझते हुए भी कि वह उस अनुरक्ति को दबा सका है, अपने को भुलावे में रखता है। पर उसके व्यवहार, बोल-चाल, लेखन और रहन-सहन में वह वासना कभी-कभी प्रकट हो जाती है, क्योंकि आन्तरिक कामवासना जागृत रहती है। बचपन में कामवासना सारे शरीर में फैली रहती है, किन्तु आयु पक्व होने पर जननेन्द्रियों में केन्द्रित होती है या फिर किसी भी बालिका या किसी भी समवयस्क बालक के प्रति या बालक का बालिका के प्रति आकर्षित हो उठना बिल्कुल स्वाभाविक है। परन्तु वह कामासक्ति या तो नैतिकता-विरुद्ध होती है या परिस्थिति के, इससे दबा दी जाती है और रोग पैदा हो जाता है।

युवतियाँ प्रायः अपने पिता के समान रूप-गुणयुक्त वर और युवक माता के अनुरूप वधू को पसन्द करते हैं, भाई बहन के अनुरूप नहीं। यद्यपि वे माता-पिता की अपेक्षा उसकी आयु के अधिक निकट हैं। पुत्री पिता के प्रति और पुत्र माता के प्रति जन्मभर आकर्षित रहता है। तो, मैंने यह कहना चाहा कि सन्तान के वात्सल्य और पवित्र प्रेम के बीच भी एक नैसर्गिक वासना है, परन्तु यौवनागमन के समय जब वासना गुप्तेन्द्रिय में केन्द्रित हो जाती है तब अनेक अनुचित और निषिद्ध आकर्षण अंकुरित होते और वे बलपूर्वक दबाये जाते हैं। उन्माद और हिस्टीरिया के रोग इन्हीं कारणों से उत्पन्न होते हैं। कभी-कभी उन्मत्तावस्था में उनके विचार प्रकट हो जाया करते हैं। हिस्टीरिया के केस में कई बार ऐसा देखा गया है कि स्त्रियाँ जितनी सभ्य और सुशील होती हैं, दौरे होने पर उतनी ही वीभत्स और अश्लील हो जाती हैं। पागलखाने में पुरुषों के वार्ड में कोई उत्तेजित पुरुष इतना अश्लील नहीं बकता जितनी स्त्रियाँ। और इसका कारण यह है कि पुरुष को अपनी वासना-शान्ति के लिए कुछ कृत्रिम साधन प्राप्त हो जाते हैं, पर स्त्रियों को नहीं। उन्हें उस वृत्ति को दबा देने के लिए बहुत सी मानसिक शक्ति खर्च करनी पड़ती है।

नीति-शास्त्री धर्माचार्य मनोनिग्रह और संयम पर चाहे जितना ज़ोर डालें और उसकी उपयोगिता की चाहे जितनी भी प्रशंसा करें, परन्तु बलात् मनोनिग्रह के दूषित परिणामों से छुटकारा मिल नहीं सकता। सच्चा संयम और यथार्थ मनोनियम को पालन करने की शक्ति विरले मनुष्यों में होती है, सर्वसाधारण में उसका प्रचार भयानक

रोगों और शरीर विकारों का जन्मदाता है। मैं अत्यन्त निश्चयपूर्वक कह सकता हूँ कि ऐसे लोग जो इस प्रकार के मनोनिग्रह का पाखण्ड करते हैं, प्रायः दुराचारी प्रमाणित होते हैं। बौद्धों का पतन उनके उत्कट संयम-सम्बन्धी नियमों से हुआ। ईसाई पादरियों में जो बड़े पवित्र गिने जाते थे, वे अतिशय जघन्य दुराचारी प्रमाणित हुए और ईसाइयों के पवित्र स्थान वेश्यालयों से भी गये बीते हो गये। इसके विपरीत सीधा-सादा गृहस्थ जो अपनी पत्नी में अनुरक्त है और जिसने कभी संयम के विषय में कुछ भी नहीं विचारा है, जब पति-पत्नी को स्वाभाविक कामोदय होता है, दोनों सहवास का आनन्द लूटते हैं, एक पवित्रजीवी और शान्त प्राणी है और किसी भी अर्थ में उसे दुराचारी नहीं कहा जा सकता।

मैं घोषणा किया चाहता हूँ कि कामवासना एक प्रचण्ड शक्ति है और उसे उपदेशों और कृत्रिम उपायों से बलपूर्वक दबाना उतना ही भयानक है जितना कि वैसे उपायों से वासना को चरितार्थ करना। इसलिए इसका एक ही सच्चा और सुगम मार्ग है कि उसकी तृप्ति का नैसर्गिक प्रवाह सहज रूप में उपयोग में लाया जाये।

साधारणतया कामवासना को लोग स्वाभाविक प्रवृत्ति अथवा देह स्वभाव समझते हैं, पर वास्तव में यह बात नहीं है। शरीर में कुछ ऐसी भिन्न-भिन्न ग्रन्थियाँ हैं जिनमें विभिन्न प्रकार के द्रव्य उत्पन्न होते रहते हैं और सदैव जाग्रत जीवनी शक्ति उनका संचालन करती है। वे द्रव्य खास सूक्ष्म नालियों द्वारा रक्त के साथ मिल जाते हैं। इन द्रव्य स्रावों का मनुष्य के स्वभाव पर बहुत ही महत्त्वपूर्ण प्रभाव पड़ता है। इन पेशियों द्वारा दो प्रकार का द्रव्य पैदा होता है। एक वह जो खास नालियों द्वारा बाहर निकल जाता है। बाहर निकलने वाले इस द्रव को बहिःस्राव कहते हैं।, यही अन्तःस्राव रक्त में मिलकर कामवासना पैदा करता है। इस प्रकार के स्राव को अधिक मात्रा में बहाने वाली ग्रन्थियाँ बीजकोष भी हैं, इनका बहिःस्राव पुँबीज और स्त्रीबीज है। जो अन्तःस्राव रक्त के साथ मिलकर कामवासना पैदा करता है, वही शरीर की पुरुषाकृति और स्त्री-आकृति के चिन्हों को उदय करता है, उसी के प्रभाव से पुरुषों की दाढ़ी-मूँछ और स्त्रियों के स्तन और नितम्ब की वृद्धि होती है। इन्हीं के आधार पर पुरुष और स्त्री के स्वभाव का भी निर्माण होता है। बीजकोष की ग्रन्थियों में इस प्रकार का अन्तःस्राव इतना महत्त्वपूर्ण है कि यदि एक मुर्गे के बीजकोष की वे इन्द्रियाँ निकाल दी जाएँ तो उसके पुंसत्व के चिह्न चोटी आदि धीरे-धीरे गायब होने लगती हैं। जिन पुरुषों के शरीर में या स्त्रियों के शरीर में ग्रन्थियाँ यथेष्ट स्राव नहीं उत्पन्न करतीं, वे नपुंसक हो जाते हैं और उनकी दाढ़ी-मूँछ या स्तन-नितम्ब आदि की बाढ़ रुक जाती है। यहाँ तक देखा गया है कि दो मुर्गों को उनकी बीजकोष ग्रन्थियाँ निकालकर उन्हें एक पिंजरे में मुर्गी के साथ शान्तिपूर्वक रखा जा सकता है, जो उनके झगड़ालू स्वभाव के सर्वथा विपरीत है। ये मुर्गे एक साथ कभी बिना

लड़े मुर्गी के पास रह नहीं सकते, परन्तु इन बीजकोषों के न होने से उनका वह स्वभाव भी बदल जाता है। इस वैज्ञानिक अनुसंधान के आधार पर हम कह सकते हैं कि स्वभाव वास्तव में एक रासायनिक परिणाम है और इसका मूल उद्गम अन्तःस्राव पेशी में पैदा होता है। शरीर में ऐसी अनेक ग्रन्थियाँ हैं, जो इन स्रावों को उत्पन्न करती हैं। उनमें से यदि किसी एक का काम सुस्त हो तो उसका दूसरी पेशियों पर भी आश्चर्यजनक प्रभाव पड़ता है और उससे देह-स्वभाव ही बदल जाता है। अब इस कुदरती वैज्ञानिक शरीर निर्माण की बारीकी को न जानकर थोथे नीति के उपदेशों द्वारा सब किसी को संयम का उपदेश देकर और उनके स्वभाव और शरीर निर्माण के प्रतिकूल उन्हें बलात् संयम के लिए विवश करके उन पर घातक प्रभाव डालना कभी भी न्याय-मूलक नहीं कहा जा सकता। जानना चाहिए कि मन शरीर से भिन्न नहीं है। वास्तव में वह शरीर के गुणधर्म का ही परिणाम है। पेशी के स्राव के कारण कामवासना के प्रबल हो उठने पर उसे बड़े संयम के लिए विवश करना ज्वर-पीड़ित आदमी को ठण्डा कर देने के समान घातक है।

आध्यात्मिक दृष्टिकोण से आत्मा शरीर से एक पृथक् सत्ता है और वह शरीर और मन पर नियन्त्रण करने की शक्ति रखती है, परन्तु सिद्धान्तवाद को छोड़कर व्यवहार में उसकी कोई उपयोगिता नहीं है। न विज्ञान ही उसके अस्तित्व से कोई लाभ उठा सकता है और न उसके अभाव से विज्ञान का कोई काम अटकता है। अब किसी शारीरिक काम की प्रबल इच्छा को मसोस डालना वास्तव में आत्मा का नहीं, मन का ही काम है। वह इच्छा जितनी दुर्दम्य होगी, मन को दमन करने में उतना ही क्षय होना पड़ेगा क्योंकि मन की गति तो इन्द्रियों की इच्छाओं की पूर्ति की ओर है। मन की शक्ति आनुवंशिक होती है। पूर्व के विचार-संस्कारों से वह प्रभावित रहती है और पूर्वानुभव का उस पर प्रभुत्व रहता है। ऐसी दशा में किसी भी इन्द्रिय की विषयेच्छा यदि प्रबल होती है तो अन्य इच्छाएँ स्मृति से ओझल हो जाती हैं। इसके अलावा पूर्वानुभव की स्मृति उस एन्द्रिक इच्छा पर केन्द्रित रहती है। अब शरीर इस नैसर्गिक उद्वेग को जो पराकाष्ठा पर पहुँच चुका है, दबाना निश्चय ही शरीर की जीवनशक्ति के विपरीत एक भयानक धक्का देना है। जिससे वह शक्ति छिन्न-भिन्न हो सकती है।

मनुष्य का एक विचित्र स्वभाव है कि वह किसी की कामवासना अपने से अधिक देखता है तो उसे कामी, और कम देखता है तो नपुंसक समझता है। वह सिर्फ अपने को ठीक समझता है। परन्तु जिनकी कामवासना मन्द है वे अकारण ही अपने को मनोनिग्रही, इन्द्रियजयी कहकर अपनी शेखी बघारते हैं। पर सच पूछा जाय तो उनके शरीर की त्रुटि है, कुछ तारीफ के योग्य बात नहीं।

तब, यह निर्णय हुआ कि बीजकोष के अन्तःस्राव के रक्त के साथ मिश्रण

होने पर जो मनःस्थिति पैदा होती है, वही कामवासना है। स्त्री और पुरुष के शरीर के परिपक्व होने पर जब शारीरिक अन्तर पड़ता है और कामवासना की उत्पत्ति होती है, तब उसके प्रबल हो जाने पर आनुवंशिक संस्कारों के अनुसार भिन्नलिंगी के साथ सहवास की इच्छा उत्पन्न होती है और कभी-कभी यह इच्छा इतनी उत्कट हो जाती है कि सारी जीवनी शक्ति उसी में केन्द्रित हो जाती है। इसमें सन्देह नहीं कि इस अवस्था का प्रधान कारण बीजकोष ही है। परन्तु कामवासना का सर्वथा उद्गम सिर्फ बीजकोष ही नहीं, मस्तिष्क और पृष्ठ-मज्जातन्तु भी हैं। इन दोनों स्थानों में भी कामवासना सम्बन्धी केन्द्र हैं और इन सबके संयोग तथा सहयोग से जो मानसिक परिस्थिति उत्पन्न होती है, उससे कभी-कभी कामवासना प्रचण्ड हो जाती है। आम तौर पर स्त्रियों में यौवनागम के समय कामवासना उतनी प्रचण्ड नहीं होती। उनकी वासना की प्रबलता प्रायः तीस से चालीस वर्ष की आयु तक होती है। इसमें बाह्य सामाजिक परिस्थिति का बड़ा हाथ होता है। कुछ ऐसे भी उदाहरण होते हैं कि समागम के समय तक या गर्भधारण के बाद तक भी कुछ स्त्रियों में कामवासना नहीं उदय होती। कुछ लोगों का कहना है कि स्त्री में कामवासना पुरुषों से आठ गुनी है, परन्तु गम्भीर विवेचन से देखा गया है कि मन्द कामना पुरुषों की अपेक्षा स्त्रियों में ही अधिक पाई जाती है। हो सकता है कि इसका कारण सामाजिक दबाव हो, परन्तु इस सम्बन्ध में एक महत्त्वपूर्ण बात यह है कि पुरुषों की कामवासना उनकी जननेन्द्रियों में केन्द्रीभूत होती है परन्तु स्त्री के सारे शरीर में फैली रहती है। इसके सिवा स्त्रियाँ प्रतिक्षण कामांकुरिता रहती हैं, परन्तु पुरुष-दर्शन और स्पर्श से वह ठण्डी हो जाती हैं। इसके विपरीत पुरुष प्रतिक्षण शान्त रहता है, स्त्री-दर्शन और स्पर्शन से वह उत्तेजित होता है। इसीलिए कामविज्ञानियों ने इस बात पर ज़ोर दिया है कि बाह्यरति के द्वारा सहवास से प्रथम स्त्री को कामविह्वल कर देना चाहिए, तब रति सहवास करना चाहिए। एक बात और है कि ऋतुकाल के समय में स्त्रियों में कामेच्छा प्रबल हो जाती है, पुरुषों में ऐसी कोई बात नहीं है। फिर भी कभी-कभी पन्द्रह और बीस प्रतिशत स्त्रियों में कामवासना होती ही नहीं, या नाममात्र को होती है।

अब हम एक दूसरी महत्त्वपूर्ण बात कहना चाहते हैं, वह यह कि कामवासना के उद्दीपन होने में दूसरी ज्ञानेन्द्रियाँ भी सहायक होती हैं। इनमें जीभ और नाक दो ज्ञानेन्द्रियाँ प्रमुख हैं। प्रायः जीभ और नाक का कार्य इस विषय में सम्मिलित होता है। स्तनपायी जीवों में नाक का बहुत महत्त्व है। कुत्ता, भैंसा, घोड़ा और दूसरे जीव नाक से मादा की योनि-गन्ध सूँघकर या जीभ से चाटकर कामोत्तेजित होते हैं। स्त्री-पुरुषों के शरीर में, चाहे वे कितने ही साफ रहें और कृत्रिम सुगन्ध प्रयोग में लायें, एक अदम्य नैसर्गिक गन्ध रहती है। वह गन्ध कामोद्दीपन से अधिक प्रबल हो उठती है। इसी गन्ध से कुत्ता अपने मालिक को पहचान लेता है। यही गन्ध

मनुष्य के श्वासोच्छ्वास और पसीने में भी होती है। परन्तु यह उस दुर्गन्ध से पृथक् है जो किसी रोग के कारण सड़ी हुई पसीने से, या सड़े दाँत के कारण मुँह से, या गन्दे वस्त्र पहनने से आती है। बगल में खास ग्रन्थियों के कारण वहाँ यह गन्ध अधिक होती है और चाहे कितनी भी सफाई क्यों न रखी जाय वह मिट नहीं सकती। कभी-कभी यह अप्रिय भी होती है, पर कामोत्तेजना होने पर प्रिय प्रतीत होने लगती है, उद्दीपन में मदद देती है। स्त्रियों के ऋतु-दर्शनकाल में एक दूसरे ही प्रकार की गन्ध होती है जो वास्तव में घृणित होती है, पर कुछ लोगों को इसी से उद्दीपन होता है। स्त्री पुरुषों के गुप्तांगों में अन्य समयों में एक विशेष गन्ध आती है और सामान्यतः वह एक-दूसरे को आकर्षित करने वाली होती है। इन्द्रियों की उत्तेजना होने पर यह प्रिय लगने लगती है और अधिक उत्तेजना पैदा करती है। यह गन्ध एक विशेष प्रकार के सूक्ष्म कीटाणुओं के द्वारा होती है। उसी से उद्दीपन होने पर आनुषंगिक ग्रन्थि द्वारा बहिःस्राव होकर उस गन्ध में मिल जाता है और उद्दीपन में सहायता पहुँचाता है। वीर्य में एक गंध है। यह गन्ध पृथक्-पृथक् प्रत्येक पुरुष के वीर्य में होती है। पर वह पुरुषों के लिए घृणाकारक और स्त्रियों के लिए आकर्षक होती है। परन्तु स्त्रियाँ उसी पुरुष के वीर्य की गन्ध से उत्तेजित होती हैं जो इन्हें प्रिय हो। कुछ वैज्ञानिकों का कहना है कि सहवास में रेत-स्खलन के बाद प्रायः 15 मिनट से एक घण्टे तक स्त्री के श्वासोच्छ्वास में ऐसी गन्ध आने लगती है, जो बहुत बारीकी से जाँची जा सकती है। मार्के की बात यह है कि वह गन्ध शुरू में प्रिय नहीं होती, उत्तेजन के बाद प्रिय लगने लगती है। समागम के समय पान, इलायची, कस्तूरी, इत्र, सैंट आदि का उपयोग प्रारम्भ में इस गन्ध की अप्रियता को दूर करना ही है। इससे उत्तेजना के प्रारम्भ में जो परस्पर की गन्ध से अप्रिय भाव उत्पन्न होने की आशंका है, उससे बचाव हो सकता है और आगे उत्तेजना में मदद मिलती है।

इस कृत्रिम गन्ध दृश्यों में से कुछ का प्रभाव स्त्री पर और कुछ का पुरुष पर अधिक पड़ता है, यह बात चतुर पुरुष के जानने योग्य है। कस्तूरी का प्रभाव स्त्री पर अनुकूल होता है, क्योंकि वह एक विशेष प्रकार के नर हरिण के जननेन्द्रिय के पास की एक ग्रन्थि है और उसके मद से मस्त होकर हिरणियाँ उसके पास सहवास कराने आती हैं। इसी से स्त्रियाँ इस गन्ध पर अधिक मोहित होती हैं। परन्तु पुरुषों के लिए कस्तूरी की गन्ध कभी-कभी असह्य हो जाती है। परन्तु साबुन, इत्र, पाउडर आदि में हल्की मात्रा में इसका उपयोग करना सहज हो जाता है। स्मरण रखने की बात है कि प्रायः अम्ल पदार्थों के प्रयोग से शरीर की प्राकृत गन्ध दब जाती है और आलकली से दूनी हो जाती है। लेवेण्डर से यह गन्ध तुरन्त दब जाती है, परन्तु कस्तूरी चूँकि शरीर-गन्ध है, इससे वह कस्तूरी से तेज़ हो जाती है। अगर साबुन में कस्तूरी का मिश्रण होगा तो उससे देह गंध की तीव्रता बढ़ेगी, चाहे जितना भी

शरीर को साफ किया जाये। परन्तु लेवेण्डर, आलकली, कहुआ, बादाम आदि से वह दब जायगी। इस भाँति कामोत्तेजना के प्रसंग में विविध गन्धों का अत्यन्त महत्त्व है। चमेली की गन्ध, चम्पा की गन्ध और अन्य श्वेत पुष्पों की गन्ध स्त्रियों को तथा गुलाब आदि रंगीन पुष्पों की गंध पुरुषों को प्रिय है। उसी भाँति स्त्रियाँ पुरुषों को उज्ज्वल-श्वेत परिधानों में देखना प्रिय समझती हैं। और पुरुष स्त्रियों को रंग-बिरंगे परिधान में। पाश्चात्य देशों में पुरुष नैशोत्सवों में काला परिधान रखते हैं पर कफ़, कॉलर, कमीज़ सफ़ेद रखते हैं और उस श्वेत रंग को अधिक उज्ज्वल रखने को ही काला रंग चुना गया है। यही बात शब्द से भी सम्बन्ध रखती है। जो पुरुष अत्यन्त कामुक होते हैं और अति सहवास करते हैं उनकी घ्राणेन्द्रिय बेकार हो जाती है। पसीने की गन्ध से कामोत्तेजना होने के अनेक उदाहरण हैं। हेनरी तीसरे के समय के नवरे के राजा ओर मारगेरेट की सगाई के समय राजा ने अकस्मात् मेरिया के रूमाल से मुँह पोंछ लिया जिसमें उसके पसीने की गन्ध थी और उससे वह इतना कामोत्तेजित हो गया कि उसे रुकना असम्भव हो गया, यद्यपि मेरिया दूसरे की दुल्हिन थी। इसी प्रकार चौथे हेनरी ने एक बार जब्रील के तर रूमाल से अपने पलक पोंछे थे, इसी पर वह उस सुन्दरी पर मर मिटा। वैज्ञानिकों ने कहा कि घ्राणेन्द्रिय से कामेन्द्रिय का सीधा सम्बन्ध है। स्त्री-पुरुषों की जननेन्द्रियों पर बर्फ रखकर नाक का रक्त बहना रोका जा सकता है। अनेक स्त्री पुरुषों को अत्यधिक कामोत्तेजना होने पर उनकी नाक से खून जारी हो गया है।

कामोद्दीपन में संगीत और मृदु वाद्य का भी बहुत प्रभाव है। यह प्रभाव पुरुषों की अपेक्षा स्त्रियों पर अधिक पड़ता है। आम तौर से कहा भी यह जाता है कि संगीत स्त्रियों की कला है। प्रायः वेश्याओं के यहाँ पुरुष जाकर संगीत श्रवण करते हैं और समझते हैं कि इससे उनका कामोद्रेक होता है, पर यह उनका भ्रम है। वेश्याओं को पास बैठाने, उनसे पान लेने, बातें करने आदि का सुख उन्हें उत्तेजित कर सकता है, संगीत नहीं। संगीत से ही स्त्री उत्तेजना अनुभव करती है। और इसी से कहा जा सकता है कि संगीतकला में कभी भी स्त्रियाँ पुरुषों के समान नहीं हो सकतीं। ऐलिस हैवलॉक कहते हैं कि गायन द्वारा अवश्य ही स्त्रियाँ नैशयिक उत्तेजन पाती हैं। खासकर नाटकीय गायन उन पर अधिक प्रभाव रखते हैं। कुछ स्त्रियाँ वीभत्स गायन ज़्यादा पसन्द करती हैं। कोरस के गानों से भी स्त्रियाँ उत्तेजित होती हैं। डारविन भी यही मत रखता है कि संगीत की स्वर-लहरी स्त्री को प्रेम-मोहित करती है। बालिका शिशु अवस्था में बालक से अधिक संगीत की ओर झुकती है।

कामोत्तेजना के दो विभाग किए जा सकते हैं—एक तो सहवास की इच्छा, दूसरी उसकी परितृप्ति। ये दोनों बातें ही भिन्नलिंगी स्त्री-पुरुष में एक साथ होनी चाहिए। कामोत्तेजना का मूल कारण बीजकोष का अन्तःस्राव है, यह कहा जा चुका

है। उसी से मस्तिष्क की स्नायु-केन्द्रावली आन्दोलित होती है, परन्तु लिंगेन्द्रिय का दृढ़ीकरण और वीर्यपतन रीढ़ की हड्डियों के अधीन है। तन्दुरुस्त आदमी का मस्तिष्क और रीढ़ की हड्डियों के अधीन है। तन्दुरुत आदमी का मस्तिष्क और रीढ़ की हड्डियों का मध्यभाग सदैव संगठित रूप से काम करता है। वीर्यपात के समय वासना अपने तीव्रतम आवेग की पराकाष्ठा को पहुँच जाती है। काम-सहवास में प्रायः अंधकार होता है, फिर भी कामवासना में दृष्टि का भी उपयोग जीभ, नाक और कानों के बाद में है। पुरुष स्त्री का मुख, स्तन और नितम्बों को देखकर कम या ज़्यादा उत्तेजित होता है; और स्त्रियाँ धीर, वीर सीधा, मजबूत हड्डी वाला पुरुष देखकर कामवासना का उद्दीपन करती हैं। अब रह गई स्पर्श या त्वचा। स्पर्श-शक्ति सारे शरीर की चमड़ी में व्याप्त ज़रूर है पर एक समान नहीं। भिन्न-भिन्न अंगों से भिन्न-भिन्न परिमाण में स्पर्शोत्तेजना है। उँगली, होंठ ओर जिह्वाग्र में सर्वाधिक स्पर्शशक्ति है और वह सबसे ज़्यादा कामसत्ता को उद्दाम करती है। होंठ किसी भी छेद का प्रान्त भाग, कान और गर्दन का कुछ भाग, जाँघ, और रान, स्त्रियों के स्तनों, खासकर स्तनों की घुण्डियों में अधिक उत्तेजक शक्ति है। फिर भी स्पर्श से उत्तेजन कितनी मात्रा में हो, इसका निर्भर मनोदशा पर अवलम्बित है। मन की अनुकूलता में उत्तेजन शीघ्र और बहुत होता है। यदि स्त्री-पुरुष स्वस्थ हों तो परस्पर आलिंगन से ही दोनों में कामोत्तेजना उत्पन्न हो जाती है। कभी- कभी छोटे-छोटे बच्चों को शरीर को सहलाने की आदत पड़ जाती है, नवयुवतियों और पुरुषों में भी यह आदत होती है। एक 28 वर्ष की युवती का कहना है कि बचपन से ही सहलवाने में मुझे बहुत सुख प्राप्त होता है, 10-12 साल की उम्र से ही मुझे इसका चस्का पड़ गया था। मैं अपनी छोटी बहन से टाँगें सहलवाया करती थी। विवाह के पूर्व प्रायः युवतियाँ छाती और बगल को छूने से चमक उठती हैं, पर विवाहित होने पर उन्हें इन अंगों के सहलाने में अधिक सुख मिलता है और उसी से उनमें कामोत्तेजन होता है।

ये हुई शरीर-प्रक्रिया से सम्बन्धित बातें, अब मनोदशा पर भी विचारना चाहिए। कभी-कभी भय, चिन्ता और उद्वेग से भी कामोत्तेजना होती है और शोकावेग में भी। मद्य आदि मादक द्रव्य भी ज्ञानतन्तुओं को उत्तेजित करते हैं। मादक द्रव्यों के अलावा केसर, कस्तूरी, दालचीनी, अदरक, मिर्च, पिपरमेंट, मांस-रस, अण्डे, प्याज़, लहसुन, अन्ननास, ज़र्दालु आदि कामोत्तेजक हैं। चाय, कॉफी, सिगरेट आदि भी उत्तेजक हैं। ताड़ना, आघात, नखक्षत का भी उत्तेजना पर विचित्र प्रभाव पड़ता है। विशेष अंगों को ताड़ने-पीड़ने या आघात करने से स्त्री विह्वल होती है। अफीम और मद्य अल्प मात्रा में ही उत्तेजन करते हैं, अधिक में नहीं। आधुनिक वैज्ञानिकों ने पता लगाया है कि वीर्य और चेतना का अधिष्ठान मस्तिष्क में फास्फोरस होता है। इससे कामोत्तेजना में फास्फोरस अत्यन्त महत्त्वपूर्ण चीज़ है। दुर्बल मनुष्य इसका सेवन करे तो उसे भूख लगे,

वजन बढ़े और स्वास्थ्य सुधरे। यह अँग्रेज़ी दवाख़ानों में पृथक् भी बिकता है। परन्तु अण्डों, फलों और अन्य पदार्थों में भी पाया जाता है। कामोत्तेजक दवाइयों का प्रभाव बहुत-कुछ विश्वास के आधार पर भी होता है, जिनकी चर्चा हम आगे चलकर करेंगे।

नंगे शरीर या चित्र देखने से कामोद्दीपन होता है। किसी को खास प्रकार की गन्ध ही से कामोद्दीपन होता है। शरीर के स्पर्श से, रगड़ से भी कामोद्दीपन हो जाता है। सहवास-सम्बन्धी वार्ता सुनने और पढ़ने से कामोद्दीपन होता है। कुछ स्त्री-पुरुष तो ऐसे होते हैं कि उनकी कामतृप्ति किसी अंगविशेष के दर्शन या स्पर्शमात्र से ही हो जाती है। ऐसे लोगों में अवश्य कुछ-न-कुछ मानसिक विकार होता है। बहुत लोग स्त्रियों के जूते संग्रह किया करते हैं। कुछ स्त्रियों के बालों से कामोत्तेजना का अनुभव करते हैं। कुछ लोग स्त्रियों की चोली या रूमाल या दूसरे वस्त्र जो उनके हाथ लगें चुरा ले जाते हैं, उसी से उन्हें उद्दीपन हो जाता है। ऐसे लोग विकृत स्वभावी होते हैं और प्रायः स्वाभाविक समागम की अपेक्षा नहीं करते; इन्हीं वस्तुओं से उनकी तृप्ति हो जाती है। कुछ पुरुष अंग-भंग वाली, काली-कलूटी, बहुत मोटी या बहुत पतली स्त्रियों को पसन्द करते हैं और उन्हीं से उनकी कामोत्तेजना होती है। फ्रांस के एक तत्ववेत्ता की प्रेयसी कानी थी, अतः उसकी अभिरुचि हमेशा कानी स्त्रियों की तरफ विशेष होती थी। वह आदमी काम विज्ञान का भी भारी पण्डित था। पुरुषों की भाँति स्त्रियाँ भी कभी-कभी एक विशेष प्रकार के पुरुषों को पसन्द करती हैं। कुछ देशों में रूढ़ियाँ खास तौर पर बन गई हैं। उन्हीं के आधार पर उन देशों में स्त्रियाँ सुन्दर मानी जाती हैं। अतः उसी काल्पनिक सौंदर्य को देख कर लोगों में कामोद्दीपन होता है। चीन में छोटे और लुंजे पैर जो सदैव ढके रहते हैं, कामोत्तेजना की वस्तु माने जाते हैं। चीनी स्त्रियों के पैर यत्न से ढके रहेंगे, चाहे स्तन भले ही खुले रहें। पहले स्त्रियों के गाउन पैरों तक खिचड़ते थे। अतः पैरों को कामोत्तेजना का चिह्न मानते थे, पर आजकल जब गाउन ऊँचे हो गये हैं तो स्त्रियों की पिंडलियों को देखकर लोगों को उत्तेजन होती है। कुछ लोग स्त्रियों को अपनी गुप्तेन्द्रियाँ खोलकर दिखाने में ही कामोत्तेज़ना का अनुभव करते हैं और इस अमल में जेल जाने पर भी उनकी आदत नहीं छूटती। ये लोग एक खास प्रकार के नपुंसक होते हैं और जब उनकी यह लहर हट जाती है, वे बिल्कुल शांत व्यक्ति होते हैं। आयुर्वेद में कई प्रकार के नपुंसकों का और भी ज़िक्र है। स्त्री का आकार, शरीर की सुडौलता और रंग से भी उत्तेजना होती है। स्त्री की बड़ी काली आँखें और चमकते हुए बाल हमेशा पुरुष की वासना को उत्तेजित करते हैं। स्त्री का निखरा हुआ रंग पुरुष में प्रेमोदय करता है, साँवला रंग कामोत्तेजक है। कपड़ों के रंग से भी उत्तेजना होती है। दर्पणों में प्रतिबिम्ब पड़ने से भी उत्तेजना मिलती है। वास्तव में विषय-वासना भूख के समान है, जो इन बातों से जागृत हो उठती है।

कश्मीर के राजा वैन्यदत्त की आज्ञा से कोक पण्डित ने *रति रहस्य ग्रन्थ* की रचना की थी, उसका कुछ भाग हम यहाँ देते हैं।

~

प्रतिकूल रमणी को अनुकूल करना, अनुकूल को प्रेमी-अनुरागी बनाना और अनुरक्त से रति-आनन्द की प्राप्ति यही कामशास्त्र का प्रयोजन है। ढलवाँ छज्जे पर गिरती हुई तरल जल-धारा के समान इस प्रवाही संसार में जो सार पदार्थ (कामानन्द) है और सम्पूर्ण शब्द, स्पर्श, रूप, रस, गन्धादि विषय वासना समूह जिसके आश्रित है, ब्रह्मानन्द के समान उस महान आनन्द को कोई मन्द बुद्धि, सूक्ष्म कामकलाओं की विचित्रता को न जानने वाला कोई मूर्ख किस प्रकार से प्राप्त कर सकता है?

~

जाति (पद्मिनी, मृगी आदि), स्वभाव(इनमें से प्रत्येक जाति की स्त्री का पृथक्-पृथक् स्वभाव होता है), गुण (बाला, तरुणी, प्रौढ़ा आदि के भिन्न-भिन्न गुण होते हैं), देशजचेष्टा (बंग, गुर्जर आदि भिन्न-भिन्न देशों की स्त्रियों की चेष्टाएँ सुरतकाल में भिन्न-भिन्न प्रकार की होती हैं) धर्मचेष्टा (धर्म-सम्बन्धी आचार-व्यवहार या बाल्य-तारुण्यादि जन्य विशेष शारीरिक धर्म और उससे उत्पन्न हुई चेष्टाएँ-हरकतें), भाव (विषयवासना में प्रवृत्ति), इंगित (लीला, कटाक्षादि इशारेबाज़ी)—इन सबको न जानने वाला रतिविद्या से मूढ़, सुन्दरी रमणियों का यौवन प्राप्त करके भी कुछ आनन्द नहीं उठा सकता। नारियल का फल हाथ लग जाने पर भी बन्दर उसका क्या करता है?

~

सिर के बालों (जूड़े) को पकड़ना, मस्तक और आँखों को चूमना, होठों को दाँतों और होठों से दबाना, चूमना, गालों को खूब चूमना, कक्षा और गले में नाखूनों से चुटकी भरना, स्तनों को हाथों से खूब दबाना, मर्दन करना, छाती में हल्के-हल्के मुक्के मारना और नाभि पर खुले हाथ की चपत लगाना। जघनस्थल (नितम्बों) और स्मरमन्दिर, इन सब पर खूब चित्र-विचित्र हाथ फेरना और घुटना, एड़ी और नखादि अंगों को अपने इन्हीं अंगों से रगड़ना, मर्दन करना। इस प्रकार से चन्द्रकला के ज्ञानपूर्वक जो कामुक लोग अपनी प्यारी का आलिंगन करते हैं वे चन्द्रकिरणों से स्पर्श की हुई चन्द्रकान्त मणि की भाँति आनन्द-सागर में स्नान करते हैं।

~

कामदेव के पास पाँच बाण हैं, जिनके नाम हैं अकार, इकार, उकार, एकार, और ओकार। क्रम से इनके लक्ष्य हैं—हृदय, कुच, नयन, मस्तक और गुह्य स्थान। इन मर्म स्थानों पर नयन-रूप धनुष को तान कर दृष्टिरूप बाण निक्षेप करे तो उनके प्रभाव से सुन्दरियों के जलदग्नि सदृश कामजल के बिन्दु टपकने लगते हैं।

पद्मिनी, चित्रणी, शंखिनी और हस्तिनी ये चार प्रकार की युवतियाँ होती हैं। इनमें से पद्मिनी सर्वोत्तम है। इसके पश्चात् उत्तरोत्तर हीन हैं अर्थात् पद्मिनी की अपेक्षा चित्रिणी हीन है, इससे शंखिनी और उससे हस्तिनी हीन है।

पद्मिनी के लक्षण—कमल के समान कोमलांगी, जिसके सुरत-जल में खिले हुए कमल के समान गंध आती हो, शरीर में से दिव्य सुगन्ध आती हो, चकित हिरणी के समान आँखें, नेत्रों के प्रान्त भाग सुर्ख हों और जिसके निर्दोष सुन्दर स्तन श्रीफल की शोभा को लजाते हों। तिल के फूल के समान नासिका, सदा देव, गुरु और ब्राह्मणों की पूजा-अर्चना में श्रद्धा रखने वाली, कमलपुष्प के समान सुन्दर कान्ति, चम्पे के फूल के समान गौरवर्ण और खिले हुए कमल पुष्प के समान जिसका मनोज-मन्दिर हो। जो पतले शरीर की हो, राजहंसिनी की भांति मन्द-मन्द लीलापूर्वक (नज़ाकत के साथ) चलती हो, जिसके उदर में त्रिवली पड़ती हो, जिसकी हंस की तरह मृदु वाणी हो, सुन्दर वेशभूषा से रहने वाली, उत्तम, पवित्र, थोड़ा और हल्का भोजन करने वाली, मानिनी लज्जाशील, श्वेत फूलो की रंगत, सुन्दर वस्त्र पहनने की रुचि रखने वाली, ऐसी स्त्री पद्मिनी कहलाती है।

चित्रिणी के लक्षण—मनोहर गति से चलने वाली, शरीर से न बहुत बड़ी न छोटी, शरीर पतला, स्तन और जघनस्थल विशाल हों, काकजंघा (काक के मधु के समान जिसकी जंघाएँ हों), होंठ कुछ मोटे, रतिजल में मधु के समान गन्ध आती हो, तीन रेखाओं वाला गला, चकोर के समान जिसका वचन-विभाग हो, जो ललित कलाओं (गाना, बजाना, तस्वीर आदि बनाना) में निपुण हो, इसका स्मर-मन्दिर गोल, उभरा हुआ और भीतर से कोमल हो, रतिजल अधिक निकले और रोम कम हों, चंचल स्वभाव की, चपल दृष्टि वाली, बाह्य सम्भोग-रत (आलिंगन, चुम्बनादि से प्रसन्न होने वाली), मधुर और थोड़ा खाने वाली, और भाँति-भाँति के चित्र-विचित्र गहने-कपड़े पसन्द करने वाली, ऐसी स्त्री चित्रिणी कहलाती है।

शंखिनी के लक्षण—पतली-दुबली हो या भरे हुए शरीर की, शरीर लम्बा हो, उँगलियाँ और मध्य शरीर भी लम्बा हो, लाल फूल और लाल रंग के कपड़े पसन्द करे, क्रोधी शरीर पर नीली नसें चमकती हों, शरीर के नीचे का भाग लम्बा हो, स्मर-मन्दिर पर रोमावली हो और रति-जल क्षारगन्धि हो। संप्रयोग में नख-चिह्न अधिक करे, शीघ्र तृप्त होने वाली, रति काल में स्मर-जल की बूँदें गिरें, शरीर कुछ गर्म मालूम हो, न बहुत कम न अत्यधिक खाने वाली, प्रायः पित्त प्रकृति की, चुगलखोर, मलिन चित्त की और जिसका गधे के समान स्वर हो, ऐसी स्त्री शंखिनी कहलाती है।

हस्तिनी के लक्षण—हस्तिनी नारी की चाल भद्दी, कद ऊँचा, चेहरा, उँगलियाँ और टाँगें मोटी, गर्दन छोटी और मोटी और बाल भूरे होते हैं। यह स्त्री शरीर से खूब मोटी-ताजी और क्रूर स्वभाव की होती है। इसके स्मर-जल में और सम्पूर्ण शरीर

में से हाथी के मद की-सी गन्ध आती है। दुगुना भोजन करे और कड़ुवे कसैले पदार्थ अधिक खाए, निर्लज्ज, होंठ बहुत मोटे, नीचे का होंठ लटकता हुआ, संप्रयोग में कठिनता से काबू में आवे, योनि अत्यन्त गहरी और उस पर बहुत बाल हों, गद्गद स्वर से (हकलाती हुई) बोलने वाली, ऐसी स्त्री हस्तिनी कहलाती है।

~

द्वितीया, चतुर्थी, पंचमी, षष्ठी, द्वादशी, दशमी और अष्टमी, इन तिथियों में सुरत से चित्रिणी प्रसन्न होती है; एवं नवमी, पंचदशी, चतुर्दशी और सप्तमी, इनमें हस्तिनी और शेष तिथियों (प्रतिपदा, तृतीया, एकादशी और त्रयोदशी) में शंखिनी प्रसन्न और तृप्त होती है। पद्मिनी को पद्मासन से भोग करते हैं, शंखिनी को वेणुदारित से, हस्तिनी को उसके दोनों पैर कन्धे पर रख कर और चित्रिणी को नागरासन से रमण करते हैं। चित्रिणी नारी को भोगानन्द के लिए रात्रि के प्रथम पहर में, हस्तिनी को आधी रात में या दिन दोपहर में उपयोग करे। शंखिनी स्त्री रात्रि के तीसरे पहर में आनन्दित होती है और पद्मिनी नारी से रात्रि के चतुर्थ पहर में रमण करे।

~

स्त्रियों की सब जातियों में समान रूप चन्द्रकला नाड़ी होती है। उसी में काम का विकास है। वह प्रति तिथि को चन्द्रमा के साथ-साथ भिन्न-भिन्न अंग में आता है। शुक्ल पक्ष की प्रतिपदा 1 तिथि को युवतियों के बाएँ पैर के अंगूठे में कामदेव का निवास होता है। वहाँ से वह प्रत्येक तिथि को वामांग में होकर ऊपर इस क्रम से चढ़ता है :—2 पैर में, 3 एड़ी में, 4 घुटने में, 5 जघनस्थली में, 6 नाभि में, 7 सीने में, 8 कुच में, 9 कक्षा-भाग में, 10 कण्ठ में, 11 कपोल में, 12 होंठों में, 13 आँख में, 14 मस्तक (पेशानी) में और 15 सिर में। फिर पूर्णिमा के बाद प्रतिपद् से दक्षिणांग में होकर उल्टे क्रम से नीचे उतरता है।

~

सिर, छाती, बायाँ हाथ, दाहिना हाथ, दोनों स्तन, दोनों रानें, नाभि, गुह्यदेश, ललाट, पेट और कमर इन स्थानों में हमेशा कामदेव रहता है। इनके सिवाय, कक्षा, श्रेणी और भुज, ये तीन स्थान शामिल करके कुल सोलह स्थान कामदेव के निवास बतलाए हैं। इन सोलह स्थानों में कृष्ण प्रतिपद् से लेकर कामदेव ऊपर से नीचे उतरता है और शुक्ल प्रतिपद् (पड़वा) से लेकर क्रम से नीचे से ऊपर को चढ़ता है। इसलिए मृगनयनी स्त्रियों के इन अंगों में काम-कला के बिंदु नागर लोग ज्योति-स्फुलिंग (अग्नि की चिनगारी) या प्रकाश-केन्द्र के समान कामदेव की सोलह मात्राओं का चिन्तन करते हैं।

प्रतिपद् में—रमणी को अच्छी तरह से कसकर गले से लगाकर, मस्तक और गालों का चुम्बन करके, होठों को दाँतों से दबाकर, कमर और पार्श्व पर हाथ फेरकर रोमांचित करके, नितम्बों पर सूक्ष्म नख लगाकर (नाखूनों से दबाकर), हाथ फेरते

हुए, दबाकर, सिसकारी भरते हुए रमण करते हैं।

द्वितीया में—छाती से लगाकर सुख लेता हुआ, नेत्रों और गालों को चूमता हुआ, दोनों स्तनों को दबाकर पार्श्व भागों में नखचिह्न करता हुआ, होठों को चूमता हुआ, कक्ष भाग में नखांक करता हुआ खूब कसकर आलिंगन करता हुआ स्त्री को विद्रावित करे।

तृतीया में—कसकर छाती से लगाकर रोमांचित कर दे और कंधे और पार्श्व भाग में नखचिह्न करे। गले में हाथ डालकर दाँतों से होठों को दबाता हुआ मृदु चुम्बन करे और छातियों पर नखचिह्न करे। इस प्रकार से नागर स्त्री को विह्वल कर देता है।

चतुर्थी में—आलिंगन करता हुआ छातियों को खूब और अच्छी तरह से दबाए और होठों को दाँतों से दबाकर रानों पर चुटकी भरे। इसी प्रकार कंधों पर और कक्षा भाग में नाखूनों से बारम्बार चुटकी भरे ऐसा करते हुए रसिक लोग कमलनयनी कामिनियों के शरीर में कामानन्द के निर्झर प्रवाह में क्रीड़ा करते हैं।

पंचमी में—बाएँ हाथ से केशों के जूड़े को कसके पकड़े और होठों को दाँतों से दबाकर छातियों पर धीरे-धीरे क्रीड़ापूर्वक हाथ फेरे जिससे स्त्री रोमांचित हो जाय, कुचों का चुम्बन भी करे।

षष्ठी में—आलिंगन से अच्छी तरह कसके (जिससे शरीर में शरीर घुस जाय, बराबर हो जाय) होठों को दाँतों से दबाये तथा नाभि-तल पर और रानों पर मदमस्त होकर नाखूनों से चुटकी भरे।

सप्तमी में—गाढ़ आलिंगन करके होठों का चुम्बन करे, गर्दन, छाती और गालों पर नाखूनों से चुटकी भरे और मदनस्थल का मर्दन करे ऐसा करने से स्त्री कोमल भाव को प्राप्त होती है।

अष्टमी में—स्त्री को गले से लगाकर नाभि पर बारम्बार नखचिन्ह करे और होठों को दाँतों से दबावे। कुचों पर हाथ फेरकर रोमांचित कर दे और चुम्बन भी करे।

नवमी में—नाभि के नीचे बार-बार खूब हाथ फेरे, दाँतों से होठों को दबावे, छातियों को मसले, मदनालय को अच्छी तरह मर्दन करे और दोनों पार्श्वों में नखचिह्न करे।

दशमी में—ललाट का चुम्बन करे, गर्दन में नखचिह्न करे और कमर, दोनों छातियों, सीने और पीठ पर बायाँ हाथ फेरे। इस तरह करते हुए नागर लोग स्त्रियों के कामदेव को जागृत कर देते हैं।

एकादशी में—स्त्री को अच्छी तरह गले से लगाकर गर्दन में नखचिह्न करे और होठों को दबाकर चूसे, छाती पर हल्की-हल्की मुक्कियाँ मारे और मदनागार को मसलता

हुआ उसकी मुद्रा भंग कर दे। इस प्रकार से कामिनी को द्रवित करते हैं।

द्वादशी में—कसकर छाती से लगाकर गालों और आँखों का बार-बार चुम्बन करे, आँखें खुली रखता सिसकारी भरे और होठों को दाँतों से दबाये।

त्रयोदशी में—गालों का चुम्बन करे, सिसकारी भरता हुआ कुचों पर हाथ फेरे, स्त्री के केशों को पकड़कर उसकी गर्दन पर मसले। इस प्रकार करता हुआ कामी स्त्री को शीघ्र विद्रावित करता है।

चतुर्दशी में—कामिनी की आँखों का चुम्बन करे, कक्षा भाग में नखचिह्न करे और स्मर-मन्दिर में बारम्बार कौतुहलप्रद हाथ फेरकर नारी-शरीर में क्रीड़ा करे।

अमावस्या और पूर्णिमा में—कन्धों पर फुर्तीले हाथ से नखचिह्न करे और स्मर-मन्दिर और स्तनों पर आनन्दप्रद हाथ फेरता हुआ कामिनी को विह्वल कर दे।

कौमार्यभंग

कुछ प्रसिद्ध काम-शास्त्रियों की राय है कि कुमारी के साथ प्रथम सहवास कुछ आनन्दप्रद नहीं है। भारत में प्रायः लड़कियों को सम्भोग का अवसर विवाह के बाद सुहागरात के दिन आता है, परन्तु पाश्चात्य जातियों में जहाँ स्त्री-पुरुषों का मुक्त सम्मिलन होता रहता है, प्रायः कुमारिकाएँ विवाह से पूर्व भी सहवास का अनुभव प्राप्त कर चुकी होती हैं।

कौमार्य भंग के अवसर पर सहवास-सम्बन्धी दो बाधाएँ पुरुष के सामने आती हैं। एक मानसिक और दूसरी शारीरिक। ये बाधाएँ अधिकांश में प्रकृत होती हैं और प्रायः मनुष्येतर प्राणियों में भी पाई जाती हैं। यह देखा जाता है कि अनुभवी मादा भी प्रारम्भ में नर से दूर भागने का अभिनय करती है पर वह सिर्फ नर को उत्तेजित करने के लिए अभिनय-मात्र ही होता है, परन्तु कौमार्य भंग का अवसर इन सबसे पृथक् है। उसमें भय और लज्जा की मात्रा स्वाभाविक होती है। परन्तु यह भय और लज्जा दोनों ही बाधाएँ कुछ अनिष्टकारी नहीं हैं, इस अवसर पर सिर्फ पुरुषों की चतुराई की आवश्यकता है। लड़कियों को चूँकि सहवास का प्रथम अनुभव नहीं होता, दूसरे योनि के मुख पर जो पर्दा होता है वह यदि कभी-कभी फटा नहीं होता तो इस समय फटता है और उससे थोड़ा कष्ट स्त्री को होता है। परन्तु यह पर्दा उस समय तक हो ही, या उसी समय फटे, यह आवश्यक नहीं। कभी-कभी तो अन्य कारणों से सहवास से प्रथम ही फट जाता है और कभी-कभी सहवास से भी नहीं फटता और ऑपरेशन करने की ज़रूरत पड़ती है। हिन्दुस्तान में इस पर्दे का फटना ही कौमार्य भंग का चिह्न समझा जाता है और जो चादर आदि उसमें खराब हो जाती है उसका प्रदर्शन किया जाता है। वात्स्यायन का इस सम्बन्ध में कहना है कि जब पति को कुमारी के साथ रात्रि में एकान्त में निकट रहने का अवसर मिले तो उससे कम-से-कम तीन रात तक सम्भोग न करे, परन्तु अपनी खुशमिज़ाजी, वाक्चातुर्य और प्रेम-प्रदर्शन और कोमल चेष्टाओं से कुमारी के मन में

प्रेम, वासना, निर्भयता और कामौत्सुक्य उत्पन्न करे । प्रत्येक व्यवहार और चेष्टा से कन्या को अपने अनुकूल बनाये, उसे अनुकूल करके ही चेष्टाएँ करे । उद्दण्ड व्यवहार या अप्रिय आचरण न करे ।

वात्स्यायन कहता है कि तीन रात भूमि में शयन करे और ब्रह्मचर्य से रहे । क्षार, लवण का भोजन न करे । सात दिन तक मंगल ध्वनि के साथ शृंगार-स्नान आदि करते रहें, साथ भोजन करें । दर्शनीय स्थानों या पदार्थों को देखने जायें । सब सम्बन्धी इनका आदर करें । रात को एकान्त शयनागार में कन्या का सत्कार करे । मीठी-मीठी बातों से प्रेम पैदा करे । बलात्कार से आलिंगन आदि कुछ न करे । स्त्रियाँ फूल के समान कोमल होती हैं, इससे उनसे अति कोमल व्यवहार करें, नहीं तो वे सम्भोग से द्वेष करने लगेंगी । जिस युक्ति से नववधू के चित्त में प्रेम पैदा हो, वही काम करे । उसे जब जितना आलिंगन प्रिय हो तब उतना ही करे, अधिक नहीं । आलिंगन नाभि से ऊपर के अंगों का करें, नीचे के अंगों का नहीं । यह कार्य अँधेरे में करे । नवयुवती लज्जा के कारण प्रकाश में काम-चेष्टाओं को सहन नहीं कर सकती है । जब वह आलिंगन सहने लगे तब मुँह से मुँह में पान दे । न ले तो बहला-फुसलाकर, मीठी बातें करके जैसे बने पान लेने पर राजी कर ले । पान देते समय नर्म चुम्बन ले, जिससे दाँत न गड़ें न शब्द हो । चुम्बन के समय उससे कुछ प्रश्न करे, जिसके जवाब के लिए बार-बार हठ करे । वह पहले चुप रहेगी, फिर सिर हिलाकर अभिप्राय प्रकट करेगी, पर मुँह से कुछ न बोलेगी । मुखरा कन्याएँ, अपनी सखियों को बीच में डालकर पतियों से बातें करती हैं, नीचा मुख करके हँसती हैं और सखी से प्रायः विवाद करती हैं । परिचय बढ़ने पर वह पति के माँगने पर पान, चन्दन, फूल आदि लाकर देगी । पति इस प्रकार के आदेश दे, जब वह ये काम कर रही हो वह मौका पा उसके स्तनों को छू दे, रोकने पर हँसकर कहे अब ऐसी गलती न होगी, इस बार माफ कर दे । पर फिर उसका आलिंगन करे, हाथ खींचकर पास बैठा ले, अपने हाथ को सारे पेट पर फेर गोद में लिटा ले । बीच-बीच में यह कहकर डरा दे, कह दे कि तेरे होठों पर दाँतों के निशान कर दूँगा, स्तनों पर नाखूनों के चिह्न कर दूँगा, सखी से सब बातें कह दूँगा । दूसरी-तीसरी रात को उसके समस्त अंगों पर हाथ फेरे और समस्त चुम्बन योग्य अंगों का चुम्बन करे । जंघाओं पर हाथ रखकर ऊपर नीचे फिरावे और क्रम से जंघाओं की जड़ तक ले आवे, वह रोके तो कह दे इसमें क्या हर्ज है । फिर चुम्बन आदि से तंग करे । बीच में ठहर जाये । जब स्त्री सह ले तब गुप्त अंगों का स्पर्श करे, साड़ी खोल दे, कपड़ा हटा दे, जाँघों को नंगा कर दे और योनि प्रदेश पर हाथ फेरे । बीच-बीच में कामोद्रेक की बातें कहता जाय । पूर्व काल के मनोरथ कह दे । भविष्य के सम्बन्ध में उत्साह और आशाजनक बातें कहे । समय अनुकूल देख सावधानी से सम्भोग शुरू करे और जहाँ तक सम्भव हो उसे दुखी न होने दे ।

प्रारम्भ के तीन दिनों में कन्या के मन में पति की किसी भी चेष्टा से विरक्ति हो गई तो उसके मन में सदा के लिए घृणा के भाव उत्पन्न हो जायेंगे । पहले मानसिक

बाधा को अत्यन्त योग्यता से दूर करना चाहिए, इसके बाद शारीरिक बाधा का प्रश्न उठता है। इसमें सर्वप्रथम योनिमार्ग का परदा ही है, जो प्रथम समागम में कभी-कभी एक बड़ी बाधा का रूप धारण कर लेता है। जब तक स्त्री से मानसिक सम्मति न मिले यानी स्त्री पुरुष से दूर हटने के प्रयत्न को बन्द कर पुरुष के हृदय से लगने की अपनी उत्कण्ठा न प्रकट करे और अपने शरीर को उसके काबू में बिल्कुल न कर दे, तब तक समागम की क्रिया का आरम्भ ही न करना चाहिए। पर्दे की बाधा को दूर करने के लिए पर्दे की बनावट को समझना बहुत ज़रूरी है। इस पर्दे में जो छेद होता है, वह ऊपर की तरफ यानि पेट की तरफ होता है। इससे यदि पुरुष की लिंगेन्द्रिय ऊपर से ही उस पर ज़ोर डालेगी तो वह छिद्र फटकर लिंगेन्द्रिय का रास्ता साफ कर देगा। ऐसी स्थिति में स्त्री भयभीत होने की अपेक्षा आगे को धक्का मारे तो पर्दा एकाएक फट जाएगा और कष्ट कम होगा और रक्त भी कम निकलेगा। परन्तु यदि रक्त जल्दी बन्द न हो तो स्त्री को चुपचाप पैर फैला कर लेट जाना चाहिए और रक्त को पोंछना न चाहिए। यह घाव आप ही अच्छा हो जाता है। पर यदि उस दिन पर्दा न फटे तो एकाध दिन के लिए सहवास स्थगित कर देना चाहिए। परन्तु यदि फिर सहवास करने पर भी न फटे तो आपरेशन करा लेना चाहिए, बस फिर बाधा न रहेगी। स्मरण रहे कि प्रथम प्रवेश के समय पर्दे की झंझट से इन्द्रिय का उद्दीपन पहले ही बहुत हो चुका होता है तथा काफी रगड़ लग चुकी होती है, इसलिए तत्काल ही वीर्य-स्खलित हो जाएगा और स्त्री की कामपूर्ति न होगी। वास्तव में इस समय स्त्री को कामपूर्ति की चेष्टा ही न करनी चाहिए। इस समय तो उसके घाव का अच्छा हो जाना ही ज़्यादा आवश्यक है। इसलिए इस समय जितना कम घर्षण हो उतना ही अच्छा है। इस समय स्त्री की स्वाभाविक लज्जा का बड़ा मान करना चाहिए, उसे बिल्कुल नंगी करने की ज़िद न करनी चाहिए। ध्यान में रखने योग्य बात यह है कि इस समय चूँकि स्त्री में पूर्ण उद्दीपन नहीं होता अतः स्त्री की योनि में आर्द्रता की कमी रहती है, इसलिए वेसलीन या चमेली का तेल काम में लाया जा सकता है। स्त्री-पुरुषों को कामोद्दीपन करने के लिए इस काल में दोनों को नमक देना बन्द करके तेल का भोजन दिया जाता है, जिसे तेलबान चढ़ाना कहते हैं। परन्तु प्रायः विवाहकाल के बाद ही स्त्री-समागम का अवसर नहीं होता, इससे अब यह सिर्फ एक रूढ़ि की चाल हो गई है। पुरुष को प्रथम सहवास के समय ख्याल रखना चाहिए कि उसका स्थान इस समय शिक्षक का होता है। उसे बहुत धैर्य और चतुराई से काम लेना चाहिए और अपने को काबू में रखना चाहिए। स्त्री के हृदय पर अति कोमल भाव अंकित करने चाहिए और जब तक घाव पूरा न भर जाए, कम-से-कम घर्षण करना चाहिए। अपनी प्रत्येक चेष्टा ऐसी करनी चाहिए कि जिसकी स्मृति-मात्र से ही स्त्री आनन्दातिरेक से विभोर हो जाए।

आसन

सम्भोग को अंगविन्यास की विभिन्नता से अधिक परिपूर्ण और आनन्दप्रद बनाने की विधि को आसन कहते हैं। जो लोग सम्भोग को एक लज्जाजनक एवं अपवित्र और नीतिहीन काम समझते हैं, वे आसनों के विशदीकरण को पसन्द नहीं करेंगे। परन्तु वास्तव में सम्भोग स्त्री और पुरुष के जीवन की अत्यन्त महत्त्वपूर्ण क्रिया है और इसमें कला और विज्ञान दोनों ही की बड़ी बारीकी से उपयोगिता है। जो इस बात के मानने वाले हैं, वे आसनों के सम्बन्ध में उपेक्षा नहीं कर सकते। वात्स्यायन का कहना है कि कन्याओं को इस सम्बन्ध में उसकी विवाहित चतुर सखी जानकारी करा दे और इसी भाँति पुरुष भी इस विषय में अनाड़ी न रहे। आधुनिक काम-शास्त्रियों का यह मत है कि आसनों का उपयोग कामवासना की तृप्ति के ही नहीं वरन् समागम में विलक्षणता लाने, अधिक-से-अधिक सम्भोग-सुख अनुभव करने और स्वास्थ्य रक्षा की दृष्टि से समागम से होने वाली हानियों से बचने के लिए तथा गर्भ-धारण में इच्छानुसार परिणाम लाने में आसनों का उपयोग अत्यन्त महत्त्वपूर्ण है। स्मरण रखना चाहिए कि सम्भोग का प्रकरण हास्य या विनोद का प्रकरण नहीं है, प्रत्युत यह अत्यन्त गम्भीर और समाधि की अवस्था तक पहुँचने का प्रकरण है। सच्चा आत्मिक आनन्दानुभव या तो वही योगी कर सकता है जिसने परिपूर्ण समाधि का अभ्यास कर लिया, या वह भोगी जो परिपूर्ण सहवास का अधिपति हो गया। हास्य, क्रीड़ा, विनोद और इधर-उधर की बातें सम्भोग का प्रचण्ड विकास होने पर आप ही गायब हो जाती हैं और स्त्री-पुरुष दोनों ही देह से विमुक्त होकर केवल आनन्द में डूब जाते हैं। उनकी समस्त चेतन-शक्ति उसी केन्द्र पर एकीभूत हो जाती है, और पृथ्वी की कोई भी शक्ति या प्रलोभन उन्हें उस आनन्दानुभव से विरक्त नहीं कर सकती। प्राचीन आचार्यों ने आसनों के अनेक भेद गिनाये हैं, परन्तु गिनती का कोई महत्त्व नहीं है। आसनों का उद्देश्य सिर्फ यही है, जो ऊपर कहा गया है और उसी भावना से आसनों का उपयोग होना चाहिए।

यह बात निश्चित है कि स्त्री-पुरुष दोनों की कामपूर्ति एक साथ होने से गर्भाधान की अधिक सम्भावना रहती है। इसके साथ ही यह भी सिद्धान्त है कि गर्भाशय के जितने निकट वीर्यपात होगा, उतना ही गर्भधारण सम्भव होगा, तीसरी बात यह है कि पुरुष का लिंग गर्भाशय के मूलद्वार तक पहुँचकर जब आघात करेगा तभी स्त्री को पूर्ण सहवास-सुख प्राप्त हो सकता है, नहीं तो नहीं। साथ ही वीर्य जितनी अधिक देर तक योनि-मार्ग में रहेगा उतनी ही गर्भधारण की सम्भावना रहेगी। इसलिए गर्भाधान के लिए ऐसे आसनों की आवश्यकता है, जिनमें स्त्री-पुरुष का परस्पर अधिकाधिक संश्लिष्ट भाव हो और वीर्यपात के बाद भी वे आराम से कुछ काल तक संयुक्त पड़े रहें। सम्भोग के आनन्द में दो बातें मुख्य हैं, यह हमने पिछले अध्यायों में बताया है। एक शारीरिक, दूसरा आत्मिक। अगर स्त्री या पुरुष में से एक व्यक्ति वजनी, मोटा, ठिगना है और दूसरा व्यक्ति पतला-दुबला और लम्बा या अगर स्त्री की योनि और पुरुष की लिंगेन्द्रिय ठीक बराबर नाप-तोल की नहीं हैं, तो इस विपरीतावस्था में आनन्दोद्गम करने की शक्ति यदि किसी में है तो वह आसन में ही है। परन्तु यह तो सिर्फ शारीरिक नुक्स हुए, किसी स्त्री या पुरुष की मनोवृत्ति ही भिन्न प्रकार ही होती है और वे अपने लिए भिन्न प्रकार के आसन चुनते हैं। हाँ, पशुओं में भी भिन्न-भिन्न आसन प्रचलित हैं। अनेक प्राणी अपने ही तरीके से सम्भोग करते हैं। उनकी शरीर-चेष्टा और गति दोनों ही में भिन्नता देखी जा सकती है। मनुष्यों ने अनेक आसन तो पशु-पक्षियों के ये भिन्न-भिन्न रूप देखकर ही चुने हैं। फिर भी सब आसनों के दो प्रमुख भेद किए जा सकते हैं। एक वे जिनमें स्त्री-पुरुषों का मुँह आमने-सामने होता है और दूसरे वे जिनमें स्त्री की पीठ पुरुष की ओर होती है। पशुओं में प्रायः पिछला आसन ही काम में लाया जा सकता है, परन्तु वास्तव में मनुष्य की इन्द्रियों की बनावट के अनुकूल पहले प्रकार के ही आसन हैं। इसमें यह लाभ है कि स्त्री-स्तन तथा अन्य काम-केन्द्र का उत्पीड़न तथा चुम्बन साथ-ही-साथ होता रहता है। जिससे कामवासना के उद्दीपन और तृप्ति में मानसिक सहायता मिलती है, जिसकी पशुओं को बिल्कुल आवश्यकता नहीं होती। यहाँ हम वात्स्यायन और भिक्षु पद्मश्री के बताए हुए आसनों में से कुछ प्रमुख आसनों का वर्णन करेंगे।

वात्स्यायन कहते हैं कि यदि स्त्री मृगी हो और पुरुष दीर्घलिंगी हो तो स्त्री को अपनी जाँघें फैला देनी चाहिएँ, जिससे प्रवेश सरलता से हो और स्त्री को कष्ट न हो। यदि स्त्री हस्तिनी हो और पुरुष लघुलिंगी हो तो स्त्री अपनी जाँघें भींच ले। यदि समरत हों तो जाँघें सुकोड़ने-फैलाने की कुछ ज़रूरत नहीं है। सम्भोग के समय जब लिंग प्रवेश हो जाये तब जाँघों से पुरुष को पकड़ ले। मृगी स्त्री तीन प्रकार से योनि को विकसित करे। (1) नितम्बों के नीचे तकिया लगाकर और जाँघों को ऊँचा उठाकर, इससे योनि पुष्प की भाँति खिल जाएगी तब पुरुष सम्मुख से लिंग

प्रवेश करे। (2) जाँघों को चौड़ा करके और खूब ऊँचा उठाकर जिससे योनि फैलकर चौड़ी हो जाए, तब पुरुष तिरछे लिंग को प्रवेश करे। (3) पुरुष बगल में स्त्री को सुलाकर उसकी जाँघें खोलकर उठा ले और अपने पार्श्व के मध्य में गोड़ों को दबा ले और उसी हालत में प्रवेश करे। ज़रा अभ्यास से यह आसन सिद्ध होगा, इसमें अधिक आनन्द-प्राप्ति होती है। इस विधि से कितने भी बड़े लिंग वाला पुरुष होगा, आसानी से सम्भोग कर सकेगा। स्त्री बड़ी योनि वाली और पुरुष छोटे लिंग वाला होगा तो स्त्री को योनि-संकोच करना होगा। यह संकोचन चार प्रकार का है। (1) सम्पुटक, जब अपनी दोनों जंघाओं को मिलाकर परस्पर जोड़ लें, चाहे चित्त लेट कर, चाहे बगल की करवट से। यदि बगल से करना हो तो पुरुष को दाहिनी ओर रहना चाहिए। (2) सम्भोग के समय यदि स्त्री खूब ज़ोर से अपनी जंघाओं को दबा ले तो यह पीड़ितक कहलाता है। (3) यदि स्त्री अपनी जाँघों को लपेट ले तो यह वेष्टितक कहाता है। (4) स्त्री योनि के संकोचन का ऐसा अभ्यास कर ले कि लिंग को जकड़कर पकड़ ले और बाहर निकलने ही न दे तो वह वाड़विक कहाता है। आन्ध्रप्रदेश की स्त्रियों में यह विशेषता पाई जाती है। एक विधि यह है कि पुरुष स्त्री की टाँगों को अपने कन्धों पर रखकर योनि को कुछ विकसित कर दे, इसे जृम्भितक कहते हैं। इसी हालत में स्त्री यदि जाँघों को सिकोड़ ले तो उसे पीड़ितक कहते हैं। यदि स्त्री एक टाँग को चारपाई पर और एक को पुरुष के पार्श्व में या कन्धे पर रखे तो वह उत्पीड़क कहाता है। ऊपर लेटे हुए पति के कन्धे पर एक टाँग रखे और दूसरी को पलँग पर पड़ी रहने दे, फिर पड़ी हुई को कन्धे पर रख कन्धे वाली को गिरा दे तो यह वेणुदारतिक आसन हुआ। एक टाँग पुरुष के सिर पर और दूसरी शैया पर, फिर शैया वाली सिर पर और सिर वाली शैया पर, ऐसा बार-बार करने को शलाचतिक आसन कहते हैं। अपनी जाँघों को सिकोड़कर अपनी ही वस्तिस्थान में करना, यह कार्कटक आसन हुआ। ऊँची उठाई हुई जाँघों को अदल-बदलकर दबाए, यह पीड़ितक है। स्त्री बाँए पाँव को दाई जाँघ के ऊपर की जड़ में करे, इस तरह पद्मासन का आसन बनता है। स्त्री-पुरुष आलिंगन करके सम्भोग करें, कुछ समय में स्त्री पिछली ओर घूम जाये और पुरुष का लिंग बाहर न होने दे, आलिंगन भी वैसा ही रहे, इसे परावृत्त आसन कहते हैं। पानी में भी कुछ आसन अत्यन्त उत्तम रीति से हो सकते हैं। ये सब साधारण आसन हैं। अब विपरीत आसनों का वर्णन करते हैं। स्त्री या पुरुष कोई भीत का सहारा लेकर खड़े होकर सम्भोग करे उसे स्थित रत कहते हैं। भीत के सहारे खड़े होने पर उसके कण्ठ में स्त्री अपनी दोनों भुजाओं को डालकर पति के हाथ के बनाए पिंजरे पर बैठकर अपनी जाँघों को पति के नितम्बों में प्रविष्ट करे और भीत पर अपने चरणों को मार-मारकर झूले की भाँति झूले और पुरुष लिंग को अपनी योनि में प्रविष्ट कर ले। यह अविलम्बित रत कहाता

है। स्त्री धरती पर पशु की भाँति अधोमुखी खड़ी हो और पुरुष उससे वृष के समान सम्भोग करे, तो यह धेनुक आसन कहाता है। इसी प्रकार भिन्न-भिन्न प्रकार के पशु जो चेष्टा करते हैं। वह-वह चेष्टा करने से भिन्न-भिन्न रस उत्पन्न होता है।

हमने प्रारम्भ में बताया कि आसनों का उपयोग स्त्री-पुरुष को परस्पर अधिकाधिक सम्भोग-सुख प्राप्त कराता है। सबसे सीधा सरल आसन यह होता है कि स्त्री चित्त लेट जाय, जाँघें सीधी फैला दे और घुटने समेट ले, पुरुष ऊपर आ जाय पर बोझ स्त्री पर न डाले किन्तु घुटनों और कुहनियों के बल पर वज़न साधे रहे; उसके पैर और जाँघें स्त्री की दोनों जाँघों के बीच में रहें, घुटने और कुहनी बिस्तर पर। इस आसन में गर्भधारण की अधिक सम्भावना होती है और यही आसन आम तौर पर प्रचलित भी है तथा स्वाभाविक भी है। परन्तु स्त्री गर्भिणी हो या पुरुषेन्द्रिय छोटी हो तब यह आसन सुखकर नहीं होता। उस अवस्था में यह आसन अधिक उत्तम है कि उपर्युक्त आसन से योनि में लिंग प्रवेश हो जाने पर स्त्री अपने पैर सीधे फैलावे जिससे उसके पैर पुरुष के पैरों के बीच में आ जाएँ। अगर पुरुष-इन्द्रिय तो छोटी नहीं है, सिर्फ पूरा-पूरा उत्थान नहीं हुआ है, तो इस आसन से अधिक लाभ होगा और पूरा उत्थान हो जायेगा। यदि इस आसन में स्त्री एक छोटा तकिया चूतड़ के नीचे लगा ले तो आसन अधिक उद्दीपक हो जायेगा। पीछे इसी आसन को हमने उत्फुल्लक आसन के नाम से लिखा है।

पुरुष यदि थका हुआ या दुर्बल हो और स्त्री की वासना प्रचण्ड हो तो पुरुषायत नाम का आसन अत्यन्त कारगर होता है। इसकी विधि यह है कि एक बिछौने पर पुरुष चित्त लेट जाय और अपने पैर कुछ सिकोड़ ले। आवश्यकता हो तो कमर के नीचे एक तकिया भी रख ले। स्त्री उसके दोनों तरफ जाँघें फैलाकर ऊपर बैठकर इन्द्रिय-प्रवेश कर ले और पुरुष की भाँति घर्षण करे। इसके लिए पुरुष भी घर्षण में कुछ योग दे। स्त्री के घर्षण की रीति यह है कि वह नीचे बैठती हुई कुछ पीछे हटे, और ऊपर उठती हुई आगे बढ़े। अभ्यास से यह कला आ जायेगी। इस आसन में दोनों का अत्यन्त उद्दीपन होता है तथा पुरुष का स्तम्भन भी अधिक होता है। गर्भिणी यह प्रयोग न करे। पलँग की अपेक्षा ज़मीन पर यह आसन सुखद होगा।

वात्स्यायन कहते हैं कि सम्भोग एक विकट युद्ध है। इसमें प्रहार के स्थान कन्धे, सिर, स्तनान्तर, पीठ, जाँघ और पार्श्व हैं। इनमें संभोग काल में चोट मारे। चोट मारने से स्त्री सीत्कार करती है तथा आनन्द विह्वल होती है। यह चोट घूँसे से, चपत से, चुटकी काटने से, और थपथपाने से होनी चाहिए। स्त्री के बल और कोमलता तथा कामवेग को देखकर बुद्धिमान् कामक्रीड़ा-कुशल आदमी उपयुक्त रीति से इन प्रहारों का उपयोग करे।

काम-तृप्ति होने पर स्त्री का शरीर ढीला पड़ जाता है। वह आँखें मींच लेती

है, लज्जा जाती रहती है, अपने गुह्य भाग को पुरुष के गुह्य भाग से अत्यन्त मिला देती है; हाथों को कँपाती है, पसीने आ जाते हैं, काटती है, उठने नहीं देती, पैर मारती है तथा पुरुष को जीतने की इच्छा करती है। सम्भोग-काल में जो पुरुष धक्के मारता है, उसके वात्स्यायन दस भेद करता है। पहले वे सामान्य रीति से अपनी इन्द्रियों को प्रविष्ट करके मिलाते हैं, उसे उपसृप्तत कहते हैं। कभी-कभी पुरुष हाथ से लिंग पकड़कर योनि में घुमाता है, इसे मन्थन कहते हैं। स्त्री की जाँघों को नीचा कर चोट मारने को हुल कहते हैं। चूतड़ के नीचे तकिया आदि रखकर ज़ोर से धक्का मारने को अपमर्दन कहते हैं। दूर हटकर ज़ोर से अपने चूतड़ों को गिराकर चोट मारने को निर्घात कहते हैं। योनि में एक ही ओर को लगातार चोट लगाने को वराहघात कहते हैं। कभी इधर और कभी उधर चोट मारने को वृषाघात कहते हैं। प्रविष्ट लिंग को बाहर न निकालकर भीतर-ही-भीतर 2-3 चोट ज़ोर की लगाने को चटक विलास कहते हैं, यह सम्भोग की समाप्ति पर होता है।

सम्भोग

स्म्भोग की तीन प्रमुख क्रियाएँ हैं : सीत्कार, विलास और उपसर्ग। परन्तु सम्भोग का महत्त्व स्त्री-पुरुष के स्वभाव, शरीर की बनावट और गुप्तेन्द्रिय की बनावट पर अधिक निर्भर है। गुप्तेन्द्रियों की माप-तौल के हिसाब से तीन प्रकार के पुरुष होते हैं। (1) शश–जिनकी इन्द्रिय 6 अंगुल की, (2) वृष–जिनकी 8 अंगुल की। (3) अश्व जिनकी इन्द्रिय 14 अंगुल की होती है। इसी हिसाब से स्त्रियाँ भी मृगी, बड़वा और हस्तिनी नाम से तीन जाति की होती हैं। पुरुषेन्द्रियों की नाप लम्बाई-मोटाई से है। स्त्री की गहराई-चौड़ाई से। बराबर नाप के इन्द्रिय वालों का सम्भोग सम तीन प्रकार का हुआ। विषय अदल-बदलकर 6 प्रकार का हुआ। इसका योग इस प्रकार हुआ। 1–शश-मृगी। 2–वृष-बड़वा। 3–अश्व-हस्तिनी, ये तीन सम्भोग हुए। शश का बड़वा या हस्तिनी के साथ । वृष का मृगी और हस्तिनी के साथ। अश्व का मृगी और बड़वा के साथ। ये 6 विषम रत हुए। विषम सम्भोग के भी दो भेद हैं, उच्च रत और नीच रत। अश्व का बड़वा से और वृष का मृगी से उच्च सम्भोग हुआ। हस्तिनी का शश से नीच रत है। इसमें सम सम्भोग ही आनन्दप्रद है। विषम में निरानन्द या कष्ट होता है। इस तरह नौ प्रकार के सम्भोग वात्स्यायन और भिक्षु पद्मश्री ने वर्णन किए हैं। सम्भोग में मन्दवेग, मध्यवेग और चण्डवेग भेद से 3 प्रकार के हैं। जिसका वीर्य कम हो, उत्तेजना कम हो, स्त्री के नखदन्त प्रहारों को पसन्द करे, वह मन्दवेग है। मध्यवेग और चण्डवेग भी इसी प्रकार जानना चाहिए। जैसे पुरुष का मन्दवेग आदि होते हैं उसी प्रकार स्त्री के भी। इस प्रकार वेगभेद से भी सम्भोग के 9 प्रकार हुए। काल भेद से भी शीघ्र, मध्य, चिरकाल के हिसाब से 9 प्रकार के सम्भोग हुए जानना। इस तरह कुल मिलाकर सम्भोग के 27 भेद हैं। सम्भोग के विषय में एक महत्त्वपूर्ण प्रश्न उठता है कि इसमें स्त्री-पुरुष का आनन्द समान है या नहीं। प्राचीन कुछ आचार्य कहते हैं कि नहीं। स्त्री-पुरुष के सम्भोगानन्द में

एक बड़ा भेद तो यह है कि स्त्री को सम्भोग के प्रारम्भ में उत्कट आनन्द आता है, परन्तु पुरुष को वीर्य-क्षरण में आनन्द आता है। स्त्री की कामेच्छा कुम्हार के चाक के समान है, जिसकी चाल शुरू में धीमी, फिर तेज, और बाद में अत्यन्त प्रचण्ड हो जाती है, परन्तु घूमने की प्रक्रिया जारी ही रहती है। धातुक्षय होने पर अलग होने की इच्छा हो जाती है। अभिप्राय यह है कि पुरुषों को सम्भोगान्त में और स्त्रियों को सम्पूर्ण काल में आनन्द मिलता है। परन्तु वे मन्दवेगी पुरुष को पसन्द नहीं करतीं। कारण उनकी योनि में जो मीठी खाज उत्पन्न होती है उसको मिटाने से ही उनकी तृप्ति होती है। इससे जो चण्डवेगी पुरुष होते हैं, प्रायः स्त्रियाँ उन्हें अधिक पसन्द करती हैं। परन्तु युक्ति से विषम सम्भोग को सम्पूर्ण आनन्दप्रद बनाया जा सकता है। युक्ति से सम्भोग में रस, रति, प्रीति-भाव, राग, वेग और समाप्ति ठीक तौर पर सम्पन्न की जा सकती है। वात्स्यायन कहते हैं कि प्रीति चार प्रकार से उत्पन्न होती है—अभ्यास से, विचार से, स्मरण से और विषयों से।

हमने पहले कहा है कि इस क्रिया में पुरुष का प्रमुख भाग होता है, परन्तु स्त्रियों को भी उसमें सहायक होना चाहिए। यदि वे इस समय अचेतन की तरह गिरी रहीं तो उसमें दोनों की हानि है। पुरुषेन्द्रिय के स्त्री की योनि में प्रवेश होने पर दोनों के घर्षण से उत्तरोत्तर उद्दीपन बढ़ता है। वीर्यपात होने पर पुरुष की तृप्ति हो जाती है। उसी समय या उससे कुछ सेकण्ड बाद या पहले स्त्री की तृप्ति होने पर ही वह समागम सफल कहा जा सकता है। परन्तु यह सफलता कितनी ही बातों पर निर्भर है। प्रथम तो सहवास की पूरी-पूरी तैयारी होना ज़रूरी है, फिर योनि-मार्ग की और इन्द्रिय की समान नाप-तौल, उपयुक्त घर्षण, यह सब आनन्दवर्धन में सहायक है। यदि स्त्री-योनिमार्ग शिथिल भी हो तो भी उत्तेजना से वह कम हो जायेगा, इससे स्त्री का उद्दीपन पुरुष के ही लाभ के लिए है। स्त्री-पुरुष जब दोनों का अत्यन्त उद्दीपन होगा तभी योनिमार्ग तथा जघनों के स्नायुओं का ऐच्छिक या अनैच्छिक गति से रतिक्रिया होने पर अधिक सुखकर हो सकेगा। प्रायः स्त्री-पुरुष कामक्रीड़ा से अनभिज्ञ रहने के कारण प्रथम समागम में ही बहुत-सी गड़बड़ी कर डालते हैं। ऐसी दशा में पुरुषों को ही सावधान रहना चाहिए। पुरुष समागम को बढ़ा नहीं सकता; हाँ, अनुभवी स्त्रियाँ घटा-बढ़ा सकती हैं। इसलिए समागम-काल दोनों की इच्छा पर निर्भर है। वीर्यपात का प्रभाव स्त्री के मस्तिष्क पर पहुँचने में एक सेकिण्ड भी नहीं लगता। योनि-लिंग और योनिमार्ग को भी स्पर्श ज्ञान होता है, पर वह भिन्न प्रकार का होता है। समागम के समय योनि-लिंग और लिंगेन्द्रिय इन दोनों का ही घर्षण होता है, पर यदि योनिलिंग ऊपर की ओर अधिक हटा हुआ हो तो उसका स्पर्श नहीं हो पाता, परन्तु इसका घर्षण यदि न भी हो तो भी कामतृप्ति की प्रक्रिया में कोई बाधा नहीं पहुँचती। इस कमी की पूर्ति आसनों से करनी पड़ती है। वीर्यस्खलन

एक बार जहाँ होने को हुआ, वह फिर नहीं रोका जा सकता, उसके रोकने के सब प्रयत्न व्यर्थ हैं। वीर्य-स्खलन के साथ ही पुरुष की कामचेष्टा भी शान्त हो जाती है, पर स्त्री की काम-तृप्ति के बाद भी उद्दीपन अवस्था शमन नहीं होती, उसमें कुछ देर लगती है। हाँ, पुरुष के वीर्यपात से उसमें मदद अवश्य मिलती है। जो स्त्रियाँ अत्यन्त उत्तेजित होती हैं, उनकी तृप्ति पुरुष के स्खलन के पहले कई बार हो चुकती है। कोई-कोई स्त्री तो वीर्य-स्पर्श से ही तृप्त हो जाती है, पर कोई-कोई पुरुष के अन्तिम धक्के से ही तृप्त होती है। आम तौर पर पुरुष स्त्रियों की कामतृप्ति के नियमों को नहीं जानते। उनके साथ समागम करने से स्त्रियाँ पागल-सी हो जाती हैं, उनका स्वास्थ्य खराब हो जाता है और दिमाग कमज़ोर हो जाता है। ऐसी अवस्था में स्त्रियाँ प्रायः स्वसम्भोग करती हैं। ईसाई धर्मगुरुओं ने भी उन्हें इसकी आज्ञा दी है। ध्यान करने योग्य बात यह है कि कामपूर्ति के समय स्त्री की योनि से कोई वीर्य की जाति की चीज़ नहीं निकलती, हाँ, स्त्री के गर्भाशय में इससे एक प्रकार की गति अवश्य उत्पन्न होती है। गर्भाशय का मुँह कई बार खुलता और बन्द होता है और वीर्य-जन्तु को भीतर ले जाकर बन्द हो जाता है। पर यह स्त्री के उद्दीपन होने पर ही सम्भव है अर्थात् स्त्री की कामपूर्ति होने पर ही गर्भधारण कर सकती है।

पद्मश्री कहते हैं कि स्त्री को पति के लिए ऐसा आचरण करना चाहिए—स्नान कर, बाल सँवार, फ़ैशनेबल शृंगार कर, ज़रा-ज़रा अंग दिखाती, कभी छिपाती, कुछ डरती, कुछ लजाती, कुछ मुस्काती सी स्वामी के निकट आवे। जब पति उसका हाथ पकड़कर खींचे तो डरकर अंग-संकोच करे, पर पीछे अपने पति को अर्पण कर दे। पति जिन अंगों को देखना चाहे देखने दे, छूना चाहे तो छूने दे, नखक्षत और दन्तक्षत करना चाहे वह करने दे; पहले उन अंगों को दूर हटा ले, पीछे उद्वेग के साथ समर्पण कर दे। मर्दन करने पर शब्द करे, दन्ताघात पर व्यथा के साथ हुंकार करे, नखक्षत तथा गाल और स्तन पर आघात होने पर सीत्कार करे। पसीने से तरबतर होकर, शान्त होकर मन्द-मन्द कराहती हुई श्वास-प्रश्वास खींचे, रोमांच हो, इससे सुरतवर्द्धन होता है। 'मुझे इतना न सताओ' ऐसा गद्गद कण्ठ से कहे, मौका देखकर प्रतिकूलता, अनुराग, प्रौढ़ता और लाचारी या मान प्रकट करे। आवेग होने पर या आवेग बढ़ने पर, धीरता, विजय-भंग, अश्लीलता आदि का व्यवहार करे। जब सुरत हो जाए तो मुग्ध हो शिथिल हो जाए, आँखें बन्द कर ले तो पुरुष उस पर मुग्ध होता है।

कुछ लोग कृत्रिम रीति से समागम के समय को बढ़ाना चाहते हैं। परन्तु यह सर्वथा व्यर्थ है। वास्तव में इससे कोई लाभ नहीं है। सम्भोग के पहले, सम्भोग की तैयारी में चाहे जितना भी समय लगा दिया जाए, वह तो दूसरी बात है, पर सम्भोग प्रारम्भ होने पर यह सम्भव और उचित नहीं है। कुछ काम-शास्त्रियों की राय है कि

इन्द्रिय-प्रवेश करके पुरुष को अपना ध्यान इधर-उधर करके चुप पड़ा रहना चाहिए, जिससे वीर्यपात में देर हो। यूनानी पद्धति यह है कि सम्भोग के समय गुदा और लिंगेन्द्रिय के बीच की वीर्यवाहिनी नाड़ी को पैर की एड़ी अथवा हाथ से दबा देने से वीर्य लौट जाता है और सम्भोग में देर लगती है। पर वास्तव में यदि पुरुष मन्दकाम नहीं है, तो यह कार्य अवश्य ही उसकी मज्जा-तन्तु पर बुरा प्रभाव डालेंगे और सच्चे आनन्द और उत्साह में बाधा पड़ेगी। यह एक साधारण बात है कि चाहे स्त्री हो या पुरुष, जब तक उनकी जननेन्द्रिय पूर्ण वृद्धि को प्राप्त नहीं कर लेती, उसमें समागम की इच्छा नहीं उत्पन्न होती। समागम सम्भव भी नहीं होता। यदि स्त्री की वृद्धि अधूरी होती है तो उसके आनन्द में कमी रह जाती है। स्त्री-पुरुषों की गुप्तेन्द्रियाँ यदि सम हुई तो भी आनन्द में कमी रहेगी। ऐसी अवस्था में युक्ति से भिन्न आसनों के द्वारा स्त्री-पुरुष आनन्दलाभ कर सकते हैं।

सहवास में पूर्णानन्द करने के लिए छोटी योनि और दृढ़ लिंग की आवश्यकता है। पुराने लोगों का कहना है कि जिन स्त्रियों के पैर छोटे होंगे उन्हीं की योनि छोटी होगी, और पुरुष की जितनी नाक बड़ी होगी उतना ही बड़ा उसका लिंग होगा। मिस्र में स्त्रियों के तीन विभाग उसकी योनि के माप के आधार पर किए गए हैं। प्रथम वह जिसके प्रथम सम्भोग में आसानी से पर्दा फट जाए और बहुत थोड़ा रक्त उसमें से निकले और एक लम्बी दरार बन जाए। दूसरी वह, जिसका पर्दा बिल्कुल बन्द हो, पर आसानी से साधारण धक्के से अंगूर की तरह फट जाए। तीसरी जाति की स्त्री का पर्दा बहुत मोटा और बड़ा होता है तथा बड़ी कठिनाई से फटता है, रक्त भी अधिक निकलता है। ये स्त्रियाँ प्रायः दूसरी स्त्रियों या पुरुषों से अंगुली से पर्दा तुड़वाती हैं, और उनकी योनि की आकृति खराब हो जाती है। बोसीनिया के एक पादरी ने जिसकी स्त्री ने उस पर यह इल्ज़ाम लगाया था कि वह इगलामबाज है तो पादरी ने अपनी स्त्री के गुप्तांग के विषय में कहा था कि उसमें एक बत्तख और दो जर्मन बिल्लियाँ जा सकती हैं। बालकन जाति की स्त्रियाँ योनि को संकुचित करने के लिए बचपन से ही फिटकरी का प्रयोग करती हैं। पोपिया, जो रोम के मशहूर बादशाह नीरो की बीवी थी और जिसके पहले 5-6 पति रह चुके थे, की गुप्त पुस्तक से पता चलता है कि योनि को कुमारी की भाँति संकुचित रखने के लिए एक प्रयोग काम में लाया जाता था कि मद्य में थोड़ा Benzoete मिलाकर एक प्रकार का दूध का-सा द्रव बना लेते थे उससे योनि-मार्ग धोते थे। बाद में उसे साफ फलालेन से सुखा लिया जाता था। वात्स्यायन ऋषि ने योनि-संकोच के अनेकों प्रयोग दिए हैं अन्य आचार्यों ने भी ऐसे प्रयोग दिए हैं जिन्हें हम अन्यत्र लिखेंगे।

जिस प्रकार स्त्रियाँ योनि को सदैव संकुचित रखने के लिए सचेष्ट रहती हैं, उसी प्रकार पुरुष अपनी इन्द्रिय को दृढ़ और बड़ी बनाना पसन्द करता है। अरब

लोगों में इसी अभिप्राय से प्राचीन काल से ऐसी प्रथा है कि वे बचपन से ही पेशाब करने के बाद पत्थर या रेत से लिंगेन्द्रिय को रगड़ते थे।

यौवनावस्था में युवक और युवती के शरीर में जो आश्चर्यजनक विकास और परिवर्तन दीख पड़ते हैं उनका एकमात्र कारण ग्रन्थियों का अन्तःस्राव है। कपूर की ग्रंथियां शिश्न के मूल के समीप दोनों ओर होती हैं। जब काम-भाव अति प्रबल रूप में होता है, तब शिश्ननालिका द्वारा इस ग्रन्थि से स्राव होने लगता है। यह स्राव बिल्कुल स्वाभाविक है। परन्तु कुछ अज्ञानी लोग इसे शुक्र समझकर इसे एक प्रकार का रोग समझने लगते हैं। यह द्रव बिल्कुल सफेद होता है और अण्डे की सफेदी से बहुत कुछ मिलता-जुलता होता है। इसी प्रकार प्रोस्टेट ग्रन्थि का कामवासना से घनिष्ठ सम्बन्ध है। जब कामोत्तेजना होती है, तब वीर्य के साथ मिलकर इस ग्रन्थि का रस बाहर निकलता है। शुक्र-कोष से स्राव लगातार होता रहता है। इसका काम वासना से सीधा सम्पर्क नहीं है। हाँ, जब-जब सम्भोग के समय वीर्य शिश्ननालिका द्वारा त्याग किया जाता है, तब यह बाहर निकल जाता है। सम्भोग के समय जो वीर्य-त्याग किया जाता है उसमें तीन ग्रन्थियों के स्राव का सम्मिश्रण होता है—अण्डकोष की ग्रन्थियों के स्राव का, शुक्र-कोष की ग्रन्थियों का तथा प्रोस्टेट ग्रन्थि का स्राव। इन समस्त ग्रन्थियों के यथावत् कार्य करने पर ही पुरुष के शरीर में ओज और वीर्य का उत्पादन होता है। इनके अन्तःस्राव से शरीर बलवान, तेजस्वी, पुष्ट और शक्तिशाली बनता है। यूरोप की अनेकों रसायनशालाओं में जो अन्वेषण किए गए हैं, उनसे यह प्रमाणित हो चुका है कि पुरुष के अण्ड और स्त्री की डिम्बग्रन्थियाँ एक ऐसा द्रव्य उत्पन्न करते हैं, जो रक्त के साथ मिलकर शरीर के प्रत्येक भाग में प्रवाहित होता है, और वह युवक-युवती के शरीर के विकास में आश्चर्यजनक जादू का-सा प्रभाव डालता है।

पुरुष के वीर्य-कोष से दो प्रकार की स्नायु-प्रणालियाँ मिलती हैं। एक स्नायु-प्रणाली मेरु-दण्ड की ओर जाती है, जिसके द्वारा मस्तिष्क को जननेन्द्रिय की दशा का ज्ञान होता है, और दूसरी स्नायु प्रणाली अन्य दूसरे प्रकार की प्रवृत्तियों की सूचना देती है। अतः जब शुक्र-कोष पर आन्तरिक या बाह्य दबाव पड़ता है, तो स्नायुमण्डल में उत्तेजना पैदा हो जाती है। मेरुदंड में यह स्नायुमण्डल स्थित है। शुक्र कोष में दबाव या तो उनके अत्यधिक शुक्रद्रव भर जाने से होता है अथवा शुक्रकोष पर मलाशय या मूत्राशय के भरे रहने के कारण दबाव से उत्तेजना हो जाती है। जब पुरुष पीठ के बल सो रहा हो तब इस प्रकार की उत्तेजना का अनुभव स्वाभाविक बात है। स्त्री-शरीर से डिम्ब-ग्रन्थियाँ और पुरुष शरीर से अण्ड निकाल दिए जाएँ, फिर उनके सामने कामोत्तेजक वस्तुएँ उपस्थित की जाएँ, तो वे कदापि कामोत्तेजना का अनुभव नहीं कर सकेंगे। वही अल्प समय अत्यधिक शक्तिप्रद समय है, जब सम्भोग के समय

उत्पन्न विद्युत् के संघर्षणों और आकर्षण द्वारा जीवनदायिनी शक्तियाँ और द्रव जननेन्द्रियों से विलग होते हैं। यह ऐसा समय है जिसे प्रकृति देवी ने मानसिक शक्तियों को उत्तेजित करने और उनको क्रियाशीलता प्रदान करने के लिए सबसे उत्तम बनाया है।

सम्भोग का सबसे उत्कृष्ट और आत्मिक उद्देश्य है—पति-पत्नी की अन्तरात्मा में आध्यात्मिकता, मानव-प्रेम और परोपकार तथा उदात्त भावनाओं का विकास। यथार्थ में काम-सेवन का वास्तविक सुख तीन भावों पर निर्भर है—(1) सम्भोग, सन्तानोत्पत्ति, जननेन्द्रिय तथा काम-सम्बन्धी समस्याओं के प्रति आदर्शात्मक भाव। (2) मनुष्य जाति का उत्तरदायित्व। (3) सहचर या सहचरी के लिए श्रद्धा, उच्च भाव और उसके हित की कामना। दाम्पत्य आनन्द की प्राप्ति के लिए दाम्पत्य प्रेम सबसे वांछनीय है। दाम्पत्य प्रेम के बिना विवाह विफल होता है। दम्पतियों में परस्पर कलह, सम्बन्ध-विच्छेद, गुप्त व्यभिचार, वेश्यावृत्ति, नारी-अपहरण, अप्राकृतिक सम्बन्ध इत्यादि अनेकों दुष्परिणाम, दाम्पत्य प्रेम के अभाव में देखने में आते हैं। पवित्र दाम्पत्य प्रेम का सबसे अधिक सुखद और जीवनप्रद परिणाम तो यह होता है कि पति और पत्नी एकपत्नीव्रत और एकपतिव्रत का पूरी तरह पालन करते हैं। पति-पत्नी के इस धार्मिक और सामाजिक नियम के उल्लंघन करने में उनकी व्यभिचार-प्रवृत्ति अधिक उत्तरदायिनी होती है। जिन दम्पतियों का जीवन काम-दृष्टि से पूर्णतया सुखी है और वे परस्पर सन्तुष्ट हैं तो वे अपने जीवन में एकपत्नीव्रत या एकपतिव्रत को भंग करने की कल्पना नहीं कर सकते।

सम्भोग के लिए काम-विज्ञान वेत्ताओं ने यही विधान किया है कि सम्भोग साप्ताहिक, मासिक, पाक्षिक किया जाए। पति या पत्नी रोगी अवस्था में है, तो स्वाभाविक रूप से संयम का पालन करना चाहिए। पत्नी के रजोदर्शन (मासिक धर्म) के समय तो पति को उसके शरीर का काम-भाव से स्पर्श तक भी नहीं करना चाहिए। पत्नी को भी इस समय अति संयम से सदाचार का पालन करना उचित है। इस समय पत्नी की कामवासना अति तीव्र होती है, इसलिए मासिक धर्म के समय जहाँ तक हो सके, पति-पत्नी को परस्पर शारीरिक स्पर्श और आलिंगन से बचना चाहिए। रजस्वला स्त्री के साथ सहवास करने से जननेन्द्रिय सम्बन्धी भयंकर रोग हो जाने की पूरी सम्भावना रहती है। पत्नी के गर्भ-काल के समय भी पति को संयम का पालन अनिवार्यरूप से करना चाहिए। गर्भावस्था में मैथुन करने से पत्नी के स्वास्थ्य को हानि ही नहीं पहुँचती, प्रत्युत बहुतेरे अवसरों पर उसे जीवन से हाथ धोने पड़ते हैं और भावी सन्तति का जीवन भी खतरे में रहता है।

सम्भोग में बाधाएँ

स‌म्भोग में कुछ बाधाएँ आ जाया करती हैं, जो थोड़ी बहुत युक्ति से टाली जा सकती हैं। ये बाधाएँ कभी-कभी तो शुरू में उठ खड़ी होती हैं और कभी-कभी कुछ दिन बाद पैदा हो जाती हैं जिससे सम्भोग-क्रिया न सिर्फ निरानन्दमय हो जाती है, प्रत्युत कभी-कभी कष्टकर भी हो जाती है। पर ज़्यादातर ऐसी ही स्त्रियाँ अधिक हैं जो प्रारम्भ से ही बाधाओं का शिकार बनती हैं। प्रायः ऐसी स्त्री को जब तक प्रथम प्रसव न हो जाए, समागम में कोई आनन्द ही नहीं आता। प्रसव के बाद उसकी बाधाएं दूर हो जाती हैं। परन्तु कुछ स्त्रियाँ प्रथम प्रसव के बाद भी उसी स्थिति में रहती हैं। ऐसे मामले खास तौर पर तब होते हैं, जब किसी प्रकार के दबाव के कारण ऐसे स्त्री-पुरुषों में सम्बन्ध होता है जो परस्पर प्रेम न करते हों। इन बाधाओं में स्त्रियों की मनोवृत्ति प्रधान है। प्रथम समागम में पुरुष ने अधिक कड़ाई या उद्दण्डता का व्यवहार यदि किया तो भी स्त्री पर इसका बुरा प्रभाव होता है। योनिमार्ग बहुत छोटा हो और लिंग बहुत बड़ा हो अथवा योनिमार्ग या योनिमुख टेढ़ा हो, तो भी सम्भोग में बाधाएँ आती हैं। पीछे जो बाधाएँ हो जाती हैं, वे आकस्मातिक हैं जैसे योनिमार्ग में सूजन या घावों का उत्पन्न हो जाना आदि या उसके बगल में कोई रसौली या फोड़ा उत्पन्न हो जाना। यह सारे दोष लगभग साधारण शल्य-क्रिया से दूर किए जा सकते हैं, परन्तु गुप्तेन्द्रियों की विषमता का प्रश्न टेढ़ा अटक जाता है। प्रसव से प्रथम कभी-कभी योनिमार्ग असहनशील होता है, अर्थात् स्पर्श को सह नहीं सकता और उसके मुँह पर के गोल स्नायु के संकोचन के कारण दर्द पैदा होने की शिकायत बनी रहती है। ऐसी शिकायत प्रायः मजबूत शरीर की स्त्रियों में रहती है। इन स्त्रियों के मज्जातन्तु अधिक संवेदनशील होते हैं और उन पर काबू न रखने के कारण उनका अत्यन्त संकोच हो जाने से धक्के से दर्द हो जाता है। कुमारियों के प्रथम समागम के समय जब परदा फटता है तो वहाँ एक जख्म हो जाता है।

वह पूरी तौर पर पुर नहीं पाता कि फिर सम्भोग करना पड़ता है, इससे जख्म फिर असहनशील हो जाता है और ज़रा-सा स्पर्श भी उसके लिए असह्य हो जाता है।

प्रसव-काल के समय होने वाले जख्मों के बने रहने पर भी यही दशा होती है। आतशक रोग का योनि में प्रभाव हो या दाद, एक्ज़िमा या कोई रोग हो या भगन्दर का रोग हो, तो भी सम्भोग स्त्री के लिए कष्टकर हो जाता है। अनिच्छापूर्वक बलात्कार से योनि-मार्ग के स्नायु संकुचित हो जाने से योनि की सहनशीलता कम हो जाती है और कामोद्दीपन नहीं होता। पुरुष के प्रति द्वेष-भाव रखने पर उसके छूते ही स्त्री के समस्त स्नायु सिकुड़ जाते हैं, इससे वह स्पर्श सहन नहीं कर सकती। इन कारणों को यदि दूर न किया जाए तो बन्ध्याभाव पैदा होता है और परस्पर स्त्री-पुरुषों में द्वेष-भावना उत्पन्न होती है। समागम में यदि कष्ट हो और कोई कारण प्रतीत न हो तो गर्म जल में कमर और जाँघ डुबाकर बैठना अच्छा है। पुरुषों की लिंगेन्द्रिय में भी ऐसे दोष होते हैं जिनसे सम्भोग कष्टकर हो जाता है। यदि इन्द्रिय टेढ़ी या उसमें पर्दा ठीक तौर से उलटता न हो, तो सम्भोग में बाधा आती है। चमड़ी कटवाई जा सकती है, और इन्द्रिय भी सीधी की जा सकती है, जिसका प्रयोग हम अन्यत्र लिखेंगे।

सम्भोग के बाद

स**म्भोग की समाप्ति के बाद का क्षण अत्यन्त महत्त्वपूर्ण है। वीर्यपात होते ही शुरू होने वाले समय का प्रभाव पति-पत्नी के गृहस्थ जीवन पर बहुत पड़ता है। परन्तु इस बात को आमतौर पर लोग नहीं जानते। सहवास के बाद ही स्त्री-पुरुषों की, खासकर पुरुषों की उत्तेजना नष्ट हो जाती है और दोनों तत्काल अलग-अलग होकर उठ खड़े होते हैं। उनके मन में ये भाव होते हैं, मानो वे कोई कुकर्म कर चुके होते हैं या कोई गन्दा काम कर चुके होते हैं। उनके मन थकान और ग्लानि से भरे होते हैं। सम्भोग के बाद एक ऐसी उदासी उनमें पैदा हो जाती है जो कभी-कभी देर तक चलती रहती है। कुछ दिन बाद इसका परिणाम यह होता है कि पति-पत्नी का प्रेम-सम्बन्ध ढीला हो जाता है और दोनों में वह आकर्षण नहीं रहता जो उनमें प्रारम्भ में होता है। इसका कारण यह है कि स्त्री-पुरुष दोनों ही काम-वासना के अधीन होकर सम्भोग करते हैं; उनमें प्रेमावेश बहुत कम होता है। इसी से उत्तेजना नष्ट होने पर पुरुषों की रुचि पलट जाती है और उन्हें कुछ घिन भी मालूम होने लगती है और वे समझते हैं कि वे कुछ लुटा बैठे हैं। इस भावना से स्त्री-पुरुषों की गम्भीर प्रेम-भावना में कीड़ा लग जाता है। स्त्री के सम्मान में भी कमी आ जाती है। आमतौर पर यह सुना जाता है कि विवाह के बाद स्त्री-पुरुषों में परस्पर वह आकर्षण और प्रेम-भावना नहीं रही जो शुरू में थी, अन्यथा पुरुष उस स्त्री की उपेक्षा करके अन्य की ओर आकर्षित हुआ है या वेश्यागामी हो जाता है। गृहस्थ जीवन में स्थिर प्रेम, स्त्री-पुरुषों की भीतरी एकता, परस्पर हर्ष की दीप्ति, ये चीज़ें हैं कि जिसे प्राप्त हो जाती हैं उसका मानव जीवन धन्य हो जाता है। और मैं यह कहना चाहता हूँ कि इस अनमोल खजाने की चाबी सम्भोग के बाद का व्यवहार है जिसका शरीर, मन और आत्मा से सीधा सम्बन्ध है। वास्तव में सम्भोग के प्रारम्भ में जितनी तैयारियाँ आवश्यक हैं और सम्भोग का प्रारम्भ जितना महत्त्वपूर्ण है उतनी ही उसकी

समाप्ति भी महत्त्वपूर्ण है। साधारण तौर पर वीर्यपात होते ही पुरुष समझ लेते हैं कि सम्भोग समाप्त हो चुका और वे झटपट अलग हो जाते हैं। उनकी लिंगेन्द्रियाँ भी सिकुड़कर छोटी हो जाती हैं। परन्तु ऐसे पति दूसरे दिन सुबह चिड़चिड़े, उदास ओर चिन्तित हो जाते हैं और उनमें किसी को अपनी ओर आकर्षित करने की योग्यता नहीं रह जाती। वह सुस्त, ढीला और निराश-सा पत्नी से प्रेमपूर्वक कुछ कहे बिना ही अपने काम पर चला जाता है।

उचित यह है कि सम्भोग के बाद स्त्री-पुरुषों को एकाएक अलग न हो जाना चाहिए। पुरुष को अपनी कोहनी और कन्धे का सहारा लेकर धीरे से तकिए पर सर टेक देना चाहिए। स्त्री-पुरुष दोनों को इस स्थिति में लेटना चाहिए कि उनके गाल परस्पर छुए रहें और वे खुली तौर पर साँस ले सकें। छाती के नीचे पड़े आराम से स्त्री के पड़ों के साथ लगे रहें। लिंग योनि में लगा रहे। योनि में वीर्य भरा रहे। यद्यपि लिंग सिकुड़ जाएगा पर योनि के होंठों से वह पकड़ा हुआ-सा रहेगा, इसी हालत में दोनों को एक नींद लेनी चाहिए। इससे उनमें एक गहरी एकता का अनुभव होगा और एक सूक्ष्म आनन्द और शक्ति की प्राप्ति होगी और अनिर्वचनीय शान्ति मिलेगी। इस काल में दोनों गुप्तेन्द्रियों में एक प्रकार की सूक्ष्म अदला-बदली होगी, क्योंकि सम्भोगकाल में जो पुरुष-वीर्य उसके साथ विविध गिल्टियों के स्राव योनि में गिरे हैं और अभी तक वहीं भरे हुए हैं और जिनका गुण क्षार होता है, इनमें बहुत सी अमूल्य चीज़ें होती हैं, जिन्हें स्त्री की योनि के चैतन्य तन्तु सोखते हैं। उसी प्रकार पुरुष लिंग के अग्रभाग की चैतन्यशील खाल जो इन स्रावों में डूबी रहती है, इन स्रावों को सोख लेती है। इस प्रकार स्त्री-पुरुष दोनों ही को इन स्रावों के गुप्तेन्द्रियों द्वारा सोखे जाने पर फायदा होता है। दोनों में उत्साह, उमंग और प्रेम का प्रकाश बढ़ता प्रतीत होता है, और चाहे जितनी अधिक आयु होने पर भी दोनों में प्रेम और आकर्षण के भाव स्थिर बने रहते हैं; चिड़चिड़ापन, गुस्सा, और उदासी पुरुष में नहीं पैदा होती। यह एक ऐसा महत्त्वपूर्ण नियम है कि इसका पालन कर लिया जाए तो पति-पत्नी सम्बन्ध अधिक स्थायी और सुखी हो जाए। विज्ञान ने भी अब यह साबित कर दिया कि पुरुष की भाँति, सम्भोग के बाद स्त्री भी कुछ ऐसे महत्त्वपूर्ण क्षार खास-खास गिल्टियों से क्षारित करती है, जो क्षार गुणवाले होते हैं और जिन्हें पुरुष की जननेन्द्रिय के आगे की झिल्ली सोख लेती है; इससे पुरुष के मस्तिष्क पर ऐसा उत्तम असर पड़ता है कि उस पर एक गहरी शान्ति और सन्तोष तथा स्त्री के प्रति तन्मयता का भाव छा जाता है। मैथुन से स्त्री-पुरुष दोनों को जीवन-शक्ति मिलती है। सम्पूर्ण सम्भोग वही है, जिसका प्रारम्भ, मध्य और समाप्ति तीनों ही परिपूर्ण हैं, जिनमें उत्तेजन प्रक्रिया और शान्तिपूर्ण वेग है।

इस गम्भीर शारीरिक एकता से ही गार्हस्थ्य का सच्चा स्वरूप उत्पन्न होता

है और इसी से सभी आध्यात्मिक सुख और भौतिक सुभीते उत्पन्न होते हैं। सन्तान का पालन-पोषण माता ही का नहीं, प्रत्युत पिता का भी काम है। जिन माता-पिताओं को परस्पर उत्कट प्रेम के कारण यह विश्वास होता है कि उसकी सन्तान उनकी प्रतिनिधि एवं उन्हीं की आत्मा का अवतार है, उन्हीं सन्तानों से माता-पिता के मानसिक और आध्यात्मिक विकास में सहायता मिलती है और इसी से गार्हस्थ्य वातावरण स्थायी हो जाता है। फिर कभी-कभी चाहे चिर रोग या कारण से पति-पत्नी सम्भोग से वंचित हो जाएँ तो भी उनके गाढ़े अनुराग में कमी नहीं आ सकती। हमने पीछे कहा है कि स्त्री पुरुष में से प्रत्येक को प्रत्येक की आवश्यकता है; यह आवश्यकता जोड़ीदार मित्र की है। वह ऐसा होना चाहिए जो प्रत्येक दिन-पर-दिन एक-दूसरे के अस्तित्व में गहरा और गहरा ही घुसता चला जाए और वे दो व्यक्ति न कहलाकर एक जोड़ा बन जाए, जिनके दो शरीर और एक आत्मा हो। दो आत्माओं का यह मिलाप जिस देश में सार्वजनिक रूप में होगा वह राष्ट्र निश्चय दृढ़ होगा। व्यक्तियों की भीतरी एकता का राष्ट्र की अंतः संगठन शक्ति पर बड़ा प्रभाव पड़ता है। मानवीय प्रेम की यही खूबी है कि वह आजन्म पति-पत्नी को एकता के सूत्र में बाँधता है। यौवन की उद्दाम लहरों पर पति-पत्नी की यह प्रेम-कथाएँ औपन्यासिक माधुर्य की एक-से-एक बढ़िया मूर्तियाँ उत्पन्न करती हैं—जीवन के प्रारम्भ में उल्लास और कोमल भावनाओं को जन्म देती है। वृद्धावस्था में गहरी शान्ति और आध्यात्मिक तृप्ति देती है। हमारे कहने का मतलब यह है कि ऊपर इस अध्याय में जो शीर्षक दिया है, वही एकपत्नीव्रत की कुँजी है, जिसका समाज और सभ्यता में ह्रास होता चला जाता है। विज्ञान अब सम्भोग-सम्बन्धी पारस्परिक तृप्ति में सहायता देने को तैयार और शरीर शास्त्र इस सम्बन्ध में बहुत कुछ कर सकने की ओर संकेत करता है। इसका बड़ा भारी मूल्य है और मनुष्यों को उससे वंचित न रहना चाहिए। उन्हें जान लेना चाहिए कि सम्भोग सामाजिक और शारीरिक दृष्टि से भी उतना ही आवश्यक है जितना सन्तानोत्पत्ति के लिए ही करना चाहिए।

डा. थार्टन, जो अमेरिका के एक काफी अनुभवी डाक्टर रहे हैं और जिन्होंने विवाहित दम्पतियों का काफी अनुभव प्राप्त किया है, कहते हैं कि सगर्भावस्था में सहवास करने से बालक के अंग विकृत होने का पूरा भय है, साथ ही उनकी जननेन्द्रियों को भी हानि पहुँचने का अन्देशा है। वह कहता है कि अमर्यादित सहवास के कारण स्त्री के ज्ञानतन्तु निर्बल हो जाते हैं, शरीर रोग का घर हो जाता है, स्वभाव चिड़चिड़ा हो जाता है और फिर वह बालकों की सम्हाल नहीं कर सकती। अगर वह परिवार गरीब वर्ग का हुआ तो उनकी पूरी सम्हाल, पोषण और सेवा असम्भव हो जाती है और बालकों को कई रोग हो जाते हैं तथा बड़े होने पर वे कुकृत्यों का शिकार हो जाते हैं। उच्चवर्गी पुरुष सन्तान-सीमाबन्ध के लिए कृत्रिम उपायों को काम में

लाते हैं। और उससे उन्हें रोगी, अनीतिवान् और कष्टभोगी होना पड़ता है। अतिशय सम्भोग के कारण पुरुष जर्जर हो जाता है और पचास वर्ष की आयु होने तक उसमें सब सांसारिक काम करने की शक्ति का क्षय हो जाता है। स्त्री-पुरुष दोनों ही में अतिरिक्त सहवास से परस्पर विरक्ति आ जाती है। गर्भावस्था में सम्भोग से यदि गर्भ का प्रारम्भ है तो गर्भच्युति का भय है और यदि गर्भ परिपक्व है तो गर्भस्थ शिशु को उन्माद रोग तक की उत्पत्ति हो सकती है। इन कारणों से उक्त डाक्टर का कहना है कि पुरुषों को उचित है कि स्त्री की इच्छा के बिना सहवास न करना चाहिए और एक बिस्तर पर स्त्री-पुरुषों को सोना भी न चाहिए।

इन्हीं डाक्टर को एक बार एक स्त्री ने पत्र लिखा था और उसका उत्तर डाक्टर ने उसे दिया था। उन दोनों पत्रों का सार महत्त्वपूर्ण होने के कारण हम यहाँ पर देते हैं—

''आपने लिखा है कि अतिशय विषय-कामना ही हमारे रोगों का मूल कारण है। परन्तु महापुरुषों में भी प्रबल विषय-कामना होती है। किन्तु इसकी वास्तविक आवश्यकता कितनी है और कल्पित कितनी तथा सिर्फ आदत पड़ जाने पर कितनी और बढ़ जाती है, इस पर विचार करने की ज़रूरत है। हेल का शिकार करने के लिए तीन वर्ष तक के लिए समुद्र में जाने वाले मल्लाहों के शरीर पर जो एक लम्बे अर्से तक स्त्री से जुदा रहते हैं, इसका क्या असर पड़ता है—यह जानने योग्य बात है। आप गर्भाधान को कृत्रिम रीतियों से रोकने को पसन्द नहीं करते। पर गर्भपात या अविवाहितों की सन्तानोत्पत्ति की अपेक्षा ये साधन सुगम और कम हानिकारक हैं। आप संयम पर ज़ोर देते हैं, पर सार्वजनिक संयम क्या शक्य है? सशक्त और उत्तम स्वास्थ्य वाले पुरुष क्या दीर्घकाल तक संयमित रह सकते हैं...?''

पत्रोत्तर में डाक्टर ने लिखा है—''भोजन के बाद सामान्य व्यक्ति दो बातें चाहता है—(1) सहवास-सुख और (2) पुरुषार्थ अर्थात् उद्योग। दोनों का परस्पर प्रभाव है। अगर पुरुष पूर्णायु प्राप्त होने से प्रथम ही अधिक सहवास में फँस जाए तो उसमें से पुरुषार्थ की भावना नष्ट हो जाएगी, अथवा परिपक्वायु में विवाह के बाद यदि सहवास किया जाएगा तो पुरुषार्थ की शक्ति मन्द पड़ जाएगी। तन्दुरुस्त और वीर्यवन्त लोगों से सहवास-सुख भोगने की इच्छा पूर्ण होती है, परन्तु यदि वे किसी पुरुषार्थ में जुट जाएं और पुरुषार्थ—कामना उनमें प्रबल हो जाए तो सहवास की कामना कम हो जाएगी। इसके बाद वह पुरुष किसी ध्येय की प्राप्ति में अपनी समग्र शक्ति तथा लगन लगा दे तो सहवास की वासना चिरकाल तक के लिए मन्द पड़ जाएगी। अब अगर वह पुरुष सद्गृहस्थ बन जाए और यथावसर पति-पत्नी कामवासना से पीड़ित हो सहवास-सुख भोगें और उससे गर्भ रहकर सन्तान-प्राप्ति हो जाए तो फिर पति-पत्नी दोनों के सिर पर सन्तान के लालन-पालन की चिन्ता और कार्यक्रम का भार आ

पड़ता है तथा और भी सन्तान होने लगती है। इससे दोनों की ही सहवास इच्छा मन्द पड़ जाती है। ऐसी अवस्था में दोनों को खूब शारीरिक परिश्रम करना चाहिए और स्त्री-पुरुष को एक बिछौने पर न सोना चाहिए। ह्वेल मछली के शिकार पर भी दीर्घकाल तक समुद्र में जाने वाले माझियों को कड़ी मेहनत करनी पड़ती है। इनसे उनमें कामवासना जाग्रत होने के बहुत कम अवसर हैं। परन्तु लौटने पर वे शून्य मस्तिष्क हो जाएँ तो संयम नहीं रख सकते और वे प्रचण्ड वेग से कामवासना में लग जाते हैं। कृत्रिम साधनों का विपरीत असर शरीर और नीति दोनों पर ही पड़ता है। कृत्रिम साधनों से गर्भ होना रोक दिया जाता है, फिर स्त्री-पुरुष का मुक्त सहवास होता है, पुरुष स्त्री से सन्तुष्ट हो जाता है और उसकी वासना मन्द पड़ जाती है। पर स्त्री इस भय से कि वह दूसरी स्त्रियों की ओर आकर्षित न हो उसे अपना गुलाम बनाये रखने के लिए उसे कृत्रिम प्रीति से उत्तेजित करती है और देर तक गर्भाधान का विरोध करते रहने से उनकी विषयेच्छा प्रबल हो जाती है और शीघ्र ही पुरुष निर्वीर्य हो जाता है। इस निर्वीर्यता को रोकने के लिए वह अनेक हास्यास्पद उद्योग करता है और अन्त में पति-पत्नी में तिरस्कार के भाव उत्पन्न हो जाते हैं। इसके सिवा स्त्रियों के कोमल मज्जा तन्तुओं पर उसका बुरा असर तो पड़ता ही है, प्रायः स्त्री का जीवन भी फीका हो जाता है।'' अन्त में डाक्टर यह सार देता है कि स्त्री-पुरुष को अति सहवास के दुष्परिणामों से बचने के लिए कृत्रिम संतान-सीमारोध के उपायों द्वारा नहीं, प्रत्युत सहवासेच्छा से पुरुषार्थेच्छा में बदलने से सफलता मिलेगी और वह सर्वथा हानि-रहित होगी।

संयम और सम्भोग

संयम या ब्रह्मचर्य हर हालत में लाभदायक है और सम्भोग हर हालत में एक निन्द्य काम है,यह विचार आम तौर पर सर्वसाधारण में फैला दीखता है। हमने खूब अच्छी तरह बता दिया है कि कामवासना शुद्ध शारीरिक उद्वेग है, मानसिक नहीं। इसलिए संयम इस सम्बन्ध में अधिक उपयोगी साबित नहीं हो सकता। केवल गर्भाधान के लिए ही सम्भोग करना चाहिए यह बात भी निरर्थक और अव्यवहार्य है। अगर संयम या ब्रह्मचर्य का यह अर्थ लगाया जाए कि सिर्फ स्त्री-पुरुष सहवास ही नहीं बल्कि, हस्तमैथुन और सम्भोग के जितने प्रकार हो सकते हैं, वे सब तथा समस्त काम-सम्बन्धी विचार, भावनाएँ तक रोकना ही संयम या ब्रह्मचर्य है तो वह केवल सम्पूर्ण नपुंसक लोगों के ही लिए सम्भव है। सारे संसार के यति, सन्यासी, मठधारी, भिक्षु, और सन्त लोग जो धार्मिक या नैतिक अनुबन्धन के कारण संयम या ब्रह्मचर्य धारण करने को विवश रहे, परीक्षणों के बाद वे सब स्वसम्भोगी प्रमाणित हुए हैं। वैज्ञानिकों ने यह भी पता लगाया है कि संयम-साधना में मानसिक और शारीरिक शक्ति का भरपूर ह्रास होता है और उसमें से मनुष्य की तरुणाई का उल्लास नष्ट होकर मनुष्य म्लान और निस्तेज हो जाता है। प्रायः लोग व्यायाम द्वारा शरीर को थकाकर संयम रखने की चेष्टा करते हैं। थकावट से थोड़ी वासना कम हो जाती है। पर साथ ही शारीरिक और मानसिक शक्ति भी कम हो जाती है। परन्तु ज्यों ही व्यायाम से शरीर स्वस्थ होगा तो कामवासना भी दृढ़ होगी। इस स्वाभाविक वासना को दबा रखने की चेष्टा में कुछ लोग सारा जीवन ही खर्च कर देते हैं। हमने नवयुवकों के कुछ उदाहरण लिए हैं। जिनका शरीर पूर्ण स्वस्थ होने के कारण समय पर कामवासना का प्रवाह उनके शरीर में बहा, परन्तु नैतिक और धार्मिक एवं सामाजिक कारणों से उन्होंने सम्भोग और दूसरे कारणों से वीर्यपात न होने दिया इससे उन्हें जितनी हानि हुई और एक प्रकार से वे जैसे अर्द्धविक्षिप्त हो गए, यह हमने देखा।

यह कहना कि ब्रह्मचर्य से किसी हालत में कोई हानि नहीं है, सरासर अवैज्ञानिक है। बाल-ब्रह्मचर्य के पालन करने के प्रयत्न में बहुत-सी मानसिक और शारीरिक शक्ति खर्च होती है तथा उसमें से तारुण्य के उल्लास का वेग नष्ट हो जाता है। जिससे मनुष्य म्लान और निस्तेज हो जाता है। यह एक बड़ा पेचीदा सवाल है कि विवाहित या अविवाहित स्त्री-को यदि किसी कारण से कामेच्छा होने पर उसकी पूर्ति में बाधा होती है तो वे सम्भोग करें या नहीं और यदि करें तो कैसे? कल्पना कीजिए एक पुरुष काम वेग में है और उसकी पत्नी बीमार या गर्भिणी एवं अन्य किसी कारण से ऐसी हालत में है कि उसके साथ पति सहवास नहीं कर सकता, अब आरोग्यता के विधान की दृष्टि से वह क्या करे? स्वसम्भोग करे जो हानिकारक है या वेश्यासम्भोग करे जो खतरनाक है, या पर-स्त्रीगमन करे जो अनीति है? इस प्रश्न का विज्ञान एक ही जवाब देगा, वह यह कि प्रकृत सम्भोग किसी भी स्त्री से करे। और वह यदि समाज-बन्धन और नीति बन्धन में बँधने की परवाह नहीं करता तो आसानी से वेश्या या किसी स्त्री से सम्भोग कर सकता है। परन्तु कठिनाई तो तब आती है जब ऐसी ही स्त्री हो और उसे सम्भोग की आवश्यकता हो, तब? डाक्टर मारिस तो साफ तौर पर कहते हैं कि यदि समागम से रोगी के अच्छा होने की आशा हो और डाक्टर सामाजिक या धार्मिक कारणों से सम्भोग की आज्ञा न दे तो वह डाक्टर-पद के योग्य नहीं है। यही डा. लेडर का कथन है। वे कहते हैं कि डाक्टर नीति का रक्षक नहीं वरन् स्वास्थ्य का रक्षक है। अब एक ऐसी स्त्री के लिए जिसका पति नपुंसक, रोगी या अन्य किसी कारण से सम्भोग-शक्ति से हीन हो और उस स्त्री को सम्भोग की आवश्यकता हो तो क्या करे? नीति, धर्म सबको त्यागकर पर-पुरुष सहवास करे या भयानक रोगों की शिकार होकर प्राण दे?

वासना कम करने के लिए ब्रोमाइड या अन्य शामक दवाइयाँ काम में लाई जाती हैं, पर इनसे न सिर्फ काम-वासना प्रत्युत शरीर की समस्त क्रियाएँ मंद पड़ जाती हैं। जो वास्तव में शरीर के लिए एक जोखिम की बात है। इन चीज़ों के लगातार लेने से शरीर की स्फूर्ति नष्ट हो जाती है। भारतवर्ष में करोड़ों विधवाएँ अत्यल्प आयु से इस भयानक विपत्ति का मुकाबला करती हैं। यौवन उदय होने के पहले से वृद्धावस्था तक उन्हें प्रचण्ड कामवासना को दमन करने का अशक्य काम करना पड़ता है; उनमें अनेक अनगिनत रोगों तथा दुर्व्यसनों में फँसकर और विकारग्रस्त होकर असमय में प्राण त्याग करती हैं।

कुछ लोग व्यायाम से संयम की चेष्टा करते हैं, पर स्मरण रहे कि यह भी सम्भव नहीं है। व्यायाम से स्वास्थ्य दृढ़ होगा और उसी के साथ कामवासना भी प्रबल होगी। स्वाभाविक कामवासना को दाब रखना ऐसा भयानक प्रयत्न है कि जो कोई इस प्रयत्न में आगे बढ़ने की मूर्खता करेगा, उसे शरीर और मन की सारी शक्ति उसी के दबाने में ही नष्ट हो जाएगी।

हमारे पास ऐसे अनेक प्रमाण हैं कि नवयुवकों को अस्वाभाविक रूप से काम विकार को दबाने से अनेक असाध्य रोगों तथा अप्राकृत चेष्टाओं का शिकार होना पड़ा। कब्ज़, धातुदौर्बल्य, सिरदर्द, मिरगी, मन्दबुद्धि, रक्त-विकार, उन्माद आदि रोग बलात् ब्रह्मचर्य-धारण के प्रमाण हैं। प्रायः ऐसे युवक फिर पढ़ नहीं सकते और अकारण उदास रहने लगते हैं। उनके मिज़ाज चिड़चिड़े हो जाते हैं तथा दुष्टता उनके स्वभाव में उत्पन्न हो जाती है। ऐसे युवकों का यदि तुरन्त विवाह कर दिया जाए तो उन्हें आशातीत लाभ होता है। यही हाल लड़कियों और युवतियों का भी है।

एक लड़की निहायत खुशमिज़ाज और तन्दुरुस्त थी। उसका विवाह एक चालीस साल के पक्की उम्र के आदमी के साथ हुआ, जिसकी सम्भोग शक्ति शीघ्र ही शिथिल हो गई ओर वह पूर्णतया उस स्त्री को सन्तुष्ट न कर सकता था। वह स्त्री चिड़चिड़े स्वभाव की हो गई, खासकर ऋतुकाल के अवसरों पर उसके मन की हालत बहुत खराब हो जाया करती थी और ज्यों ही वह सम्भोग करती कि ठीक हो जाती थी, परन्तु पति के अशक्त होने से दिन-पर-दिन उसकी हालत खराब होती गई। उसके मज्जातन्तु बिगड़ गए और अन्त में वह हिस्टीरिया की शिकार हो गई।

सारांश यह है कि जब तक शरीर की पूर्ण वृद्धि नहीं होती तभी तक ब्रह्मचर्य से लाभ होता है, पर इसके बाद ब्रह्मचर्य सर्वसाधारण के पालन की चीज़ नहीं। हमने बताया कि कैथोलिक सम्प्रदाय के ईसाईयों के हठात् ब्रह्मचर्य-पालन के उदाहरण कितने असफल हैं। उनमें से बहुतों को अपनी जननेन्द्रियाँ तक काट डालनी पड़ी हैं। लूथर का कहना है कि भूख-प्यास की तरह मनुष्य को कामवासना भी होती है और वह तन्दुरुस्ती की एक निशानी है। प्राचीन विद्वानों का यह विचार था कि यदि वीर्य शरीर के बाहर न निकाल दिया जाय तो वह रक्त में मिलकर शरीर के तेज को बढ़ाता है, पर आधुनिक विज्ञान ने यह साबित कर दिया है कि यह सिद्धान्त गलत और असम्भव है। वास्तव में वीर्य अगर शरीर में रह जाएगा तो वह मलमूत्र के साथ मिलकर शरीर से बाहर हो जायगा और उससे मनुष्य को कुछ भी लाभ नहीं पहुँचेगा। डा. लाक का कहना है कि यह कल्पना बिल्कुल थोथी है। और इसके कहने वाले या तो मूर्ख हैं या बदमाश। हाँ, जिनकी कामवासना मन्द होगी उन्हें भले ही ब्रह्मचर्य से कष्ट न हो, परन्तु उत्साही पुरुष को अवश्य ही उससे कष्ट होगा तथा हानि भी होगी। बहुधा देखा जाता है कि अधिक दिनों तक ब्रह्मचर्य रखने के बाद अतिरिक्त सम्भोग किया जाता है तब कामवासना असह्य हो उठती है और उसी में उसका अन्त भी हो जाता है। एक विद्वान जो प्रसिद्ध साहित्यिक थे तीस वर्ष की आयु तक ब्रह्मचारी रहे। इसके बाद उन्होंने विवाह किया फिर उन्होंने इतना सहवास किया कि उनकी तन्दुरुस्ती खराब हो गई, नींद कम आने लगी, रक्त का दबाब इतना बढ़ गया और वे जल्दी ही मर गए। बहुधा देखा गया है कि ऐसे नवयुवक जिनमें

ब्रह्मचर्य-धारण की रुचि तो हो गई, पर वासना को दमन करने में असमर्थ रहे हैं स्वप्नदोष के शिकार हो जाते हैं।

हाथ-पाँव जलना, नींद न आना, कब्ज़ रहना या दस्त लगना, बीजकोष में दर्द होना, स्वप्नदोष या दुःस्वप्न यह हठात् ब्रह्मचर्य धारण करने के लक्षण हैं। कुछ ऐसे उदाहरण दिए जाते हैं जो ब्रह्मचर्य में रहने के कारण अत्यन्त स्वस्थ और बलवान रहे हैं।

कुछ लोगों का ख्याल है कि स्त्रियों में काम-वासना की अपेक्षा सन्तान-प्राप्ति की इच्छा अधिक प्रबल होती है। परन्तु यह विचार ठीक नहीं है। लूथर का कहना है कि स्त्रियों को अन्न-जल की अथवा नींद की जितनी ज़रूरत है उतनी ही सम्भोग की भी है। परन्तु सामाजिक बन्धन के कारण स्त्रियों की कामवासना पर अधिक दबाव रहता है। शुरू में ब्रह्मचर्य से स्त्रियों को वैसा कष्ट नहीं होता जैसा कि पुरुषों को होता है। पर आगे चलकर उन पर भी वैसा ही असर पड़ता है। इस काल में यदि उन्हें सम्भोग-प्राप्ति न हुई तो जो भी आदमी उनके सामने आए उसी के प्रति उनका काम जागृत हो जाता है और यदि उन्हें वासनातृप्ति का समय नहीं मिलता तो वे पागल हो जाती हैं। इसलिए जब तक तन्दुरुस्ती ठीक है, शरीर में काफी वीर्य उत्पन्न होता है, तब तक चाहे जिस कारण से भी वीर्य रोकने की चेष्टा करना व्यर्थ है। वह किसी-न-किसी रीति से अवश्य निकल जाता है। डा. रॉबिन्सन कहते हैं कि एक स्त्री जिसकी आयु 36 वर्ष की थी, उसे कामोन्माद हुआ था, वह लगातार काम सम्बन्धी अश्लील बातें एक जुबान से दिन-रात बका करती थी। कुछ लोग कहते हैं कि नाटक-सिनेमा देखने से, उपन्यास पढ़ने से और काम-सम्बन्धी बातें सुनने से युवक-युवतियों में कामवासना भड़क उठती है। उन्हें इन चीज़ों की छूत से बचा रखना सम्भव नहीं है। अगर आप किसी लड़के या लड़की को बाहरी वातावरण से बचाकर रखें, उसे स्त्री-पुरुष का भेद भी न बताया जाय, तो भी समय पर उसमें तीव्र कामेच्छा उत्पन्न होगी ही। ब्रह्मचर्य के उपदेष्टा युवकों को नंगे पैर चलने, ठण्डी ज़मीन पर खड़ा रहने, व्यायाम करने, तख्त पर या ज़मीन पर सोने के आदेश देते हैं; परन्तु हमने खूब ध्यान से देखा है कि इन सबका उल्टा ही परिणाम हुआ है। खासकर व्यायाम से रक्त का वेग अच्छा होने से काम-वासना और भी बढ़ जाती है। हाँ, पहलवान लोग प्रायः नपुंसक हो जाते हैं क्योंकि वे भयानक रीति से कसकर बीजकोषों तथा गुप्तेन्द्रिय को बाँध रखते हैं। जहाँ तक हमने खोज की है ऐसे बहुत कम आदमी मिलते हैं जिन्होंने पूर्ण स्वस्थ होने पर भी 10 या 20 वर्ष तक ब्रह्मचर्य पूर्णरूप से धारण किया हो और उनकी तन्दुरुस्ती पूर्णरूप से कायम रही हो।

यह बात अस्वीकार नहीं की जा सकती कि कुछ परिस्थितियाँ हैं जबकि साल भर या 6 महीने के लिए अथवा जन्मभर तक के लिए ब्रह्मचर्य रखना लाभदायक

हो सकता है, पर वह खास-खास हालातों में खास-खास रोगियों के लिए, न कि पूर्ण स्वस्थ बलवान लोगों के लिए आम नियम बन जाना चाहिए। इसके निर्णय का अधिकार नीति के उपदेशक एवं धर्म-गुरुओं को नहीं है, प्रत्युत चिकित्सकों को है। स्वर्गप्राप्ति, मुक्ति या धर्मलाभ के लिए ब्रह्मचर्य की आवश्यकता नहीं है। प्रत्युत ब्रह्मचर्य की आवश्यकता स्वास्थ्यलाभ के लिए है। इसलिए यदि चिकित्सक का यह मत है कि ब्रह्मचर्य से लाभ होगा तो जितनी अवधि तक वह कहे ब्रह्मचर्य धारण करना चाहिए और यदि वह यह राय दे कि ब्रह्मचर्य धारण करना उसके स्वास्थ्य के लिए खतरनाक है तो उसे निःशंक ब्रह्मचर्य भंग कर डालना चाहिए। हम यह दृढ़तापूर्वक कहते हैं कि हस्तमैथुन और अप्राकृतिक सम्भोग ब्रह्मचर्य के कारण ही फैलते हैं। जो लोग समाज और नीति के भय से ब्रह्मचर्य धारण करते हैं परन्तु कामवेग सहन नहीं कर सकते, वे स्वसम्भोग में डूब जाते हैं। इसके सिवा नपुंसक होने का मूल कारण भी ब्रह्मचर्य का हठात् पालन करना है। अधिक समागम करने से भी नपुंसकता पैदा हो जाती है पर इतनी भयानकता से नहीं जितनी ब्रह्मचर्य से। बड़ी आयु में सम्भोगेच्छा होने पर भी विवश होकर जिन्हें ब्रह्मचर्य धारण करना पड़ता है, उनके प्रोस्टेड ग्लेण्ड फूल जाते हैं, उन्हें बार-बार पेशाब आने लगता है। बीजकोष सूज जाते हैं। उनमें दर्द होने लगता है, पीठ में दर्द उठता है, तथा बदहज़्मी और मलावरोध होता है। मुँह और पीठ पर फुन्सियाँ हो जाती हैं, स्मरणशक्ति और नींद नष्ट हो जाती है। और ऐसे लोगों से सच पूछा जाय तो कोई दवा फायदा नहीं करती। बर्लिन के डाक्टर इवानल्वाक का कहना है कि शरीर-विज्ञान की बातें आमतौर पर सब लोग नहीं जानते। लोग आत्मा के सम्बन्ध में बड़ी-बड़ी बातें सुनते रहते हैं, इससे शरीर की अपेक्षा आत्मा की भलाई की ओर लोगों की दृष्टि अधिक जाती है और इसी लिए ब्रह्मचर्य पालन करने की चेष्टा में अपने शरीर को नष्ट कर डालते हैं, यहाँ तक कि नवविवाहिता पत्नी तक को त्याग देते हैं। उन्हें यह विश्वास हो जाता है कि सम्भोग करना पाप है। इसलिए हमारा कथन यह है कि 15-16 वर्ष तक स्त्री और 18-20 वर्ष तक पुरुष ब्रह्मचर्य धारण करें तो अच्छा है। ब्रह्मचर्य-पालन की सम्भावना ब्रह्मचर्य धारण करने से प्रथम ही है, बाद में वह कठिन हो जाती है। हाँ यदि किसी को गर्मी, सुजाक, कोढ़ या ऐसी ही कोई छूत की बीमारी हो तो उन्हें जनन रोकने के लिए ब्रह्मचर्य रखना चाहिए और यदि यह सम्भव न हो तो उन्हें नपुंसक बना देना चाहिए।

बलात् ब्रह्मचर्य से प्रायः स्वप्नदोष अधिक होने लगता है। बीजकोष वीर्यवाहिनी नाड़ी और उनके आस-पास दर्द रहने लगता है तथा काम सम्बन्धी भावनाएँ अधिक उत्तेजित हो जाती हैं, ऐसा आदमी प्रायः खिन्न रहता है। मिथ्या कल्पना करता तथा सम्भोग की पूर्ति का ध्यान करता और काम-सम्बन्धी विकारों से घिरा रहता है, उसमें काम करने की शक्ति कम हो जाती है। बर्लिन के डा. शिमट का कहना है कि शरीर

की किसी भी प्राकृत-प्रकृति को दबा रखने से प्रकृति की हानि होती है। भूख-प्यास की भाँति ही कामवासना है और उसकी तृप्ति का प्रकृत उपाय है सहवास। किसी भी इन्द्रिय का उपयोग न करने वे वह निर्बल हो जाती है, इसी प्रकार ब्रह्मचर्य रखने से नपुंसकता आती है।

बलात् ब्रह्मचर्य का बोझ स्त्रियों पर लादना और भी भयानक है। उनमें सिर्फ कामवासना ही प्रबल नहीं होती , सन्तान की भी लालसा रहती है। इसलिए पुरुषों की अपेक्षा उनकी हालत ज़्यादा खराब हो जाती है। हिस्टीरिया इसका अनिवार्य परिणाम है। ऐसी स्त्रियाँ सम-सम्भोग करने लगती हैं, इसके उन्हें अवसर भी काफी मिल जाते हैं। वियना के डॉक्टर विल्हेमष्टेकेल का कहना है कि भूख और कामवासना दोनों का शरीर पर समान अधिकार है। कुछ लोग कुछ समय तक उपवास रख सकते हैं, इससे यह कहना कि मनुष्य के लिए भोजन की आवश्यकता ही नहीं है मूर्खता है। सम्भोग से वंचित रहने वाली स्त्री कैसे सूख जाती है और सम-सम्भोग का लाभ पाने वाली उसी आयु की स्त्री कैसी तेजस्विनी दिखाई पड़ती है, यह देखने से बलात् ब्रह्मचर्य का मूल्य समझ में आ जाता है। खास बात ध्यान में रखने योग्य यह है कि लजीली स्त्रियाँ ज़्यादा कामुक हुआ करती हैं क्योंकि लाज और विनय यह कामवासना से ही पैदा होती है। हम निश्चयपूर्वक इस परिस्थिति पर पहुँचते हैं कि पूर्ण ब्रह्मचर्य का पालन कोई नहीं कर सकता। कुछ लोग रोग के भय से हस्तमैथुन करते हैं और स्त्रियाँ गर्भधारण के भय से ब्रह्मचर्य का पालन करती हैं एवं ब्रह्मचर्य का उपदेश देने वाले या तो पाखण्डी होते हैं या नपुंसक, या अविवाहित या वयोवृद्ध। सन्तानोत्पत्ति कम करने के लिए जो लोग ब्रह्मचर्य का पालन करते हैं, उनमें प्रायः स्त्रियाँ चिड़चिड़े स्वभाव की हो जाती हैं और पुरुष गुप्त व्यभिचारी। एक बात यह कही जा सकती है कि प्रत्येक बार सहवास करने में कुछ-न-कुछ शक्ति खर्च होती है। परन्तु काम-धन्धे करने, चलने, फिरने, परिश्रम करने, सभी में तो शक्ति खर्च होती है। उसकी पूर्ति शरीर स्वाभाविक रीति से कर लेता है। जिनमें ठीक-ठीक काम-वासना है वे ही कुछ काम कर सकते हैं, नपुंसक लोग नहीं। जिनकी कामवासना प्रबल होती है और जो इसका यथानियम पालन करते हैं वे ही अधिक दीर्घजीवी होते हैं, नपुंसक नहीं। सम्भोग से वंचित स्त्री पुरुष भी नहीं। वीर्य को शरीर में एकत्रित करना सम्भव नहीं है। यदि वह खारिज होता रहता है , तभी उसके बनने की क्रिया ठीक-ठीक होती रहती है। वियना के डाक्टर प्रो. फ्रायड का कथन है कि कामवासना की शक्ति का कुछ अंश दूसरे कामों में भी खर्च किया जा सकता है। पर वह पूरी तौर पर दूसरे काम में नहीं लाई जा सकती। कामवासना सन्तानोत्पत्ति के लिए ही नहीं है, वरन् एक विशेष सुख के लिए है। छोटे-छोटे बच्चों में भी कामवासना होती है और वे इसका सुख अनुभव करते हैं। प्रोफेसर फ्रायड ने अपनी पुस्तकों में बड़ी

गम्भीरता से इस बात को प्रतिपादित किया है कि कामवासना का मनुष्य की उन्नति और अवनति पर कैसा प्रभाव पड़ता है। प्रो. फ्रायड स्नायु-रोग के विश्व-विख्यात चिकित्सक हैं। उन्होंने हिस्टीरिया और उन्माद के रोगियों का मनन करके पता लगाया कि उनका कुछ-न-कुछ सम्बन्ध गर्भाशय से होना चाहिए। उन्होंने समझा कि यह रोग मनोविकारों के दबाने से स्त्री-पुरुष दोनों को होता है, पर स्त्रियों की नसें कोमल होने से विकारों के दबाने में अधिक शक्ति क्षय करनी पड़ती है। उन्होंने यह भी पता लगाया कि कामवासना युवावस्था होने से प्रथम ही पैदा हो जाती है। वह एक प्रचण्ड शक्ति है और उसे दबा कर रखने से वह सौ मार्ग से फूट निकल सकती है।

अब दो बातें जो सबसे अधिक महत्त्वपूर्ण हैं, इस प्रकरण में जानने योग्य हैं। एक यह कि विज्ञान चाहे जो कुछ भी कहे, समाज और नीति की एक सत्ता है। मनुष्य मशीन नहीं है, जीवित प्राणी है, और उसमें बुद्धि, सभ्यता और दूरदर्शिता है। अतः वह केवल विज्ञान और प्रकृति के आदेशों का पालन करता ही जाय तो सामाजिक जीवन कैसा बनेगा? अनेक स्त्री-पुरुष पति-पत्नी होने पर भी अनेक कारणों से एक-दूसरे को सहवास-सुख देने में असमर्थ हैं। एक चिकित्सक की हैसियत से यदि हम यह देखेंगे कि सहवास से वंचित होने से उनके रोगी होने की सम्भावना है तो हम यह सम्मति देने को बाध्य हैं कि वे सम्बन्ध विच्छेद कर दें और अन्य स्त्री-पुरुष से सहवास करें, पर इस वैज्ञानिक सम्मति पर आचरण करने के लिए समाज ने स्त्री-पुरुषों को स्वाधीन नहीं छोड़ा है। कल्पना कीजिए कि तीन-चार बच्चों के उत्पन्न होने के बाद एक प्रतिष्ठित कुल की स्त्री विधवा हो जाती है। बच्चों की माता होने के साथ ही वह पति की सम्पत्ति की अधिकारिणी हो जाती है। अब यदि उसे कामवासना सताती है तो वह क्या करे? चिकित्सक की हैसियत से हम कहेंगे कि वह सम्भोग करे नहीं तो स्नायु रोग की शिकार होगी। परन्तु क्या उसकी मर्यादा, प्रतिष्ठा, मातृत्व, गौरव यह सब कायम रह सकता है? ऐसी विषम और दुखदाई स्थिति संसार में करोड़ों स्त्री-पुरुषों की हो जाती है। इसी प्रकार पुरुष यदि अधेड़ावस्था में विधुर हो जाता है तो वह क्या करे? यदि स्वस्थ है और उसमें कामवासना भी है, उसके वेग का मुकाबला भी नहीं कर सकता। जल्द बूढ़ा होकर मर सकता है या चिररोगी हो सकता है। उसे भी चिकित्सक के कहने से समाज सम्भोग की सुविधा नहीं दे सकता। अतः विज्ञान चाहे जो भी कहे, समाज के सम्बन्धों पर मनुष्य को अपने को सदा बलि देनी होगी, जैसा कि उसे सदा से बलि होना पड़ा है। इसी प्रकार दूसरा प्रश्न उन स्त्री-पुरुषों का है जिन्हें यथेच्छ सम्भोग की सुविधा है। तब क्या पति-पत्नी को निर्बाध रूप से सम्भोग करना चाहिए? वासना को वशीभूत रखने से प्रेम-भावना अतिप्रिय हो जाती है। इस सम्बन्ध में जो शारीरिक संघर्ष है उसकी बात छोड़कर मानसिक विकारों में जो काम-सम्बन्धी संघर्ष निरन्तर बड़ी उम्र तक भी होता

रहता है, वह स्नायुमण्डल की अशान्ति को उत्पन्न करता है और कभी-कभी उसके दबाने में असमर्थ होना पड़ता है। वास्तव में यह अति कठिन है। परन्तु इसी पर हमारे जीवन के सुख या दुःख का दारोमदार है। कभी-कभी मनुष्य की कामवासना का प्रभाव इतना बढ़ जाता है कि वह पशु भावना तक पहुँच जाता है। जितना ही मनुष्य कामवासना पर नियन्त्रण रखेगा उतना ही उसके दाम्पत्य जीवन में माधुर्य की वृद्धि होगी। अतः विवाहित स्त्री-पुरुषों को कामवासना का सच्चा सुख भोगने के लिए सम्भोग को परिमित, उचित और व्यवस्थित रूप में ही काम में लाना चाहिए।

❏ ❏ ❏